МАТЕМАТИЧНИЙ СТАН ГРЕЙС КНИГА 1 І 2 ПОВНА СЕРІЯ

ФРАГМЕНТИ; ФІНАЛЬНА ФУЗІЯ

Cathy McGough

Stratford Living Publishing

MIT MONDANAK AZ OLVASÓK

USA:

„Zseniális! Ez egy rendkívül kreatív ifjúsági regény. Ez egy vad fantáziáról, fantasztikus kalandokról és az univerzum természetéről szóló, elgondolkodtató koncepciókról szóló történet."

„Grace egy másfajta hősnő, és ez egy másfajta ifjúsági disztópikus történet. Első pillantásra Grace meglehetősen átlagosnak tűnik, leszámítva, hogy matematikai zseni. Egy baleset után azonban kezd kiderülni, hogy a dolgok nem feltétlenül azok, aminek látszanak. Élveztem a történet többrétegűségét. Egyedülálló történet, amelyet öröm olvasni."

„Az első rész olyan, mint egy krimi, amitől nem lehet letenni. Sok romantikus jelenet van benne. Élveztem a humoros részeket is, amelyek végigszövik a történetet. Összességében sok élvezetet nyújt a könyv, többek között remek karakterekkel, izgalmas fantasy elemekkel és nagyszerű leírásokkal."

„A történetnek van egy lebegő jellege, amely arra készteti az elmét, hogy nyitott legyen a lehetőségekre."

Egyesült Királyság:

„A kiváló írás és a izgalmas cselekmény miatt ez a regény remek tempóban halad előre."

„Egy geek lány, egy sportos fiú - belekerülnek a furcsa szelek és földrengések kaotikus világába, és szembesülnek azzal, hogy ők az egyetlen életben maradt lények a világon. Egy történet a túlélésről és a szerelemről."

ВСТУП

ЦИТАТА

«Я думаю, що поки ми ще наближалися,
до того, як ми познайомилися,
ми перебували в стані математичної грації».
Ian McEwan, «Безмежна любов» (ENDLESS LOVE)

З любов'ю для MABEL і MICHAEL

КНИГА 1

ФРАГМЕНТИ

РОЗДІЛ 1

Ш істнадцятирічна Грейс Грінвей любила поспати довше, особливо в шкільні дні.

Її мати, Гелен Грінвей, відчинила двері і увійшла до кімнати. Дві голови на її тапочках у вигляді коал вели її вперед. Голови шепотіли, коли вони тихо крокували по прохолодній дерев'яній підлозі.

Коли Гелен дійшла до іншого кінця кімнати, вона перестала бути насторoженою. Вона зняла хустку, просочену парфумами, якою прикривала ніс. Повітря в кімнаті було насичене через вчорашні експерименти, які, судячи з запаху, мали щось спільне з сіркою.

Дійшовши до вікна, Гелен широко відчинила його. Вона висунула голову назовні, наповнюючи легені чистим киснем. Відчувши приплив сил, вона відсунула штори. Гелен направила себе і свої капці в бік грудки на ліжку: це була її дочка, Грейс.

На іншому боці кімнати комп'ютер Грейс дав про себе знати, пролунавши сигнал тривоги. На екрані почали мигати випадкові цифри. Комп'ютер прочитав їх вголос голосом, схожим на голос Стівена Гокінга.

Гелен розмірковувала над значенням цих цифр. Вони не мали сенсу для її мозку, не схильного до математики. Її тапочки з коалами нахилилися, вдаючи, що розуміють. Гелен перетнула кімнату, а коали кивали головами і шепотілися між собою. Сама Гелен не мала уявлення про математику. Вона не знала, від кого її дочка успадкувала математичні здібності. Гелен розмірковувала над цим генетичним перенесенням, дивлячись на свою дочку, загорнуту в кокон.

«Час прокидатися, люба!» — сказала Гелен.

Грейс трохи поворухнулася і відкинула ковдру. Затягуючи час, вона потягнулася і позіхнула, не розплющуючи очей.

«Доброго ранку, сонько», — сказала Гелен, поцілувавши дочку в чоло.

«Доброго ранку, мамо», — відповіла Грейс, нарешті розплющивши очі.

«Автобус буде за п'ятнадцять хвилин! Ти маєш поспішати. Я приготую тобі щось поїсти на дорогу».

«Добре, мамо», — сказала Грейс, вибираючись з-під ковдри. Вона сіла, але одразу ж знову впала на подушку. Вона так хотіла повернутися у свій сон — повернутися до стану душі Вінсенте Маріно.

«Давай, Грейс!» — повторила Гелен, прямуючи до дверей. «Будь внизу за п'ять хвилин!»

Грейс тихо прошепотіла ім'я Вінсенте, ніби уявляючи, що він може її почути. Вона уявила, як він піднімається по решітці за вікном. Тіп-тіп-тіп.

Звук комп'ютера змусив її прокинутися. Вона протерла очі від сну. Подивилася на нічну сорочку, яку мала на собі. Вона ненавиділа цю річ з білим мереживом і червоною стрічкою. Вона була абсолютно дівочою.

Грейс провела пальцем по червоній стрічці, і вона врізалася в її шкіру. Це боліло як пекло, як поріз папером, але стрічка була з тканини. Вона відстебнула її від нічної сорочки. Дивилася, як вона опускається на підлогу, а за кілька секунд за нею падають червоні краплі крові.

Грейс присмокталася до свого кровоточивого пальця, але кров продовжувала капати на підлогу. Вона змішувалася з червоною стрічкою, яка звивалася, наче змія. Вона заплющила очі і впала на подушку. Вона думала про Вінсенте Маріно. Вона не могла дочекатися, щоб побачити його сьогодні.

Грейс підійшла до краю ліжка, де були краплі крові, але тепер їх не було. Похитавши головою, вона підняла червону стрічку. Грейс прикріпила її до мереживного коміра нічної сорочки і пішла у ванну.

Гелен знову гукнула з нижнього поверху, але Грейс не відреагувала. Натомість вона зачинила за собою двері і, позіхнувши, дозволила своїй білій нічній сорочці впасти на холодну плиткову підлогу.

Грейс нахилилася до душової кабіни і відкрила гарячу воду на повну силу. Вона дозволила пару піднятися, озирнувшись через плече. Її нічна сорочка, складена на підлозі, виглядала майже як дух, який прийшов і пішов.

Потім вона увійшла в гарячу воду. Тільки гарячу, ніколи холодну. Вона вимила волосся, обличчя і решту тіла, а потім дозволила гарячій воді падати на себе.

Коли вона стала гарячою, як масляний млинець, вона вимкнула воду і відступила. Вона відкрила холодну воду на повну силу, порахувала до трьох і увійшла в неї. Поштовх для її організму був схожий на хімічну реакцію, електричний удар. У цей момент вона відчувала себе найбільш живою. Всі її почуття були налаштовані. Це було майже так, ніби вона народилася заново.

Грейс спостерігала, як вода стікала в каналізацію. Вона помітила, що червона стрічка якось потрапила в каналізацію. Зачепившись за вир, вона крутилася і крутилася.

Вона простягнула руку і витягла червону стрічку, згорнула її в кульку в долоні, щоб стекла зайва вода. Коли вона розтиснула кулак, стрічка ожила і прийняла форму.

Заінтригована, вона повторила цей процес: зім'яла стрічку, стиснула кулак, розтиснула кулак. Подивилася на результат. І знову. І знову.

Це відбувалося щоразу.

Раз за разом вона набувала однакової форми: форми серця.

РОЗДІЛ 2

Грейс кинула нічну сорочку в кошик для брудної білизни. Вона почала одягатися в шкільну форму, підтягуючи спідницю так високо, як тільки могла. Всі дівчата в школі робили це, щоб вона була коротшою, ніж передбачалося. Коли її форма була прийнятною, вона повернулася до своєї кімнати і почала сушити феном і розчісувати своє довге каштанове волосся.

Вона поглянула через плече на екран комп'ютера: все ще шукає. Грейс сподівалася, що він знайде відповідь за ніч. Вона запрограмувала його з однією метою: знайти наступну послідовність Фібоначчі. Якщо це вдасться, ім'я Грейс Грінвей буде записане в підручниках історії. Її відкриття зможе змагатися із золотою серединою.

Грейс посміхнулася і поправила волосся. Вона згадала своє прізвисько для Вінсента Маріно. Вона називала його своєю золотою серединою. Це було її маленьким секретом.

Щоб завершити справу, вона потягнулася далеко вглиб шухляди, де ховала косметику та щітку. Вона нанесла трохи тонального крему та рум'ян. Грейс нанесла крапельку парфумів на шию, перш ніж спуститися вниз. Вона сподівалася пробігти повз маму. Сподівалася, що мама не помітить вкорочену спідницю чи інші її акценти цього ранку. Інакше буде драма.

Водій автобуса посигналив біля тротуару, і Грейс кинулася бігти. Вона схопила свої книги і шматок тосту, пробігаючи повз маму. Вона вийшла з дому, проходячи повз пильний погляд матері, піднялася сходами і сіла в автобус.

Гелен дивилася, як її дочка сідає в автобус, добре знаючи, що її спідниця коротша, ніж повинна бути.

Гелен продовжувала дивитися, як її дочка повільно йде до задньої частини автобуса. Вона згадала, як вперше стояла там і дивилася, як її дочка сідає в автобус. Гелен хотіла піти до автобуса разом з дочкою. Грейс була така схвильована і рішуча стати дорослою дівчинкою, що хотіла зробити це сама. Гелен пам'ятала це, як ніби це було вчора: як її дочка була готова відрізати пуповину. Гелен не була готова до того, що її серце розриватиме нестерпний біль. Вона стежила за автобусом, поки він не зник з поля зору. Сльоза котилася по її щоці. Гелен витерла її.

В автобусі Грейс знайшла своє звичне місце і відкрила книжку. Вона сховалася за підручником, ніби за стіною, за маскою. Там вона могла чекати на приїзд Вінсенте Маріно, залишаючись невідомою.

Коли автобус гуркотів по дорозі, Грейс на мить втратила відчуття, де вона знаходиться. Вона повернулася до реальності, коли Вінсенте Маріно піднявся на борт.

Грейс випрямилася, ніби її пронизав струм адреналіну. Вона тримала підручник перед собою, як щит. Всередині її серце билося так сильно, ніби воно виросло крила і ось-ось злетить. Її пульс бився, і вона мусила думати про кожен подих.

Вінсенте переходив від сидіння до сидіння, вітаючись і привітаючись, поки водій автобуса не сказав йому сісти. Після свисту, настільки високого, що його, мабуть, почули всі собаки в околиці, Вінсенте сів на своє місце поруч зі своєю дівчиною, Міссі Малоун.

Грейс була закохана у Вінсенте Маріно, але кохала його лише здалеку. Вона знала, що він був для неї недосяжним, але водночас мала надію. Вона вірила, що кохання — це математичне рівняння. Вона вірила, що справжнє кохання є визначеним наперед.

Це було як будь-яка інша математична формула: потрібно було просто шукати. Шукати, доки не знайдеш ідеальну золоту середину. Коли всі цифри з правильної послідовності будуть на своїх місцях, всесвіт змовиться, щоб двоє людей закохалися. Грейс Грінвей чекала, коли її золота середина ввійде в послідовність. Тоді вона і Вінсент Маріно будуть у досконалому стані кохання.

Грейс підняла голову з-за підручника. До неї долинув голос Вінсента. Вона дивилася, як його світле волосся мерехтіло, відбиваючи сонячне світло. Його золоті локони спадали на плечі. Він засміявся і щось прошепотів Міссі на вухо, а потім повернувся в бік задньої частини автобуса.

Серце Грейс зупинилося, коли їхні погляди на мить зустрілися. Її щоки почервоніли. Вона знову прикрила обличчя підручником, наче завісою. Грейс все ще бачила свої ноги, свої туфлі. Тоді спортивні кросівки Вінсента Маріно торкнулися її. Вона опустила книгу, і його кобальтові очі зустрілися з її карими. Вона кахикнула, коли нарешті згадала, що треба дихати.

«Привіт, Грейс», — сказав Вінсент. «Я хотів запитати, чи не могла б ти врятувати мені життя?»

Вона кивнула.

«Вчорашня гра затягнулася, а потім ми пішли святкувати, адже ми виграли! Ти ж знаєш, як це буває».

«Так, я знаю», — прошепотіла вона.

«А сьогодні вранці я згадав, що не зробив домашнє завдання з математики, а ти знаєш, що старий містер Денс мене не любить. Він би з радістю вигнав мене з команди».

«Так, я знаю».

«Грейс?» Вона глибоко вдихнула, коли він назвав її ім'я, а він продовжив. «Якщо ти зможеш знайти в своєму серці сили позичити мені свою домашню роботу, я буду тобі вічно вдячний. Ти абсолютно врятуєш мені життя».

Вона без вагань потягнулася до своєї сумки.

«Я поверну тобі її до початку уроку». Потім він зробив жест, перехрестивши серце і пообіцявши померти. Він посміхнувся їй. «Дякую, крихітко», — сказав він, поцілувавши її в повітря, коли ховав її зошит у свій рюкзак. Він повернувся на своє місце, де Міссі Малоун спостерігала за їхньою взаємодією.

Грейс і Міссі на секунду зустрілися поглядами через плече Вінсента. Вони не були суперницями. Міссі знала, що Грейс не становила загрози, але бачила, що бідна дурепа закохалася в її Вінсента. Усі знали, що вона ходила за ним, як бездомне цуценя.

Грейс знову поставила підручник бар'єром і посміхнулася собі. Насправді, вона посміхалася найширшою і найдурнішою посмішкою, яку тільки можна було уявити. Вона була така схвильована, що знову зможе поговорити з Вінсентом. Навіть думка про Фібоначчі не могла відволікти її.

Тоді вона зрозуміла, що автобус зупинився, і всі пасажири вилазили в прохід. Вона теж зробила це, пробираючись вперед, аж поки не опинилася прямо за Вінсентом. Він пропустив Міссі перед собою. Аромат одеколону Вінсента долинув до неї. Грейс вдихнула його, вдихнула його самого.

Коли він вийшов на сонячне світло, промені поцілували золоте кільце на його пальці, і на мить вона осліпла. Вона зіткнулася з ним, але він, здавалося, не звернув на це уваги. Він засміявся і променисто посміхнувся їй.

Грейс забула дихати.

Міссі Малоун гукнула, взяла Вінсента під руку і повела його геть.

Грейс підійшла до свого шафки. Вона глибоко вдихнула, а потім кинула туди свій рюкзак. Вона переглянула свій ранковий розклад: аборигенські корінні дослідження, математика, мистецтво, потім обід, а потім ще мистецтво, англійська, вільний час. Вона могла піти подивитися гру. Пролунав дзвінок. Вона зачинила шафку. Вона побігла коридором і зайняла місце біля вікна.

Її вчителька, міс Смарт, перевірила присутність, а потім представила класу спеціального гостя. Гостем була жінка з «Вкраденого покоління».

Вона розповіла класу, як її викрали. Потім її усиновила біла сім'я. Як їй не дозволяли практикувати або дотримуватися традицій народу Гадігал.

Грейс було її шкода. Адже жодна дитина не повинна бути покинута, не кажучи вже про викрадення. Жодна дитина не повинна бути виключена зі своєї власної історії. Це було абсурдно.

Грейс не могла зрозуміти, чому батьки цієї жінки дозволили це статися. Грейс уявила, як така ситуація розгортається в її домі. З'являються незнайомці. Вимагають забрати її. Батьки Грейс найняли б усіх адвокатів у місті і зупинили б це, ще перш ніж воно почалося. Вона подумала запитати жінку про це. Інший однокласник випередив її.

Жінка згадала, як білий чоловік приніс із собою зброю, зокрема пістолети. Її батьки знали, що якщо вони чинитимуть опір, буде пролита кров, тому вони цього не зробили. Вона сказала, що боротися не було сенсу, бо забирання дітей було санкціоноване законом.

«Це сталося не тільки в Австралії», — пояснила жінка класу. «Це сталося з канадськими аборигенами і корінними американцями, з корінними новозеландцями і з багатьма іншими народами в різних місцях по всьому світу. Кожен випадок був різним, але ці жахливі події назавжди змінили наші родини».

Хоча Грейс відчувала співчуття, вона вважала, що жінка повинна забути минуле і рухатися вперед. Вона вірила, що життя подібне до математичної формули. Треба постійно шукати і рухатися вперед. Перебудовуватися. Досягати прогресу.

Грейс пішла на урок математики, де Вінсент передав їй домашнє завдання якраз вчасно, щоб вона встигла його здати. Містер Денс був типом вчителя, який робив усе за правилами. Він здавався задоволеним, коли Вінсенте Маріно був першим у черзі, хто здав домашнє завдання.

Сьогодні на уроці повторювали Фібоначчі. Оскільки шістнадцятирічна Грейс Грінвей була визнаною дитиною-вундеркіндом, її вчитель відпустив її раніше. Грейс провела вільний час, навчаючись у бібліотеці. Вона пішла на інші уроки, на обід, на англійську. Потім повернулася до бібліотеки, щоб провести вільний час до початку гри.

Прочитавши і вибравши цілу купу підручників, які хотіла взяти напрокат, вона вирушила на поле, щоб подивитися матч з крикету. Якраз у цей момент Вінсенте Маріно підійшов до бити. Учні середньої школи вибухнули бурхливими оплесками.

Грейс, відволіклася на білу форму Вінсенте, яка відбивала промені пізнього післяобіднього сонця, і втратила контроль над своєю купою книг. Вона обійняла книги і жонглювала ними, як ви це робите, сподіваючись на успішне відновлення. Однак її рішучість залишитися на ногах, обіймаючи повне зібрання творів математичних рольових моделей: Софі Жермен, Гіпатії, Лізе Мейтнер і Мері Сомервілл, не була призначена долею. Коли книги впали на землю, вона теж була збита з ніг у багатьох сенсах.

Коли Грейс прийшла до тями, все було розмитим і туманним. Їй було запаморочено, і її нудило. Голова боліла нестерпно. Ніби мозок намагався вирватися з голови. «Всі відійдіть!» — крикнув хтось. «Грейс? Грейс! Ти в порядку? Скажи щось, Грейс! Ти мене чуєш?»

Коли вона відкрила очі і подивилася в небо, ангел кликав її ім'я. Грейс замислилася, чи не померла вона. Чи могла вона померти і перейти в інший вимір? Не бажаючи вірити в це, вона заплющила очі і знову їх відкрила. Над нею плавав хлопчик з німбом, великим як сонце.

«Мені дуже, дуже шкода, Грейс», — сказав він, беручи її за руку.

Навколо зібрався натовп, який штовхався, тиснувся і кричав. Створюючи загальний підлітковий хаос.

Грейс бачила, як вони нахилялися над нею — деякі з них з перевернутими обличчями, що сміялися. У її голові постійно гуділо. Якби не одне знайоме обличчя, обличчя молодого чоловіка, вона б відчула страх.

Вона намагалася бути хороброю і встати. Але ноги не слухалися її. Вони тремтіли і хиталися, наче переварені спагеті. У вухах лунав шум океану.

Вона знову сіла і сперлася головою на груди молодого чоловіка. Він, здавалося, не мав нічого проти.

РОЗДІЛ 3

Хлопчик нахилився ближче до Грейс, і сонячні промені розсіяли його ореол. Вона відчувала його солодкий, коричний подих на своїй шиї. Грейс знала, чого він хоче. Вона повернула свою оголену шию до нього. Дала йому дозвіл вкусити її. Спробувати її на смак.

«Хтось викличте швидку!» — крикнув хлопчик, піднімаючи Грейс і тримаючи її тіло.

Грейс почувалася погано. Вона мала намір сісти на дієту. Вона не була легкою, як пір'їнка. Вона притулилася головою до його грудей, сподіваючись почути його серцебиття. Все, що вона чула, було ревіння океану.

Грейс подивилася на його гарне обличчя. Він виглядав таким стурбованим.

Разом вони рухалися серед шепоту і гомону натовпу. У тихе місце. Нарешті, піднявшись сходами і пройшовши через хитні двері. Потім Грейс Грінвей поклали на м'яке ліжко в кімнаті, яка пахла антисептиком і спортивними шкарпетками. Вона притулилася обличчям до нього, намагаючись знову відчути його коричневий аромат.

«Це пост медсестер. Зачекайте тут. Я покличу допомогу».

«Не залишай мене», — сказала вона. «Будь ласка, не залишай мене».

«Вона не дихає!» — хтось крикнув вчасно, нагадавши їй про це.

Незабаром Грейс знову відчула себе собою. Вона тільки хотіла, щоб хвилі перестали розбиватися об береги її розуму.

«Ви мене чуєте?» — запитала жінка. Грейс кивнула. «Я медсестра Хендс».

«Медсестра, 5. Хендс, 5 — дивовижно!» — вигукнула Грейс.

«Вона марить!» — сказала медсестра Хендс. Вона перевірила пульс Грейс і доторкнулася до її чола, а потім подивилася на Вінсента і похитала головою.

«Ні, вона думає про урок математики. Містер Денс відпустив її раніше. Ми вивчали Фібоначчі», — пояснив Вінсент.

«Ви знаєте, як її звати?»

«Так, вона Грейс. Грейс Грінвей».

Грейс стиснула сорочку Вінсента в долоні.

«Мені дійсно потрібно повернутися на гру».

«Грейс», — сказала медсестра Хендс, — «ми чекаємо на швидку. Вінсенту потрібно повернутися на гру. Будь ласка, відпустіть його сорочку».

Грейс закричала: «Не залишайте мене!»

Вінсенту знову присів біля неї і подивився їй в очі.

Він залишився.

Вона зітхнула.

А потім все потемніло.

РОЗДІЛ 4

У лікарні медсестра зупинилася біля ліжка Грейс і перевірила її життєві показники. Наразі її стан був стабільним. Медсестра накрила Грейс ковдрою. Вона взяла піднос з невикористаними склянками для води, на мить зупинившись, щоб поглянути на молодого чоловіка в крикетній формі. Він міцно спав у кріслі під вікном.

Вінсенте не відходив від Грейс з того моменту, як вона втратила свідомість. Виходячи, вона подивилася на годинник і порахувала, що до кінця її зміни залишилося ще шість годин. Вона любила свою роботу, але цей день мав бути довгим.

Повернувшись до палати Грейс, пацієнтка почала ворушитися і рухатися. Вона швидко виявила, що її прикували до ліжка безліч шумних машин.

Вона була в лікарняній палаті. Чому вона тут? Як вона тут опинилася? Вона заплющила очі і спробувала зосередитися. Вона намагалася згадати, але спогади не приходили.

Прагнучи звільнитися від біп-біп-біп і кап-кап-кап, Грейс спробувала сісти. Коли вона не змогла виконати це просте бажання, вона кинулася назад на подушку. У неї було сильне бажання втекти.

«Чому я тут?», — подумала Грейс. «І чому всі мене покинули?».

Грейс помітила хлопчика, який міцно спав на стільці біля її ліжка. Зрештою, вона не була сама, і вона обійняла себе, як могла, з апаратами, прикріпленими до її тіла.

Тепер вона почувалася щасливішою, знаючи, що хтось був поруч. Що хтось піклувався про неї.

Хоча вона не могла бачити його обличчя, вона спостерігала, як його світле волосся рухалося в такт кожному подиху. Він міцно спав. Грейс продовжувала дивитись на нього і на білу уніформу, яку він носив. Вона замислилася, чи не працює він у лікарні. Було дивно, що співробітник заснув біля ліжка пацієнта.

Грейс відчувала дивне почуття, дивлячись на складені руки хлопчика і його світле волосся, що вільно звисало.

Минали хвилини, а вона продовжувала дивитися. Тоді, ніби відчувши її погляд, хлопець раптово прокинувся. Він відкинув волосся назад, відкривши обличчя ангела.

Грейс прикрила рот рукою. Він був приголомшливий. Хлопець встав і підійшов до неї.

Грейс не могла дихати. Коли він наблизився, його темно-сині очі змусили її серце битися все швидше і швидше. Вона думала, що знепритомніє. І тоді він заговорив. «Ти прокинулася, Грейсі! Слава Богу! Я так хвилювався. Ми всі так хвилювалися».

«Так», — сказала вона, не знаючи, що ще сказати. Він не був співробітником. Він означав для неї щось більше, вона відчувала це в своєму серці і знала це в глибині душі. Але хто ж він був?

Вона простягнула йому руку, чекаючи, що він її візьме. Він цього не зробив. Натомість він відступив на крок назад. Вона дещо неохоче відвела руку.

Хлопець продовжував дивитись на Грейс, ніби чекаючи на щось. Після невдалої спроби взяти її за руку, він захистив себе. Він засунув руки глибоко в кишені. Через кілька секунд він знову їх витягнув.

Грейс відчула одночасно і жар, і холод.

«Ти в порядку?» — запитав він. «Тобі десь болить?»

Грейс зачекала і подумала, перш ніж відповісти. Вона хотіла, щоб її відповідь була лаконічною, але не різкою. Як вона себе почувала, не мало значення! Вона хотіла знати, чому вона тут? Вона хотіла знати, хто він?

«Найбільше болить голова. Ніби все болить одночасно, якщо це має сенс. А ти?»

Він променисто посміхнувся, показавши яскраво-білі зуби. Грейс подумала, що на його зубах має бути попередження: **НЕОБХІДНО НОСИТИ СОНЯЧНІ ОКУЛЯРИ.** Він провів пальцями по волоссі, і їхні погляди зустрілися.

Грейс відчула від нього енергію, яка спочатку вдарила її прямо в груди, а потім, здавалося, відскочила від стін. Якби вона не лежала, це б збило її з ніг. Вона закохалася. У цьому вона була впевнена. Але він поводився дивно. Ніби не знав, що сказати або що робити. Ніби хотів до неї дотягнутися, але не знав, як. «Я в порядку, дякую», — сказав він. Він виглядав як Вінні-Пух, чия рука застрягла в медовому горщику.

Грейс знову впала на подушку, не відриваючи погляду від хлопця. Вона хотіла задати йому питання, багато питань, але з чого почати? Чи слід їй випалити їх? Він виглядав таким незручним. Чому?

Вона змінила положення на ліжку. Тепер вона нахилилася до нього, поклавши голову на руку — наскільки це можливо, коли ти підключений до апаратів — і помахала йому, щоб він підійшов ближче.

Він зупинився і подивився на свої черевики. Потім повільно підійшов. Вона знала, що він не дасть їй ніякої інформації, вона відчувала це, але їй потрібно було знати. Час спливав. «Що зі мною сталося?» — нарешті випалила вона.

Хлопець відступив на крок, почав щось говорити, а потім зупинився. Він відкрив рота, а потім знову закрив, як риба.

Грейс спробувала допомогти, задавши більш прямі запитання. «Що я роблю в цій лікарні? Як я тут опинилася?»

Він мовчав, пропускаючи пальцями по волоссі.

Грейс продовжувала, не зважаючи на це: «А хто ти?»

РОЗДІЛ 5

Хлопець виглядав засмученим після першого питання і стурбованим після другого і третього. Четверте питання викликало найдивовижнішу реакцію.

Всі знали, хто такий Вінсент Маріно, а Грейс Грінвей знала це особливо добре. Він бачив, як вона дивилася на нього закоханими очима. Іноді, коли вона думала, що він не дивиться, вона слідувала за ним по школі. Вона робила це навіть тоді, коли він був зі своєю дівчиною, Міссі Малоун. Тож, вона жартувала з ним? Вінсенте був майже впевнений, що вона бавиться з його розумом.

Він підійшов до неї і зазирнув у її карі очі, дивлячись прямо в її душу. Йому потрібно було дізнатися, що вона замислила. Побачити, чи вона грає з ним у гру або обманює його, але Грейс не моргнула і нічого не видала.

Грейс не мала уявлення, хто він такий.

Коли хлопець дивився їй в очі, Грейс замислилася, чи не помилилася вона. Можливо, він теж не знав, хто він? Зрештою, він був блондином.

«Я Вінсенте», — сказав він, дивлячись Грейс в обличчя в пошуках ознак впізнання. Коли цього не сталося, він повторив своє ім'я ще раз. Насправді, він майже проспівав його: «Вінсенте Маріно».

Грейс відчула, як по її руках пробігли мурашки, і вона затремтіла. Вона не впізнала його ім'я, але щось глибоко всередині неї ворухнулося. Можливо, це був тон його голосу.

Вона повторила його ім'я вголос. Ніщо не пробудило спогадів. Мурашки почали зникати. Вона спробувала промовити його ім'я, перекочуючи кожну літеру на язику, ніби намацуючи дорогу в темряві:

«В-І-Н-С-Е-Н-Т»

«Мене назвали на честь одного з навігаторів Христофора Колумба», — пояснив Вінсенте. Спочатку його батьки хотіли назвати його Христофором. Коли його мама розповіла про це тітці, не знаючи, що та також вагітна, тітка вкрала це ім'я. Батьки вибрали для нього інше ім'я, Вісенте, на честь Вісенте Пінсона. Коли вони побачили його, вони передумали і назвали його Вінсенте.

«Цікаво», — сказала вона. «Але хто ти для мене насправді?»

«Ти не жартуєш?» — запитав Вінсенте. «Ти справді мене не пам'ятаєш?»

«Я не впевнена. Я відчуваю щось щодо тебе, але... я навіть не пам'ятаю свого імені».

«Це Грейс. Ти — Грейс».

«Але трохи раніше ти назвала мене Грейсі».

«Так, назвала».

«Чому? Якщо мене звати Грейс…, чому ти назвала мене Грейсі? Мені це не подобається».

«Ого, добре, я більше ніколи не буду називати тебе Грейсі».

Він відступив, знову провівши пальцями по своїх світлих кучерях. Він продовжував це робити. Мабуть, це була нервова звичка. Грейс теж хотіла пропустити пальцями по його волоссю. Чому вона думала про таке? Вона намагалася зрозуміти, що відчуває. Гарячі та холодні спалахи. Намагалася все це осмислити. Знайти спогад, захований десь у її голові. Але щоразу, коли він це робив, пропускав пальцями по волоссю, це відволікало її, змушувало коліна тремтіти, наче желе.

«Давай, Грейс! Ти повинна мене пам'ятати! Якщо ні, щоб довести це, покляпися на своєму серці і сподівайся на смерть».

«Я думаю, це дивний вибір слів. Враховуючи, що я в лікарні і все таке».

«А, вибач. Не подумав. Будь ласка, спробуй згадати, хто я, добре? Ти мене турбуєш. Може, мені піти і покликати когось?»

«Ти турбуєшся? Я боюся! Якщо ти кажеш, що я повинна тебе знати, то десь тут, у моїй голові, має бути спогад про тебе». Вона стукнула себе кулаком по голові. «Чому я не можу тебе тут знайти?»

Він схопив її за руку, не даючи їй знову вдарити себе. Він підтягнув стілець до ліжка і сів. Він вирішив розповісти їй усе. Пояснити, чому вона тут, що все це через нього. Як він травмував її, а потім привіз до лікарні.

Як він сидів біля неї цілими днями, поки вона була без свідомості. Чекав. Молився. «Я — причина того, що ти тут».

«Ти мене травмував?»

«Так, я тебе травмував».

Вона скривилася. «Ти мене травмував!»

«Так, але це був нещасний випадок. Я граю в крикет. Ти була на матчі.

Три дні тому».

«Три дні тому?»

«Так. Три дні тому я вдарив м'яч, і він влучив тобі в голову. З того часу ти тут. Я був поруч з тобою. Чекав».

«Ти вдарив мене? В голову? І тепер я втратила пам'ять?»

«Схоже на те».

«А що потім?»

«Я відніс тебе до медпункту в школі. Швидка привезла тебе сюди».

Грейс оглянула своє тіло. З її статурою вона не могла уявити, як він її ніс. Він був у хорошій формі, носив форму, так, але нести її? Неможливо. «Ти ніс мене?»

«Так».

Вона відчувала непереборне бажання вдарити його і обійняти його одночасно. Але голова боліла ще сильніше.

«Мені дуже, дуже шкода», — сказав він.

Бажання обійняти його пересилило бажання вдарити. «Це був нещасний випадок, тож тобі нема за що вибачатися».

«Дякую», — сказав він, схиливши голову. Грейс простягнула руку, щоб погладити його, наче він був слухняним собакою.

Дивна жінка увірвалася в кімнату через розпашні двері, наче вихор. Вона кинулася до них. Невелика на зріст, але енергійна, вона рухалася до них. Її обтягуючі сині джинси шурхотіли, а підбори чобіт клацали по антисептичній підлозі лікарні.

Жінка грізно подивилася на Вінсента, ніби він був фурункулом, який чекає на розтин.

Він говорив помітно тихим голосом. Запропонував залишити їх двох наодинці. Не давши їм часу відповісти, він підвівся і вийшов.

«Не йдіть», — благала Грейс, але було вже запізно. Грейс деякий час дивилася на двері, сподіваючись, що він повернеться. Він не повернувся. Вона звернула свою увагу на дивну жінку. Вона замислилася, в якій лікарні вона перебуває, що дозволяє своїм співробітникам одягатися в джинси і чоботи.

«Як ти, моя люба?» — запитала жінка, а потім нахилилася і притулила губи до чола Грейс.

Грейс вважала це надто фамільярним жестом і сказала про це. «Не робіть цього!» — вигукнула вона. «Хто ви така?» — запитала вона, витираючи бактерії з місця, до якого жінка доторкнулася губами.

«Що ви маєте на увазі, хто я така?»

«Ви теж не знаєте?» — запитала Грейс, ображена відсутністю етикету та професіоналізму у жінки.

«Хто я?»

«Тут луна?» — запитала Грейс.

«То ти справді, справді не знаєш, хто я?»

Грейс знизала плечима. Жінка обернулася і вибігла з кімнати. Вона могла швидко бігати, як на низьку жінку в чоботях на високих підборах.

Коли вона виходила, Вінсент заходив. Вона ледь не збила його з ніг. Грейс була вражена, коли почула, як жінка кричала, наче банші, в коридорі.

Грейс подумала, що двері повинні бути обертовими, і сказала про це.

Вінсенте посміхнувся їй, і її серце знову забилося швидше.

Грейс замислилася, в якій лікарні вона опинилася. У психіатричній?

«Хто була та божевільна жінка?»

«Це не була божевільна жінка. Це була твоя мама».

«Моя мама? Як це можливо?» Грейс зупинилася і втупилася в свої руки. Вона не могла відвести від них погляд. Що це було? Там щось ховалося. Щось важливе. Вона мусила запам'ятати це, що б це не було, бо відчувала, що це щось дуже серйозне.

І тоді це сталося. Вона летіла в повітрі, мчачи в обіймах ангела. Вона підняла погляд на обличчя над собою, і сонце пробивалося з-за спини ангела, створюючи природний ореол. Вона напружила зір, щоб розгледіти його обличчя, але воно було розмитим. Вона замислилася, чи можна розпізнати риси обличчя ангела. Вона подумала, що риси обличчя ангела, можливо, нерозрізнимі для живих. Ось воно! Грейс вирішила, що вона, мабуть, пережила клінічну смерть.

Вона тримала щось у кулаці, коли летіла вперед, і вони занурилися в тунель. На секунду стало темно, або вона закрила очі. Потім вона підняла погляд, і особистість її ангела відкрилася. Насправді це був зовсім не ангел — це був хлопець, що стояв поруч із нею. Вона повторювала його ім'я пошепки. Воно було як музика, як наспів. Воно лунало в її голові.

«Ти в порядку?» — запитав Вінсент.

Грейс посміхнулася.

Він запитав знову: «Ти в порядку, Грейс? Хочеш, щоб я покликав когось?»

«Я вдячна», — сказала вона. «За що?»

«Звісно, за тебе. За тебе, мій ангеле».

Вінсенте подивився на свої ноги. Потім засунув кулаки в кишені. Він виглядав дуже стурбованим, ніби думав, що вона тепер справді втратила розум.

Він думав, що вже бачив, як вона покидає його — не фізично, а духовно. Вона відлетіла далеко у своїх думках. Можна було зрозуміти, коли хтось «відлітав», бо очі ставали скляними і мрійливими.

Вінсенте хотів, щоб мама Грейс Грінвей повернулася, щоб він міг звідти втекти. Вона починала його лякати.

Раптом Грейс вигукнула: «Вінсенте, ти мій хлопець?»

«Ні!» — вигукнув він тоном, який не можна було неправильно зрозуміти. На всяк випадок він відступив ще далі, аж поки його спина не торкнулася стіни.

Він виглядав абсолютно, повністю приниженим. Грейс була збентежена. Його заперечення, це одне слово, вдарило її з усією силою в груди. Вигук відчувався як дзьоб ворона, що проколює її серце. Вона відчувала себе пораненою, але її збентеження було надзвичайним. Вона дивилася на нього і чекала, поки він щось зробить, щось скаже. Будь-що.

«Послухай, Грейс, ти повинна знати, що я не твій хлопець. Я привів тебе сюди тільки тому, що це я тебе образив».

«То ти зазвичай занадто крутий, щоб зі мною розмовляти?»

«Грейс, ти допомогла мені з домашнім завданням з математики і допомогла мені залишитися в команді. Я вдячний тобі за допомогу, але...»

«Вдячна...» Вона відкинулася на подушку і заплющила очі.

Вона хотіла зникнути в пухкій подушці.

Він хотів зникнути з кімнати.

Вони залишилися разом, ділили один простір, хоча кожен з них відчував себе як на острові.

«Я піду по твою маму, добре? Я думаю, тобі краще бути з родиною». Він повернувся і вийшов з кімнати.

Грейс почувалася дурною. Вона не знала, хто він, але десь у глибині душі вона знала, що кохає його. Як нерозумно з її боку було так випалити це. Можливо, вона кохала його здалеку? Можливо, він кохав когось іншого, а тепер вона зганьбилася, зізнавшись йому у своїх почуттях.

Вона сховала обличчя в подушці і заплакала.

$$***$$

Ґрейс хотіла побігти за Вінсентом Маріно. Вона марно намагалася відчепити апарати, коли прибула кавалерія.

«Що ти робиш, Ґрейс?» — запитала Гелен Ґрінвей.

«Ти майже їх зірвала, дурна, дурна дівчинка», — сварила медсестра.

Вінсент повернувся і нічого не сказав. Він переступав з ноги на ногу і засовував кулаки в кишені, ніби шукав дрібні монети.

«Я була...», — почала Ґрейс.

Вона не змогла закінчити, бо медсестра почала нахиляти і регулювати ліжко. Ґрейс втратила рівновагу і впала набік, ледь не впавши на підлогу. Вона б впала на підлогу, якби Вінсент не витягнув кулаки з кишень і не підхопив її.

Він знову обійняв її, як у її спогадах. Він був подарунком, подарунком з висоти, і знову до Ґрейс повернулися спогади. Спогади нахлинули на неї, як флешбеки. Вінсент у шкільному автобусі. Вінсент, який грає в крикет на полі. Вінсент, який посміхається їй, беручи від неї домашнє завдання. Вінсент,

Вінсент, Вінсент. Потік спогадів затопив її, і з них Грейс дізналася дві речі напевно.

По-перше: вона кохала Вінсента Маріно. По-друге: він її не кохав.

Вона подивилася йому в очі. Вони були порожніми басейнами світла, схиленими до неї, бажаючи врятувати її від лиха, бути героєм. Але за цими темно-синіми очима не було кохання. Не було кохання до неї.

Грейс була сонцем, що простягало свої промені, шукаючи місяць: темну сторону місяця. Вони були на протилежних сторонах, віддаляючись одне від одного.

«Гм», — Гелен прочистила горло, змусивши Грейс і Вінсента відвернутися.

«Бачите, сестро, вона повністю вийшла з-під контролю. Вона не усвідомлює, наскільки серйозна її ситуація. Наскільки вона насправді хвора». Гелен почала плакати. Не маленькими сльозами. Ні, майже потоком ридань, що розривали тіло.

«Все гаразд, мамо», — сказала Грейс, простягнувши руку, щоб взяти маму за руку.

«Ти пам'ятаєш мене?»

«Звичайно», — сказала Грейс, брешучи. Вона не знала її і не мала про неї жодних спогадів, так само як і про медсестру, яка все ще стояла з відкритим ротом.

«Лікар уже йде», — оголосила медсестра. Вона підняла руку Грейс і почала вимірювати її пульс. «Ваші життєві показники чудові, але вам потрібно відпочити. Мабуть, вашій подрузі час іти додому.

Йому теж потрібен відпочинок».

Вона поглянула на Вінсента.

Він не пропустив її тонкого занепокоєння.

«Так, думаю, я повинен піти», — сказав Вінсент. Він відійшов на кілька кроків від ліжка. Провів пальцями по волоссі. Повернувся до ліжка, ніби чекаючи на схвалення Грейс. «Або я можу залишитися, якщо ти хочеш».

«Тільки якщо ти хочеш», — сказала Грейс з ноткою надії в голосі. Вона розуміла, що він залишається тільки через почуття провини, але вирішила, що прийме його в будь-якому випадку. «Може, тільки доки я не засну?»

Гелен базікала з медсестрою, ніби вони були давніми подругами, поки виходили з кімнати.

«Вона засне за кілька хвилин», — сказала медсестра. «Я дала їй достатньо седативних, щоб вона добре виспалася».

Гелен озирнулася на них двох, а потім поцілувала доньку.

Грейс думала, що мамі важко було залишити її там саму з практично незнайомою людиною. Мама не скаржилася. Вона носила це як бойову шраму.

Грейс швидко заснула.

Вінсенте скористався нагодою, щоб увімкнути мобільний телефон і зателефонувати мамі. Він надсилав їй повідомлення з останніми новинами про стан Грейс. Він відмовився залишити її, поки не переконався, що їй нічого не загрожує. Йому потрібно було повернутися додому і прийняти душ, не кажучи вже про те, щоб нарешті переодягтися з крикетної форми.

Незабаром Грейс занурилася в глибокий сон, в якому вона уявляла собі голоси навколо себе. Шепочучі голоси. Потім голоси ставали все голоснішими. Вони наповнювали її розум сміхом. Диявольськи гучний сміх, за яким слідували крики і шкребіння, ніби когось поховали живцем. Голоси були в пастці. Вони кричали і шкребли, кричали і шкребли.

Грейс прокинулася з переляком, піт стікав їй по лобі. Її постільна білизна була вологою і холодною. Вона була дезорієнтована. Занадто боялася відкрити очі. Вона задавалася питанням, чи те, що вона чула у своїх снах, зараз було в кімнаті з нею. Якщо вона відкриє очі, вона побачить це, а якщо вона це побачить, їй доведеться втекти. Вона уважно прислухалася. Єдиними звуками були цокання і шурхіт медичного обладнання.

Вона відкрила очі, весь час повторюючи про себе: один слип, два слоп, три цокання, чотири токання. Грейс була сама. Вона почала тремтіти в холодній кімнаті. Їй потрібно було переодягнутися. Вона не могла дістатися туди, куди їй потрібно, тому натиснула кнопку тривоги. За кілька секунд прийшла медсестра і допомогла їй переодягнутися в чисту сорочку.

«Вам потрібно... піти?» — запитала медсестра. Ця була меншою і привітнішою за іншу, і вона лагідно посміхнулася. Грейс почервоніла, коли медсестра поставила під неї підкладну.

Потім Грейс запитала, чи може вона пересунутися ближче до вікна. Медсестра підсунула ліжко вперед, не пошкодивши обладнання. Вона відсунула штори, впустивши денне світло. Воно засліпило Грейс своєю раптовою інтенсивністю. Вона дивилася вниз на тонкі травинки, що гнулися під подихом вітру. Вона подивилася вгору, на глибоке блакитне безхмарне небо. Після такого довгого перебування в лікарні вона відчула, що жива.

«Якщо вам ще щось потрібно, дайте мені знати», — сказала медсестра.

Грейс взяла її за руку і сказала: «Дякую».

Знову вона була сама, але цього разу вона подивилася далі по доріжці. Вона побачила маленький квітник, а трохи далі — дерево. Поруч з ним вона побачила шматочок паперу, що летів вгору, ніби насміхаючись. Повз нерухомі квіти, ніби кажучи: «Подивіться на мене! Ви можете мати гарні пелюстки і яскраві кольори, але я можу робити те, чого ви не можете. Ви скуті, а я можу літати. Дивіться, як я літаю!»

Шматочок паперу продовжував свою подорож. Грейс стежила за ним, як він летів високо, вище і ще вище, аж поки не зник з поля зору. Грейс засміялася. Це було як дивитися на диво.

«Що ти робиш?» — вигукнула мама Грейс, побачивши дочку в майже стоячому положенні. Гелен Грінвей відштовхнула дочку назад на подушку і присунула ліжко до стіни. Потім вона вклала дочку в ліжко. Грейс була вдячна за турботу. Вона думала, що це може викликати спогад — спогад про цю жінку, яка стоїть перед нею. Але знову ж таки, спогадів не було.

РОЗДІЛ 6

Сподіваюся, ти готова до візиту доктора Крістіанссона, — сказала Гелен. — Він незабаром прийде, щоб поговорити про твій стан».

«У мене є якийсь стан? — запитала Грейс.

— Так, Грейс, справді.

Грейс занепокоїлася, коли лікар увійшов до кімнати. Він привітався з ними і підтягнув стілець. Він сів на хвилину, а потім встав. Він виміряв пульс Грейс. Помацав її лоб. «Хм. Як ти себе почуваєш, Грейсі?»

«Будь ласка, називайте мене Грейс».

«О, вибачте. Тоді Грейс. Як ти себе сьогодні почуваєш?»

«Я почуваюся краще. Головний біль вже не такий сильний, але, докторе, я нічого не пам'ятаю».

«Нічого?»

Грейс виглядала збентеженою. Вона не хотіла, щоб мама дізналася, що вона її не пам'ятає. Вона завагалася. «У мене є спалахи спогадів».

«Спалахи?»

«Так».

«Розкажіть мені більше», — сказав він, роблячи нотатки на блокноті.

«Спалахи, переважно про хлопчика. Вінсенте Маріно», — сказала Грейс.

Лікар подивився на Гелен, піднявши брову.

«Хлопчик. Той, що вдарив її м'ячем», — сказала Гелен.

«О, так. Це нормально, адже він був останньою людиною, яку ти бачила, перш ніж втратила свідомість». Він завагався, щось написав. «То ти пам'ятаєш свою маму, правильно?»

Грейс сподівалася і молилася, щоб він не запитав її про це. Чи слід їй продовжувати брехати, щоб мама була щасливою? Вона знала, що повинна сказати лікарю правду, всю правду і нічого, крім правди, щоб він міг їй допомогти. Вона похитала головою. Гелен почала ридати.

Лікар погладив Гелен по руці, а потім зосередив свою увагу на пацієнтці. «Грейс, ви зазнали того, що ми називаємо травматичним ураженням мозку. Як ви думаєте, що це означає?»

«Я не знаю».

«Тоді я спробую вам це пояснити», — сказав лікар. «Вас вдарила крикетна куля». Він завагався, а потім поглянув на Гелен. Вона так сильно ридала, що її груди тремтіли. Було очевидно, що вона намагалася взяти під контроль свої емоції.

Грейс хотіла, щоб він перейшов до суті.

«Перший удар м'ячем, його сила, був достатнім, щоб спричинити травму. Є ускладнення. Серйозні ускладнення».

Спочатку захворювання. Тепер ускладнення. Що ще тут відбувалося? Чи було її життя в небезпеці?

«Так, ускладнення у вигляді тромбів або аневризм поблизу мозку. Тиск від аневризм міг спричинити втрату пам'яті. Ми сподіваємося, що це буде лише тимчасовий стан».

«Тимчасовим?»

«Так. Якщо ми зробимо операцію і видалимо їх, сподіваємося, що всі ваші спогади повернуться. Але операція надзвичайно небезпечна».

«Ви маєте на увазі, що я можу померти?»

Хелен заридала ще голосніше.

«Якщо говорити відверто, то так. Ви можете померти, якщо ми зробимо операцію, Грейс. Але справа в тому, що ви можете померти і якщо ми не зробимо операцію».

«Що?»

«Згустки ростуть, викликаючи біль і втрату пам'яті. Вони небезпечні. Можуть утворитися нові, хоча ми не знаємо, коли. На жаль, вони не зникнуть, якщо не лопнуть, не розпадуться і не потраплять у кров».

«То як мені їх позбутися?» — запитала Грейс, намагаючись не плакати.

«Ми дамо вам антикоагулянти. Зрештою, ми зробимо операцію. Сьогодні. Або завтра. Як тільки ви дасте згоду. Ми зробимо все можливе, щоб позбутися їх усіх. У нас є фахівці, які готові вам допомогти. Операція — це ваш найкращий шанс на виживання і повне одужання».

«А якщо я скажу «ні»?

«Вам шістнадцять, тому ваша мама може підписати документи за вас. Ми дійсно вважаємо, що ви повинні прийняти рішення і погодитися з ним. Так буде краще для всіх. Ось чому я кажу вам правду, прямо в очі. »

«У мене справді є вибір?»

«Якщо ти скажеш «ні», тромби все одно розпадуться, коли будуть готові до цього. Результат може бути фатальним і без попередження».

«Чому ми не можемо почекати і зробити операцію пізніше? Якщо буде потрібно».

«Ми можемо. Це залежить від тебе. Ти можеш почекати. Швидше за все, ти будеш ставати сильнішою з кожним днем, одужувати. Але ми ризикуємо. Якщо у вас буде рецидив, ви ослабнете, і ваші шанси на повне одужання також зменшаться».

«Тож, чим швидше, тим краще?»

«Грейс, ти сприймаєш це дуже спокійно», — сказала Гелен, все ще ридаючи. «Моя сильна дівчинко. Така хоробра». Вона обійняла її.

«Я не хочу помирати. Мені тільки шістнадцять».

«Ми зробимо все, що в наших силах, щоб допомогти тобі це пережити», — сказала лікарка.

«Як ми дізнаємося, коли ситуація стане більш критичною?» — запитала Грейс.

«Коли тромби розірвуться, ти потрапиш до нашого списку критичних випадків. Ми негайно доставимо тебе в операційну. У цей момент це стане питанням життя і смерті».

Грейс боролася зі сльозами. Вона хотіла жити. Вона не хотіла помирати, не так. Їй потрібен був час, але час не був на її боці. Вона хотіла побути на самоті. Вона хотіла часу для себе. Часу, щоб подумати. Часу, щоб обміркувати.

«Я дав тобі багато інформації для роздумів, Грейс. Це багато навіть для дорослої людини, не кажучи вже про підлітка. Поговори зі своєю родиною та друзями. Тобі знадобиться їхня підтримка і любов. О, і ще одне. Твій стан, тромби, можливо, існували вже деякий час. Можливо, вони були в стані спокою місяцями, навіть роками. Можливо, вони впливали на твій емоційний стан. Викликали втому, головний біль. Доки той хлопчик не вдарив тебе м'ячем, ми про це не знали. Тепер, коли ми знаємо, ми маємо вважати цей випадок щасливим каталізатором, який допоможе тобі знову одужати».

Грейс не думала про це в такий спосіб. Вона кивнула.

«Ти розумієш, що необхідно вжити заходів?»

«Ви чітко пояснили, докторе».

«Молодець», — сказав він. «Поговори з мамою. Вона дуже тебе любить. Потім відпочинь. Подумай над цим. Я повернуся завтра, щоб відповісти на всі твої запитання».

Грейс кивнула. Гелен підійшла ближче до дочки. «А ти, Гелен, відпочинь. Грейс знадобиться твоя сила. Коли ти востанне спала?»

«Останнім часом я не дуже добре сплю», — зізналася Гелен.

«Я попрошу одну з медсестер дати тобі щось, що допоможе заснути. Ти маєш відпочивати, їсти і дбати про себе, не тільки заради себе, а й заради Грейс».

«Так, я розумію. Дякую, докторе Крістіанссон», — сказала Гелен.

Він повернувся і вийшов. Мама Грейс стояла біля ліжка, занурена у власні думки.

«Мамо, я хотіла б побути трохи на самоті, щоб подумати».

«Але ти не сама. Тобі не доведеться приймати це рішення самостійно».

«Я знаю, мамо, і дякую тобі».

Гелен поцілувала дочку в чоло і вийшла з кімнати.

Нарешті, залишившись наодинці, Грейс не стримала сліз. Вона міцно обійняла себе. Дозволила собі виплакатися.

****

Нічне повітря було крижаним. Воно обвівало її. Пронизувало її нічну сорочку, яка розвівалася за нею, наче вуаль. Грейс сховала обличчя в грудях Вінсента. Вони продовжували летіти вгору. Вище і вище. У темряву. Залишаючи все позаду.

Грейс затремтіла.

Вінсент притягнув її ближче. Його руки обійняли її. Він тримав її. Вона почувалася в безпеці.

Це було зараз. Зараз або ніколи.

Вона відтягнула нічну сорочку з високим коміром від шиї і розпустила червону мереживну стрічку. Вона відхилилася назад і чекала на нього. Чекала на біль і на задоволення.

Вінсенте оголив зуби, і вона почала падати. Дрейфувати.

Вниз. Розбиватися. Вниз.

Вона відчувала його глибоко, глибоко під шкірою, коли падала на тротуар, що чекав на неї.

Вона відкрила очі і закричала.

РОЗДІЛ 7

Коли Грейс прийшла до тями, хтось заправляв їй ковдру під шию. Вона відчула, як прохолодна рука торкнулася її щоки. Чоловік запитав: «Ви прокинулися?».

Грейс розплющила очі, намагаючись сфокусуватися. Вона розгледіла його очі — глибокі, карі. Її увагу привернули його щоки, бо коли він посміхався, вони розтягувалися, як у дитини. Вона спробувала потерти очі, але чоловік заправив їй руки під ковдру. Вона не могла витягнути їх з-під ковдри. Вона відчувала себе в пастці. Вона не відчувала страху.

«Грейс», — сказав він.

«Е-е, я не можу витягнути руки».

«О, вибачте. Я занадто туго вас вкрив», — сказав він, стягуючи ковдру, щоб Грейс могла потерти очі і сфокусуватися. Тепер вона помітила, що другий, молодший чоловік підійшов ближче до неї. Він схрестив руки на грудях.

«Дякую».

«Грейс, хочеш випити води?»

«Так, було б чудово», — сказала вона, коли чоловік налив їй води і поклав чашку в її тремтячу руку. Він тримав її, як батько тримає руку дитини, коли вона вперше вчиться пити самостійно. Після того, як вона випила воду, він взяв чашку і поставив її на нічний столик. Він зачекав.

Грейс оглянула кімнату, добре розуміючи, що вона повинна знати, хто ці двоє. Вони очікували, що вона знає.

«Я твій тато», — сказав усміхнений чоловік, «а це твій старший брат Даріл».

Тепер Грейс побачила: сімейну схожість, карі очі.

Так, у неї були очі батька.

«Твоя мама згадувала, що ти, можливо, нас не пам'ятаєш», — сказав він. Він погладив доньку по руці. Деріл підійшов ближче, вздовж ліжка. Він простягнув руку до Грейс.

«Ти добре виглядаєш, моя дівчинко», — сказав Бенджамін Грінвей.

Грейс відчувала одночасно і дискомфорт, і заспокоєння. «Дякую».

«Ми так хвилювалися за тебе, коли дізналися». Батько витер сльозу. «Вибач, що не зміг приїхати раніше. Був у відрядженні, ти ж знаєш».

«Я розумію».

«Але для моєї маленької дівчинки немає нічого неможливого, і ми запросимо сюди найкращих фахівців. Ми зробимо все, щоб ти знову стала нормальною».

«Нормальною?»

«Такою, як ти була, знаєш... раніше».

«Е-е, дякую», — сказала Грейс, а потім поворухнула ногами під ковдрою, пробудивши їх від глибокого сну. Останнім часом так і було. Частина її тіла була прокинута, а інші частини міцно спали.

«Ми хочемо, щоб ти стала такою, як раніше», — сказав її брат. Він нахилився і поцілував її в чоло.

Його губи були прохолодними, ніби він щойно випив прохолодний напій.

«Я в порядку», — сказала Грейс. «Просто втомилася... і, звичайно, є ця проблема з пам'яттю».

«Так, це прикро, не пам'ятати нікого і нічого», — відповів Деріл. Потім він трохи наспівував і засміявся.

Незручно.

Грейс на секунду заплющила очі, а потім знову їх розплющила.

Її батько і брат виглядали дещо обережними. Вона знову спробувала пригадати щось, будь-що, але марно.

«То ти вирішила зробити операцію?» — запитав батько.

«Я ще нічого не вирішила».

«Все в свій час, люба, все в свій час», — сказав він. Він простягнув руку, щоб доторкнутися до руки Грейс.

Коли їхні шкіри торкнулися, вона очікувала відчути тепло, але його шкіра була холодною.

«Я вчора розмовляв з лікарем, — сказав її батько. — Я сказав йому, щоб він зробив усе можливе. Я сказав йому, що гроші не мають значення. Я сказав йому, щоб він залучив усіх найкращих фахівців. Щоб зробив усе, щоб повернути мою маленьку дівчинку».

«Я тут, тату, — сказала вона, коли Вінсенте зазирнув у двері її кімнати.

«Заходь, Вінсенте, — запросила вона, — ти не заважаєш».

Він оглянув кімнату і підійшов до неї. Провів пальцями по волоссі. Засунув руки глибоко в кишені чорних джинсів Levi's.

«Я хочу представити тобі мого тата і брата, Деріла».

«Твого тата і брата?»

«Так».

«О, тому я і не зайшов відразу. Я, е-е, мені здалося, що ти з кимось розмовляєш».

Грейс подумала, що він поводиться дуже дивно, майже грубо.

«Хочеш, щоб я, е-е, когось покликав? Твого лікаря? Одну з медсестер? Тобі потрібна допомога?»

«Що ти маєш на увазі?» Грейс була дуже розлючена на нього, але посміхнулася. «Тату, це Вінсенте Маріно, хлопець, який привіз мене до лікарні. Даріл, це Вінсенте Маріно. Вінсенте, мій тато і мій брат».

Вінсенте озирнувся. У кімнаті нікого не було. Жодної душі. Але бідна ошукана Грейс думала, що хтось є. Чи повинен він підігравати її ілюзіям? Прикидатися? Простягнути руку? Потиснути уявну руку у відповідь? Він не був медиком. Він не мав уявлення, куди дивитися і що робити. Він не хотів брати на себе відповідальність за те, що довів Грейс Грінвей до краю. Він уже достатньо їй нашкодив.

«Я піду покличу лікаря, добре?» — сказав Вінсенте, пропускаючи пальцями по волоссі.

«Чому? Тому що я знайомлю тебе зі своєю родиною? Я ж не прошу тебе вийти за мене заміж чи щось таке!»

«Грейс? А що, якби я тобі сказав...»

«Так?»

«А що, якби я тобі сказав, що в цій кімнаті немає нікого, крім тебе і мене?»

Грейс подивилася в очі батька, а потім брата. Вони кивнули їй на знак згоди.

«Що ти маєш на увазі? Вони ж стоять прямо тут!»

«Грейс, послухай мене. Будь ласка. Твій батько і брат загинули в автокатастрофі. Це була лобова зіткнення. У школі була меморіальна служба».

«Вони не могли загинути», — сказала Грейс. «Хіба що, хіба що... я бачу мертвих людей!»

«Я впевнений, що є цілком невинне пояснення, Грейс. Можливо, це просто побічний ефект знеболюючих ліків. Будь ласка, дозволь мені викликати допомогу».

Грейс простягнула руку до батька. Він відступив. Вона простягнула руку до Даріла. Він також відступив.

«Люба, нам дійсно треба йти... тепер, коли Вінсент тут. Ми повернемося іншим разом. Іншим разом, коли ти будеш сама», — сказав її батько. Він і Даріл відступили до стіни. Вони зникли.

Грейс закрила очі і почала кричати. І кричати, і кричати.

Коли медичний персонал нарешті прибув, було вже запізно. Грейс вже витягла деякі трубки.

Після того, як їй дали заспокійливе, вона одразу заспокоїлася. Незабаром вона заснула.

Вінсенте залишився біля Грейс, поки не приїхала Гелен. Він пояснив їй, що сталося.

Гелен була засмучена, бо її не було поруч. Вона задавалася питанням, що все це означає. Чи її дочка втрачає розум? Чи потрібно їй поговорити з лікарем про переведення її в інший тип лікарні? Таку, де за нею будуть стежити 24 години на добу? Вона здригнулася від цієї думки.

Вінсенте намагався заспокоїти її, кажучи, що Грейс не божевільна. Водночас він намагався переконати в цьому і себе.

Він дивився у вікно на поліетиленовий пакет, що майоріло на вітрі, наче денний привид. Він згадав книги, які читав про мертвих, що повертаються, щоб забрати живих. Чи могло бути надприродне пояснення?

Гелен дивилася на сплячу дочку. Вона виглядала такою невинною душею, що спочивала там. Гелен обійняла себе руками. Минуло так багато часу, відколи вони востаннє розмовляли, по-справжньому розмовляли. Вона поглянула на хлопця, що стояв поруч, і замислилася, чи він, можливо, знає її дочку краще, ніж вона сама. Вона ненавиділа думку, що одного дня вона і її дочка можуть віддалитися одна від о дної.

Грейс заворушилася уві сні. Потім вона почала голосно рахувати.

Гелен слухала, поки Грейс не дорахувала майже до ста. Потім її дочка перестала рахувати. Вона завжди зупинялася на цифрі сто. Грейс все життя любила цифри. Вони давали їй заспокоєння.

Гелен замислилася над цим. Хоча її дочка втратила пам'ять, вона все ще робила звичайні речі, наприклад, рахувала уві сні. Гелен вважала це хорошим знаком. Вона майже поділилася цим з хлопчиком Маріно. Він був зайнятий тим, що дивився у вікно, тож вона вирішила піти випити чашку чаю.

Вінсенте запевнив Гелен, що залишиться в кімнаті, доки вона не повернеться. Гелен була вдячна йому за допомогу.

Вінсенте гортав журнал і продовжував дивитися у вікно.

Грейс кричала: «Будь ласка, не забирайте мене. Будь ласка, не забирайте!»

Вінсенте підняв її і обійняв. Вона все ще міцно спала, просто мала кошмар. Коли її тіло розслабилося, він поклав її голову на подушку.

«Будь ласка, не вмирай», — прошепотів Вінсенте. Він відчинив двері і подивився назовні, шукаючи Гелен. Він серйозно хотів, щоб його врятували з цієї ситуації. Де була Гелен Грінвей? Він озирнувся на Грейс, яка знову заворушилася уві сні. Зітхнувши, він зачинив двері і повернувся на своє місце.

РОЗДІЛ 8

Г рейс прокинулася, відчуваючи повну дезорієнтацію. Вона мала ніч, сповнену жахливих снів.

Вона мріяла, що до неї завітали двоє гостей: її померлий батько та брат. Кімната була повністю темною, і коли вона відкрила очі, в повітрі відчувався виразний запах мила та антисептика. Вона замислилася, скільки часу вона спала.

Грейс доторкнулася до свого чола, і воно було надзвичайно гарячим. Вона горіла від лихоманки, і їй знову потрібно було змінити нічну сорочку. Вона простягнула руку через ліжко, натиснула на дзвінок і зачекала. Нічого.

Вона спробувала налити собі склянку води, але виявила, що глечик порожній. Вона чекала, поки медсестра прийде до кімнати, але ніхто не прийшов. Вона знову натиснула на дзвінок. Її спрага зростала. Вона знову доторкнулася до чола і натиснула на дзвінок.

Вона сіла і побачила Вінсента. Він міцно спав, розвалившись на двох стільцях під вікном. Його ноги і ступні лежали на одному стільці. Верхня частина тіла — на іншому. Проблема була в тому, що його середина провисала вниз, опускаючись. Він скоро впаде на підлогу. Єдиний спосіб це зупинити — розбудити його.

Грейс покликала його по імені. Злякавшись, він розсунув стільці. Його середина впала на підлогу.

Він підскочив. «Що? Де?»

Грейс не могла стримати сміху.

Він на мить поглянув у її бік, а потім погладив одяг руками. Нарешті, він прочесав волосся пальцями. Він подивився на неї ще секунду-дві, а потім потер очі і зрозумів, де він. Він ще раз провів руками по волоссю, а потім підійшов до Грейс і сказав: «Ой, вибач. Я, мабуть, заснув».

«Нічого страшного. Я хотіла врятувати тебе від падіння, але, на жаль, тільки погіршила ситуацію».

«Нічого страшного», — сказав Вінсенте. Він зробив кілька стрибків, намагаючись прокинутися.

«Вже дуже пізно! Чому вони мене не покликали? Твоя мама мала мене замінити. Після десятої вечора допускаються тільки родичі. Такі правила лікарні».

«Я вже досить давно дзвоню медсестрі, — сказала Грейс, — але поки що безрезультатно. Давай, я спробую ще раз». Вона натиснула на дзвінок і просто тримала його.

Вінсенте чув, як звук лунав по всьому коридору. Дивно. Він вирішив піти подивитися. Де, в біса, була Гелен? Вінсенте спеціально згадав Гелен Грінвей, що йому потрібно вийти звідти рівно о десятій. Вона обіцяла його розбудити. Його мама мала забрати його, а наступного дня у нього був матч з крикету. Йому потрібно було добре виспатися. Вона ставилася до нього як до рідного. Що за...?

Він блукав коридором і все більше дратувався. Спочатку все здавалося нормальним, але відсутність персоналу лікарні його насторожила. Він потягнувся до кишені і дістав мобільний телефон. Він увімкнув його і чекав, поки запрацює 4G, але сигнал був слабким, лише одна смужка. Він перевірив, чи немає текстових повідомлень та електронних листів, але їх не було. Він поглянув на годинник у кінці коридору. Була 2:30 ночі. Що, в біса?

З цікавістю він відчинив одну з палат, готовий вибачитися за вторгнення, але вона була порожня. Він продовжував відкривати одну двері за одними, і результат був однаковим: порожньо.

Він зайшов у ліфт. З'їхав на один поверх нижче: те саме, що й вище. Куди всі поділися? Це починало здаватися дивним. Він спустився ліфтом на перший поверх. Там була та сама картина. Навіть стіл реєстратора був порожній. У залі очікування та у відділенні швидкої допомоги не було ні пацієнтів, ні їхніх родичів.

Він вийшов на вулицю і глибоко вдихнув. Повітря мало дивний запах, суміш вихлопів автомобілів і евкаліпта. Все, що він чув, було безперервне гудіння.

Вдалині його погляд зупинився на повній місяці, яскравість якої освітлювала нічне небо. Зірки сяяли з повною силою. Він замислився над цими речами на кілька хвилин, бо це було те, що він очікував побачити, тобто нормальне.

За кілька секунд гудіння повернуло його до реальності, і його погляд оббіг парковку. Він кашлянув, рухаючись до найближчого автомобіля, з вихлопної труби якого виривався дим.

Передні двері з боку водія були широко відкриті, тож він нахилився, але побачив, що салон порожній. Він перевірив заднє сидіння і виявив, що воно теж порожнє. Він вимкнув запалювання, але двигун одразу ж знову запрацював. Врешті-решт він витягнув ключ, і це, здавалося, допомогло.

Він підійшов до наступного автомобіля, який також був порожній, а двигун все ще працював. Він стояв посеред парковки. Усі автомобілі працювали, але ні водіїв, ні пасажирів не було видно. Вінсент затремтів і побіг назад у будівлю, щоб знайти Грейс.

Грейс все ще сиділа там, де він її залишив. Він ніколи в житті не був так радий бачити когось. Він прикусив верхню губу, коли увійшов до кімнати, розмірковуючи, чи варто їй розповісти, що відбувається. З іншого боку, він сам не знав, що відбувається. Він пробіг у голові факти:

Факт: лікарня порожня.

Факт: автостоянка порожня.

Це були сухі, незаперечні факти.

Вінсенте розмірковував, як йому розповісти про ситуацію. Чи варто прикрасити її? Чи краще розповісти Грейс все? Він не міг не замислитися про її поточний психічний стан. Ще недавно вона здавалася такою близькою до краю. Він не хотів бути тим, хто штовхне її в прірву. Він уже завдав їй достатньо шкоди.

Вінсенте помітив, що Грейс сильно пітніла. Вона вже здавалася стурбованою і схвильованою, а він ще навіть нічого їй не сказав... поки що. Він запитав, чи не хоче вона випити холодної води, і вона відповіла, що хоче.

Він наповнив маленький глечик водою і налив склянку. Грейс, думаючи, що це для неї, простягнула руку, щоб взяти її. Але Вінсенте, здавалося, був у своєму світі і, замість того, щоб подати їй склянку, сам випив її до дна. Потім він повторив весь процес і випив до дна і другу склянку.

Коли він повернувся до реальності, Грейс почала все більше і більше лякатися. Щось було явно не так. Вінсенте щось побачив і боявся розповісти їй про це. Все було настільки погано.

Вінсенте зустрівся поглядом з Грейс. Він налив склянку води і поклав її в її руку. Вона пила, спостерігаючи, як вираз обличчя Вінсенте змінювався з кожною миттю.

Грейс більше не могла цього витримати. Вона хотіла, щоб Вінсенте прийшов до тями. «Мені, е-е, дуже потрібно в туалет». Вона знову натиснула на кнопку виклику. Вона сподівалася, що одна з медсестер за мить з'явиться в палаті.

Вінсенте закінчувався час. Він спостерігав за Грейс. Вона чекала, поки медсестра прийде і допоможе їй, хоча навколо не було жодної медсестри. Що ж йому робити? Вона перебувала в серйозному стані і потребувала ліків. Він не був лікарем і не мав уявлення, як їй допомогти.

Тоді йому спала на думку ідея: він відвезе її в іншу лікарню.

Так, саме так він і зробить.

«Вибач за вчора. Я маю на увазі те, що я бачу мертвих людей», — сказала Грейс.

«Нічого страшного».

Він мав їй сказати. Чим швидше, тим краще.

✳✳✳

Цю медсестру треба звільнити!» — вигукнула Грейс. Їй дуже потрібно було в туалет!

«Коли ти востаннє приймала ліки?» — запитав Вінсент.

«Не знаю. Я так багато сплю, що іноді навіть не можу зрозуміти, день зараз чи ніч».

«Зараз ніч. Час відвідувань давно минув».

«То вони знову дозволили тобі залишитися допізна?»

«Не думаю. Твоя мама мала мене розбудити. Вона збиралася провести ніч з тобою. З огляду на...»

«З огляду на що? Вона думає, що я втрачаю розум?»

«Ну, так, приблизно. Тобто, вона просто хоче за тобою наглядати».

«Тоді вона повинна переконатися, що я отримую ліки», — сказала Грейс.

«Щоб кров не згущувалася, тобі потрібні ліки».

«Я знаю», — сказала Грейс, роздратована, — «Вони завжди записують все в картку біля ліжка. Поглянь. Там має бути все, що тобі потрібно знати».

«Гарна ідея», — сказав Вінсент, піднімаючи дошку для записів. На ній були абревіатури, схожі на секретний код. Він зумів зрозуміти суть.

Грейс не бачила нікого — ні медсестри, ні лікаря — вже більше двадцяти чотирьох годин.

Їй дійсно потрібно було в туалет. Капання крапельниці поруч з нею не допомагало. Вона намагалася не думати про це. Вона намагалася не думати про вампірську версію Вінсента Маріно. І вона намагалася не думати про те, що бачить мертвих людей, але було важко не думати про все це. Особливо коли її сечовий міхур був повний.

Вінсенте вирішив, що зараз або ніколи. Він мав їй сказати. Він мав сказати їй правду. Він мав вивести їх з цієї лікарні, вивезти кудись інде. У місце, де Грейс могла б отримати необхідну допомогу.

Він підійшов до вікна і відсунув штори. Він вирішив, що не може більше зволікати. Він мав їй сказати... зараз.

$$\bf{*\!*\!*}$$

« Грейс, ми з тобою залишилися в лікарні самі», — випалив Вінсент. Жорстоко, подумав він. Абсолютно жорстоко.

«Що?

«Вони всі... зникли».

«Це неможливо! Сестро! Сестро!» — крикнула вона, знову натискаючи на кнопку виклику.

«Я перевірив кілька хвилин тому, і ця лікарня пуста. Повністю».

«Ти намагаєшся мене налякати?»

«Так. Тобто, ні, але я думаю, нам слід вибратися звідси».

«Але зовні... тобто, поза лікарнею, ти бачив людей?» — запитала Грейс.

«Ні. Я не знайшов нікого ні всередині, ні зовні будівлі. Нам треба йти. Виходимо звідси. Їдемо до міста. Я бачив там машини з увімкненими двигунами, але за кермом нікого не було. Ні пасажирів. Багато порожніх машин».

«Але я не можу покинути лікарню. А що буде з моїм станом?» — вигукнула Грейс. Вона подивилася на Вінсента і на мить засумнівалася, чи не сниться їй знову. Вона заплющила очі, а потім розплющила їх. Ні, вона була повністю прокинута. Можливо, це Вінсент спав, а вона була в його сні? Або ще гірше: можливо, те, що з нею сталося, було заразним? Можливо, вони втрачали розум?

«Якщо ми вийдемо зараз, ми зможемо знайти наші сім'ї. Вони знатимуть, що робити».

«Але я підключена до цього», — вона вказала на апарати та дроти.

«Немає проблем, я відключу вас», — сказав Вінсенте.

«Ви знаєте, що робити?»

«Це здається очевидним, але ви повинні довіряти мені».

РОЗДІЛ 9

Грейс обміркувала свої варіанти. Якщо Вінсент мав рацію, а чому б йому брехати? Тоді всі в лікарні та навколо неї зникли безслідно. Навіть після того, як вона це усвідомила, Грейс все ще сумнівалася у своїй адекватності. Спочатку вона повірила, що Вінсент може бути вампіром. Потім вона повірила, що її брат і батько відвідали її, хоча вони були мертві. А тепер ось це.

«Звичайно, я тобі довіряю, Вінсенте. Але я боюся. Я не розумію, що зі мною відбувається».

«Це відбувається не тільки з тобою. Це відбувається і зі мною. Ми з тобою в цьому разом. Тут немає нікого, крім нас».

«Але чи я не сплю? Ти впевнений, що це не сон, Вінсенте? Скажи, що це не сон! Я думаю, що втрачаю розум!»

Вінсенте притягнув Грейс до себе і обійняв її. Його тепле дихання лоскотало її вухо. Він прошепотів: «Ти не втрачаєш розум. Це реальність. Ми з тобою в цьому разом... і ми маємо вибратися звідси».

«А що, якщо тромб розірветься? А що, якщо?» — почала Грейс.

«Тоді ми з цим розберемося. Я відвезу тебе в іншу лікарню. В інше місце».

Грейс кивнула, а Вінсенте від'єднав монітор серцевого ритму. «Я боюся», — зізналася вона.

«А я боюся того, що станеться, якщо ми залишимося тут», — сказав Вінсенте. Він зняв останню застібку-липучку, і апарат різко перестав працювати. Апарат пищав і блимав, поки Вінсенте не витягнув вилку з розетки.

Потім у кімнаті запала тиша.

«Тепер найважче, — сказав Вінсенте. — Мені треба витягнути голку з твоєї руки, і це буде боляче».

«Говори зі мною. Відволікай мене».

«Гаразд. Я тобі розповідав, що мав важливий матч? Я так чекав на гру. Здається, минуло багато часу з мого останнього матчу». Вінсенте завагався. «Все закінчилося».

«Мені не було боляче. Дякую», — сказала Грейс, перекидаючи ноги через ліжко. Це були голі ноги, які до цього часу ховалися під ковдрою.

Вінсенте відвернув погляд, коли вона зійшла на холодну лінолеумну підлогу. Прохолода викликала мимовільний тремтіння, яке охопило її ослаблене тіло. Вінсенте підтримав її. Вона поглянула на двері ванної кімнати. Вона рушила до неї. Він підтримував її, поки вона не опинилася в безпеці всередині.

Грейс спорожнила сечовий міхур. Вона змила воду і підійшла до умивальника, щоб вимити руки. Побачивши своє відображення в дзеркалі, вона ахнула. Її волосся було розпатланим, а шкіра блідою. Вона виглядала дуже хворою — і вона дійсно була хворою. Грейс почистила зуби, розчесала волосся. Вона відчинила двері і побачила, як Вінсенте перериває кімнату.

Не давши їй нічого сказати, він запитав: «Де твій одяг?»

«Не знаю. Може, мама забрала його додому, щоб випрати?» Вона повернулася до ліжка. «Я думала, може, нам просто залишитися тут і чекати, поки вони повернуться? Вони точно повернуться. Або, може, я просто прокинуся, або ти прокинешся, і все знову стане нормальним?»

«Ні, Грейс. Нам треба вибиратися звідси... зараз. Ти не спиш і не божеволієш — хіба що я теж божеволію! Не переймайся одягом. Твоя лікарняна сорочка підійде, поки ми не знайдемо тобі щось інше».

Вона знову затремтіла. Вінсент накинув їй на плечі ковдру.

«Давай, Грейс. Давай перестанемо говорити про те, що було, і подумаємо про нас тут і зараз. Нам потрібно вибратися звідси».

«Може, тобі просто слід залишити мене. Я тільки затримуватиму тебе».

«Я не залишу тебе, Грейс. Ми повинні триматися разом. Ми зараз у цьому разом. Давай».

«Але Вінсенте, може, якщо я просто полежу тут на ліжку і трохи посплю, ти зможеш самостійно знайти допомогу. Я дуже втомилася». Вона підійшла до ліжка і почала на нього залазити.

Вінсенте простягнув руку і притягнув її до себе. Він поклав руки їй на плечі. «Грейс, ти мені не довіряєш?»

«Довіряю, але...» Грейс стояла, тремтячи, і дивилася в темні очі Вінсента. Вона боялася. Вона боялася бути прокинутою. Вона боялася заснути. Вона хотіла відволіктися і дізнатися більше про нього, про його життя. Вона хотіла стриматися, щоб переконатися, що він справжній Вінсент Маріно. Вона почала ставити під сумнів усе.

«Де ти жив, перш ніж переїхати сюди?»

«Моя сім'я часто переїжджала», — сказав Вінсенте. «Ми живемо в Сіднеї вже майже п'ять років, а п'ять років — це довгий термін для моєї сім'ї, щоб залишатися в одному місці».

Грейс несподівано згадала той момент, коли Вінсенте вперше прийшов до школи. Це був подарунок пам'яті. Вона дозволила йому проникнути в свою свідомість і знову пережила ту сцену. Вона переглядала її в голові знову і знову.

«Ти в порядку, Грейс?»

Вона була так занурена в спогади, що забула, що справжній Вінсент стояв прямо перед нею. Грейс вагалася, чи розповісти йому про свій сон. Вона хотіла, щоб він залишився тільки її. Але врешті-решт вирішила, що боятися нічого.

«Я згадувала перший день, коли ти прийшов до нашої школи. Це було ніби промінь світла пронизав моє серце, проникнув у мою душу. Я не могла дихати».

Вінсенте не знав, що відповісти на це зізнання, тому промовчав.

Грейс була впевнена, що він не пам'ятає, як бачив її в перший день у школі. Чому б йому це пам'ятати?

«Я пам'ятаю тебе», — сказав він.

«Ти це кажеш, щоб я пішла з тобою», — відповіла Грейс.

«Чому я мав би брехати? Це було на траві, перед школою. Ти сиділа. Читала книгу. Ти сидів під деревом, зовсім сам».

«Так. Я читав «Грозовий перевал».

«А я пройшов повз і прикинувся, що спіткнувся. Я впустив ручку біля тебе».

«Я підняв її і повернув тобі».

«Так, але Грейс, ти дивилася на мене, ніби я була істотою з іншої планети».

«Так, це було пробудження мого серця і душі. Я була без слів».

«Але ти навіть не знала мене».

«Я знала тебе, Вінсенте. Я завжди знала тебе».

«Грейс, подумай про те, що ти щойно сказала мені. У твоїй голові збереглися конкретні спогади про мене. Я вважаю, що це надзвичайно позитивний знак. Знак того, що тобі стає краще».

Вона подумала про це, а потім посміхнулася від вуха до вуха. «Гаразд, — сказала вона, — давай вийдемо звідси».

«Я не залишу тебе, Грейс. Ми маємо триматися разом. Ми в цьому разом. Ходімо».

Телефон біля ліжка Грейс почав дзвонити. Грейс потягнулася за слухавкою. Вінсенте зупинив її, бо в кімнаті почав дзвонити ще один телефон. Потім ще один задзвонив у сусідній кімнаті. Потім ще один, а потім ще один. Дзвінки телефонів лунали по всьому коридору. Звук був оглушливим.

«Ходімо!» — крикнув Вінсенте, коли вони вийшли в хол. Дзвінки лунали і ставали все голоснішими.

Вони закрили вуха і дійшли до ліфта. Двері відкривалися і закривалися, потім знову відкривалися і закривалися. Заходити в ліфт було занадто ризиковано. Вони попрямували до сходової клітки.

Дзвінок стих, поки вони спускалися сходами. Коли вони дійшли до першого поверху і відчинили двері, звук був гучніший, ніж будь-коли.

«Ходімо!» — крикнув Вінсенте, коли вони виходили через парадні двері. Вони знайшли машину. Він пристебнув Грейс на пасажирському сидінні.

Він натиснув на педаль газу, і вони помчали в тиху, чорну ніч.

$$***$$

Вінсенте заспівав пісню про поїздку в невідоме місце. Вони проїхали через внутрішню західну частину Сіднея. Він помітив, що Грейс мовчала і заснула. Він подумав, що це, мабуть, добре, оскільки йому потрібно було час, щоб подумати. Щоб скласти план.

Автомобілі стояли в заторі, блокуючи головну дорогу. Йому довелося маневрувати між ними. Іноді він мусив виїжджати на тротуар, щоб проїхати.

По дорозі він бачив багато покинутих і працюючих автомобілів. Були також вантажівки, таксі, поліцейські машини та карети швидкої допомоги. Всі вони стояли на вулиці з увімкненими двигунами — навіть літаки та вертольоти. Повітря було насичене вихлопними газами. Це було схоже на щось із роману Стівена Кінга, абсолютний апокаліпсис.

Спочатку Вінсенте зупинявся на пішохідних переходах, пильно дивлячись, чи не переходять дорогу діти, дорослі чи навіть собаки. Не побачивши нікого, він відмовився від цього.

Здавалося, що нікого не залишилося. Проте Вінсент сподівався знайти свою сім'ю та друзів, які чекали на нього в передмісті. Він спробував зателефонувати мамі на мобільний, але вона не відповідала. Він залишив повідомлення. Те саме він зробив і в будинку своїх дідуся та бабусі.

Грейс прокинулася і запитала: «Де ми?»

«Ми просто їдемо по Сіднею. Розглядаємо ситуацію. Поки ти спала, я поїхав до Королівської лікарні і перевірив її».

«Ти повинен був мене розбудити».

«Ні, не було потреби. Я чув, як там дзвонять телефони. Я знав, що лікарня порожня, навіть не заходячи всередину». Вінсенте виїхав на перехрестя. Грейс схопила його за руку і сказала зупинитися.

Він різко натиснув на гальма. Вони зачекали, бо це був пішохідний перехід, але ніхто не переходив дорогу.

Грейс згадала про білизну, що майоріла на вітрі, білизну, яку залишили на вулиці хтозна-скільки часу. Вона помітила, що в небі не було птахів. Не було гавкання собак. Вона побачила, що магазини все ще були відкриті, але там не працював персонал і не було клієнтів, які б щось купували.

Також були спалені автомобілі.

«Місто повністю спорожніло», — сказав Вінсенте.

«Це безнадійно», — буркнула Грейс.

«Ніколи не втрачай надію».

«Все буде добре», — запевнив Вінсенте, простягнувши руку і торкнувшись руки Грейс. Вона відчула поштовх, коли його шкіра торкнулася її.

«Що ми будемо робити?» — запитала Грейс.

«Ну, ми будемо продовжувати план А», — сказав Вінсенте.

«У нас є план А?»

«Поки ти спала, Грейс, я придумав план А. Він передбачає перевірку іншої лікарні та знайомих передмість. Я подумав, що якщо хтось потребує нашої допомоги, ми, швидше за все, знайдемо їх».

«Це був хороший план».

«Поки що нікого не бачили, ні живого, ні мертвого».

«Куди поділися птахи?» — запитала Грейс.

«Мабуть, попрямували до води. Вони, мабуть, хочуть втекти від галасливих автомобілів, що забруднюють повітря», — сказав Вінсенте.

Він помітив, що бак майже порожній. Він заправив його на заправці. Потім взяв кілька речей у міні-маркеті. Він кинув

Грейс шоколадний батончик і відкрив батончик Mars. «Я залишив гроші на прилавку».

«Ти залишив гроші?» Грейс була дуже здивована.

«Так. Я не можу просто взяти бензин, не заплативши. Це був би кінець цивілізації, якби ми просто брали все, що хотіли! Крім того, власник цієї заправки знає мою сім'ю з того часу, як ми переїхали сюди. Він кілька разів допомагав мамі, коли у неї були проблеми з машиною, а тато був у від'їзді».

«Мені подобається твоя логіка».

«Так, ми ж не хочемо анархії, правда?» — він засміявся.

Грейс тепер ще більше захоплювалася Вінсентом, ніж раніше. Вона захоплювалася його рішучістю. Його чесністю. З якоїсь причини доля звела їх разом. Вона і Вінсент вирушили в пригоду. Це було одночасно захоплююче, страшно і дивно.

Вінсент швидко звернув до будинку, схожого на пряниковий. «Ось ми і приїхали», — сказав він.

РОЗДІЛ 10

«Це будинок моїх дідуся і бабусі. Я завжди зупиняюся тут під час шкільних канікул і коли мої батьки у відрядженні. Оскільки моя сім'я часто переїжджала, це завжди було моїм другим домом».

Вдихаючи аромат евкаліпта в повітрі, Грейс сказала: «Ще дуже рано. Як ти думаєш, вони не будуть проти?».

«Я намагалася зателефонувати вчора ввечері, але ніхто не відповідав. Я залишила повідомлення. Якщо вони сплять, то не будуть проти. Ми можемо просто увійти, бо у мене є власний ключ. До того ж, це свого роду надзвичайна ситуація».

Вінсенте відчинив двері.

Грейс все ще дивилася на сад, зосередившись на величезному дереві посередині двору. Дерево нахилилося, і більша частина його коренів була оголена. Вона затремтіла і обійняла себе руками.

Вінсенте, який уже був усередині, крикнув: «Заходьте!»

Тепер, коли Грейс була всередині, вона намагалася почуватися як вдома. Раптом через відчинені двері ввірвався порив вітру і підхопив задню частину її лікарняної сорочки. Вона замерзла до кісток і знову затремтіла.

Вінсенте простягнув руку через спинку дивана і зняв ручно в'язану різнокольорову ковдру, яку зробила його бабуся. Він накинув її їй на плечі.

Грейс загорнулася в неї і вдихнула приємний аромат.

«Зачекай тут, — сказав Вінсенте. — Я піду нагору і перевірю, як вони».

«Добре», — Грейс дивилася, як Вінсенте піднімається сходами і повертає за ріг коридору.

Коли він зник з поля зору, Грейс підійшла до вікна і зазирнула крізь штори. Коріння дерева, здавалося, ворушилося. Гілки почали гойдатися. Вона знову затремтіла, а потім зачинила штори.

Вона озирнулася, не надто втручаючись. Будинок був справжнім святилищем Вінсента. Всюди були його фотографії. Вінсент як немовля. Вінсент як маленький хлопчик. Вінсент у спортивній формі. Вінсент із батьками. Вінсент із трофеями. Фотографії були безліч. Вона звернула увагу на особливий вид фотографій, яких не бачила серед інших, а саме — Вінсент із дівчиною. Це був хороший знак.

Вінсенте повернувся вниз. З його виразу обличчя і поспіху вона зрозуміла, що його дідуся і бабуся не було в будинку.

«Їх тут немає, і немає жодних ознак, що вони були тут минулої ночі. Ліжко не застелене, а в кошику для білизни нічого немає. Бабуся завжди суворо стежила, щоб ми клали брудну білизну в кошик перед сном».

Він сів, провів пальцями по волоссі, а потім поклав руки на голову, переплевши пальці. Сидячи в такій позі, йому легше було зосередитися. Він часто так робив, коли потрібно було відволіктися від натовпу під час гри.

Грейс стояла поруч, тиха як миша.

Вінсенте вирвався з задуми і вигукнув: «А!» — після чого підхопився і швидко побіг по будинку.

Грейс пішла за ним коридором, повз кухню і ванну кімнату, до маленької кімнати в кінці коридору. Це був кабінет.

Він перевірив, чи працює комп'ютер. Ні, не працював — шнур був витягнутий із розетки. «Дідусь, мабуть, знову економив на електроенергії», — сказав він. «Перезавантаження займе кілька хвилин, тож ми можемо тим часом перекусити і випити кави. Ходімо».

Грейс і Вінсенте зайшли до кухні, де стояли прилади кольору авокадо. На рушниках для посуду були наклейки з зображеннями фруктів і овочів. Посередині столу на них хитро посміхалися кролики-солонка і перечниця.

«Бабуся завжди добре наповнює холодильник», — сказав Вінсенте, відкриваючи дверцята. Він кинув Грейс курячу ніжку і сам почав жувати іншу, ставлячи чайник на вогонь. Потім він взяв каву, цукор, забілювач і дві чашки. Коли вода закипіла, він налив їм чай, і вони повернулися до комп'ютерної кімнати.

Зайшовши всередину, Вінсент сів і почав клацати клавіатурою. Коли з'явився Facebook, він зайшов у свій профіль, щоб оновити його, а потім перевірив, чи хтось із його друзів онлайн. Ніхто не був.

Він кілька разів клацнув і перевірив новини. Жоден із його друзів не робив жодних дописів чи оновлень вже більше ніж двадцять чотири години.

«Не можу повірити, що ніхто не заходив сюди. Навіть Ліз, моя кузина з США, яка оновлює свій профіль щонайменше п'ять разів на день. Боюся, що це може статися не тільки з нами тут, у Сіднеї. Це може статися скрізь».

Грейс прикрила рот, намагаючись стримати крик, але він вирвався і заповнив тиху кімнату. «Може, вони всі десь разом? Під землею або в безпечному місці, де немає комп'ютерів, і чекають».

«Весь світ, під землею і чекає? Це було б щось», — сказав Вінсент, виходячи з Facebook. «Я перевіряю свою електронну пошту», — пояснив він.

«У вас є пошта!» — привітав браузер. Це було коротке повідомлення від його бабусі, яка питала про його матч з крикету.

«То що нам тепер робити? Де ще перевірити?» — запитала Грейс.

«Я-я не знаю», — сказав Вінсенте і знову поклав руки на голову і сховав голову між колінами.

Грейс простягнула руку і поклала її йому на плече. Він взяв її руку в свою, вдячно приймаючи її втіху. «Я знаю, що ще рано вранці, — сказала вона, — але я виснажена. Може, нам варто трохи подрімати, відпочити тут. Коли прокинемося, ситуація може змінитися, або нам спаде на думку чудова ідея, що робити далі».

«Так, я теж виснажена, і ти права, може, хтось надішле електронного листа або зайде на Facebook до того часу. Хто знає? Ми нічого не втрачаємо.

«Дай мені спробувати ще одне», — сказав Вінсенте, дістаючи мобільний телефон. Він надіслав групове повідомлення всім у своїй адресній книзі. «Ось, — сказав він. — Якщо у когось є телефон, вони відповістимуть. Тепер ми можемо трохи відпочити. Вони не відповідатимуть, якщо ми просто сидітимемо, дивлячись на комп'ютер і телефон». Він підключив мобільний телефон до зарядного пристрою, а потім пішов до сходів.

« «Де мені спати?» — запитала Грейс.

«Ходімо нагору, я покажу тобі все».

Вінсенте і Грейс піднялися сходами і увійшли в спальню з ліжком з балдахіном. «Це кімната моїх дідуся і бабусі, ти можеш спати тут. Моя кімната в кінці коридору, за декількома дверима».

Чесно кажучи, Грейс було трохи страшно і вона не хотіла залишатися в кімнаті сама. Але що вона могла вдіяти? Попросити Вінсента спати на стільці біля ліжка або поділити з нею одне ліжко? Вона кивнула, а потім, вдячна за м'яке ліжко перед собою, впала на нього і відразу заснула.

Вінсент зрозумів, як Грейс втомилася, але сам він не був настільки втомлений, щоб відразу заснути. Щоб виправити ситуацію, він поблукав по будинку, з'їв кілька бутербродів з

Веджімайтом. Він повернувся до комп'ютера, сподіваючись, що щось змінилося. Але нічого не змінилося.

Він увімкнув телевізор, сподіваючись трохи відволіктися. Всі канали не працювали і були заповнені сніжно-білим шумом. Те саме сталося, коли він спробував увімкнути радіо: тільки шум. Він почав думати, що світ закінчився для всіх — для всіх, крім нього самого і Грейс Грінвей.

Як дивно, що таке сталося з двома людьми, які ледь знали один одного. Опинитися в такій дивній ситуації. Вона була милою дівчиною, і він її любив, але вона не була його типом. Він замислився, чи, знаючи її почуття до нього, він не завдасть їй ще більшої шкоди, даючи їй надію. Він знав, що Грейс вже деякий час була в нього закохана. Хоча вони були однолітками, їхні соціальні кола та досвід були абсолютно різними.

Вінсенте згадав їхні уроки математики. Грейс завжди випереджала всіх, включаючи вчителя. Вона була призначена стати математиком — у цьому не було сумнівів. Він був призначений стати професійним спортсменом — у цьому теж не було сумнівів. Що б вони робили або ким би стали, якби залишилися єдиними людьми на планеті? Що б приніс їм майбутнє?

Він похитав головою і засудив себе за такі негативні думки. Він піднявся сходами і заглянув до Грейс. Вона міцно спала. Він пішов до своєї кімнати.

Він підійшов до комода, щоб знайти свій одяг, але його піжами там не було. Дивно. Він спав у своєму одязі всю ніч і був готовий одягти щось інше. Він перевірив іншу шухляду і знайшов чорну білизну та пару шкарпеток. Він одягнув їх і впав на ліжко. Незабаром він міцно заснув.

✳✳✳

Вінсенте! Вінсенте!» — покликала Грейс, і за мить він повернувся до неї.

«Ти в порядку?» — запитав він.

«Я забула, де я», — сказала Грейс. Вона відійшла від ліжка і обійняла його. Незабаром вони опинилися в несподіваному, сильному обіймі. Зрозумівши це, вона відсунулася і вибачилася.

«Не потрібно вибачатися», — сказав він.

Він подивився вниз і зрозумів, що практично голий.

Тоді вона теж це помітила. Вона почервоніла. «Я піду одягнуся, якщо ти не проти?»

Коли Вінсенте почав відходити, світло над ними почало тремтіти. Світильники, прикріплені до стелі, почали тремтіти, блимаючи. Кімната його дідуся і бабусі нагадувала занедбаний номер мотелю зі стробоскопом.

Речі на комоді почали тремтіти і трястися в ритмічному танці, а потім до них приєдналася підлога.

«Я думаю, це землетрус!» — крикнув Вінсенте. «Давай! Тут небезпечно».

Пара ступила на сходи, і вони раптом ожили. Вони ритмічно хиталися з боку в бік. Грейс намагалася триматися за поручні, але їй було важко рухатися вперед. Вінсент схопив її за руку, і вона спустилася по сходах.

Як тільки вони дісталися першого поверху, тремтіння припинилося. Сходи тепер були зміщені, і їх руйнування було неминучим.

«Обов'язково буде афтершок», — сказав Вінсент. «Давай залишимося біля вхідних дверей, про всяк випадок».

Стався другий поштовх. Тільки цього разу він був сильнішим. Сходи перетворилися на ескалатор. Сходинки впали на перший поверх, утворивши величезну купу.

Вази та картини розлетілися по кімнаті. Стільці почали гойдатися. Дзеркало розбилося, видавши оглушливий тріск. Грейс закричала.

Вони побігли до вхідних дверей.

Перш ніж Вінсент встиг відчинити вхідні двері, їх відчинив сильний порив вітру.

Підлітки трималися один за одного, виходячи на веранду.

Прямо перед ними гігантське дерево, яке Грейс помітила раніше, крутилося і вертілося. Його гілки тягнулися, наче старі, уражені артритом пальці. Воно приймало моторошну позу, простягаючись у всіх напрямках.

Його коріння рухалося, наче змії.

Перед ними пролітали неживі предмети, які раніше не могли літати. Парасольки, сміттєві баки, мангали та сушарки для білизни кружляли навколо. Врізаючись у все підряд. Летюча лопата влучила в бік дерева, і повітря наповнилося майже людським стогоном.

«Це просто вітер», — заспокоїв Вінсенте, тягнучи Грейс назад у будинок. «Ми не можемо вийти назовні — це занадто небезпечно. Це як градобій предметами з Home Depot!»

Вітер тиснув на двері, і щоб їх закрити, знадобилася їхня спільна вага. Вони стояли, міцно притиснувшись до них спиною. Двері зсувалися і тиснули на їхні спини. Вінсент і Грейс стояли на місці.

«То що ми тепер робитимемо?» — запитала Грейс. Вона тремтіла. Коліна більше не тримали її на ногах. Проте вона стояла пліч-о-пліч з Вінсентом.

«Ну, я читав про землетруси, і зазвичай вони погіршуються, перш ніж покращитися. Зазвичай бувають попереджувальні поштовхи, а потім один великий. Думаю, ми маємо вирішити, чи це був той великий, чи нам слід тікати звідси, поки ще є можливість».

«Я думаю, що буде гірше».

«Тоді давай довіримося інтуїції, бо моя підказує мені те саме. Спочатку візьми телефонний довідник, щоб ми могли перевірити твою домашню адресу та номер телефону. Ти зможеш зателефонувати мамі, коли ми отримаємо цю інформацію. Гаразд, а тепер давай вибиратися звідси!» — крикнув Вінсенте, коли стався ще один поштовх.

Цей був надзвичайно сильним. За ним пролунали гучний тріск, хрускіт і тріск. Потім велике дерево впало на будинок, пробивши дах. Пара стояла, дивлячись на дерево, яке тепер міцно вкоренилося у вітальні. Іронічно, що двері, які вони захищали, залишилися цілими, а стеля тепер була небом.

«Ходімо!» — крикнув Вінсенте, коли вони вибігли через парадні двері.

Летючі предмети літали навколо них, коли вони прямували до безпечного місця — своєї машини. Коли Вінсенте рушив, щоб відчинити двері, Грейс помітила, що кільце на його пальці блищало і світилося, наче третє око. Воно ніби вбирало світло з неба.

Дивні думки літали в голові Грейс, коли предмети розліталися і розбивалися навколо неї. Вона подивилася на Вінсенте і подумала, що якщо він вампір, то він безсмертний. Він міг би перетворити її на вампіра теж. Якщо це сталося б, то жоден з них більше ніколи не був би самотній. Вона знала, що ця думка була божевільною.

Тоді в її голові промайнула дивна, але чітка думка. Віддалене спогад про вбивство вампірів дерев'яними кілками. Вона поглянула на Вінсента, коли гілка дерева полетіла в їхній бік. Якщо вона нічого не зробить, гілка проб'є Вінсенту спину.

«Заходьте!» — крикнула вона. «Стережіть спину!»

Він встиг заскочити всередину якраз вчасно, бо шматок дерева влучив у машину і пробив її.

«Дякую! Це було близько!» — вигукнув Вінсенте.

Коли вони вже були всередині, перед їхніми очима пролетіла металева парасолька, що кружляла, наче дервіш.

Пролунав гучний тріск. Він був настільки гучним, що вони мусили закрити вуха. Потім пролунав ще один тріск. Земля почала розриватися перед ними, наче розбитий кокос. Тріщина в землі рухалася вздовж дороги, небезпечно наближаючись до них. У неї падали цілі будинки, дерева та автомобілі.

«Їдь!» — крикнула Грейс, коли руйнівний тріск наблизився до них.

Вінсенте давав задній хід, а потім натиснув на газ. Їхні шиї відкинулися назад, наче гумки, коли вони зникли в хмарі пилу.

«Не озирайся!» — крикнув Вінсенте.

Він їхав, як ніколи раніше. Він ухилявся від покинутих автомобілів і уламків, як професійний гонщик. Він продовжував їхати, захищаючи їх і тримаючи подалі від смертельної зони руйнування землетрусу.

Вони їхали, їхали і їхали, не озираючись.

Минуло чимало часу, перш ніж вони заспокоїлися. Перш ніж їхнє дихання повернулося до норми.

«Ми можемо повернутися, коли буде безпечно», — сказала Грейс.

«Боюся, що в цьому немає сенсу», — сказав Вінсент, глибоко вдихнувши. «Будинок, безсумнівно, в ямі. Його немає. Все зникло».

«Мені дуже шкода, Вінсенте».

«Нічого, у мене залишилися хороші спогади про той будинок. Вони тут», — він вказав на своє серце. «І тут», — він вказав на голову. «Ніхто не може їх у мене забрати».

Грейс подумала про свою поточну ситуацію. Про те, як у неї забрали спогади. По щоці котилася одинока сльоза.

«Мені шкода, Грейс. Я не хотів...»

«Я знаю, що ти не хотіла, але це правда. Мої спогади були відібрані у мене».

«Але ти їх повернеш. Я знаю, що так буде».

«Дякую, що так кажеш, але ніхто не знає напевно, чи так буде, особливо без лікарів поруч».

«Я знаю, що спогади все ще десь там, всередині тебе. Вони не втрачені назавжди. Ти просто маєш знайти спосіб до них дістатися».

Грейс погодилася. Їй сподобалася ідея згадати свої спогади.

«І, до речі, — сказав Вінсенте. — Чому б тобі не переглянути телефонний довідник і не знайти номер телефону та адресу своєї родини? Тоді ми зможемо зателефонувати твоїй мамі».

Грейс посміхнулася і почала гортати сторінки, зупинившись, коли знайшла Грінвей. Вінсенте дав їй свій мобільний, і вона почала набирати номер. Коли вона почула голос на іншому кінці дроту — голос своєї мами — вона посміхнулася. Вона почала говорити, але їй сказали залишити повідомлення після сигналу.

«Це просто автовідповідач».

«У мене було так само. Нічого страшного. У нас є адреса, тож тепер ми можемо поїхати туди і перевірити».

«Схоже, у нас є план С».

РОЗДІЛ 11

Ой!» — вигукнула Грейс. «Обережно!»

Вінсенте звернув увагу на дорогу. Грейс простягнула руку і схопила кермо. Автомобіль різко звернув праворуч. Вінсенте намагався зберегти контроль над автомобілем, але Грейс міцно тримала його руки, і йому це не вдалося.

«Обережно!» — знову вигукнула вона.

Вінсенте боровся з Грейс. Він відновив контроль над автомобілем. Але було вже запізно зупиняти його — курс був заданий. Шини почали ковзати, і незабаром автомобіль повністю зупинився, врізавшись у стовбур дерева.

«Ти здуріла?» — гримнув Вінсенте.

«Я...» — сказала Грейс.

«Що, в біса, ти робиш?» Він похитав головою з боку в бік, наче щойно вийшов з душу. «Ми ледь вибралися живими з іншої ситуації, а тепер, чорт забирай, Грейс! Що, в біса...?»

«Я...» — сказала Грейс.

«Чому ти це зробила?»

«Хочеш, щоб я відповіла тобі зараз?» — дуже спокійно запитала Грейс.

«Звичайно, хочу», — сказав Вінсенте. «Ти ледь не вбила нас. В-Б-И-Л-А!»

«Я знаю, як пишеться «вбила», дякую. Ти хочеш, щоб я пояснила, чи ні?»

«Так», — сказав Вінсенте, роздратований. Він намагався заспокоїтися, роблячи глибокі вдихи.

«Спочатку, — сказала вона, — я повинна повернутися туди і подивитися, чи зможу я її знайти. Потім я поясню».

«Її?»

«Маленьку дівчинку», — пояснила вона.

І незабаром вона вже бігла. Її лікарняна сорочка тріпотіла на вітрі, але їй було байдуже. Все, що її турбувало, — це маленька дівчинка.

Вінсенте побіг за нею. Він був у неї на п'ятах. Він думав, що вона з'їхала з глузду. Маленька дівчинка? Він нікого не бачив. Грейс, мабуть, уявила її.

Грейс зупинилася. Вона оберталася навколо себе, шукаючи маленьку дівчинку в кожному кущі, в кожному можливому сховищі. Грейс задихалася і, не знайшовши її, зупинилася. Не рухаючись, вона уважно прислухалася.

«Це була дитина, одягнена в білу нічну сорочку з мереживом по краях і червоною стрічкою на комірі. У неї були довге темне волосся, що спадало на плечі, і великі оливково-зелені мигдалеподібні очі».

Вінсенте стояв поруч з нею, слухаючи її опис. Він уважно слухав її і намагався зрозуміти, але не міг.

«Вона була саме тут. Ми — ти — ледь не збили її».

«Маленька дівчинка?»

«Так».

«Грейс, тут не було маленької дівчинки».

«Вона була там! Я її бачила! Вона стояла прямо посеред дороги. Вона була прекрасна».

«Грейс, я її не бачив. Вона не була справжньою».

«Вона була справжньою, такою ж справжньою, як ти, що стоїш тут зараз».

«Ти хочеш сказати, що вона з'явилася тільки тобі?» Вінсенте запитав, сподіваючись вивести її з цього стану.

«Я не знаю. Я про це не думала».

Вінсенте не хотів цього робити, але він мусив повернути їх на правильний шлях. Він вагався. «Справжня — як твій тато і твій брат?»

«Це ниций удар, і ти це знаєш!» — сказала Грейс, перебігаючи дорогу, крізь дерева. Геть.

Вінсенте був ще більш переконаний, що вона втрачає розум.

Грейс намагалася врятувати маленьку дівчинку від біди. Вона бачила дівчинку ясно, як день, вона стояла там. Що вона мала робити — дозволити йому вдарити її? Вона так хотіла вдарити його, і сильно. Замість цього вона продовжувала бігти. Бігти куди завгодно. Куди завгодно, аби тільки подалі.

✳✳✳

Коли він нарешті наздогнав її, Грейс сиділа на траві в полі і дивилася на хмари, що пливуть по небу.

«Можна приєднатися?» — запитав він.

«Звичайно».

Він відчув м'яку траву і вдихнув її аромат. Вони мовчали протягом хвилини.

«Розкажи мені ще раз, що ти бачила на дорозі з маленькою дівчинкою».

Вона мовчала.

«Я обіцяю, що вислухаю все, що ти скажеш».

«Подивись на хмари там, вони пливуть, ніби нічого не сталося. Вони такі красиві, високо в небі, невагомі».

«Грейс, розкажи мені».

Вона глибоко вдихнула, поглянула на Вінсента, а потім, знову дивлячись на небо, сказала: «Там була маленька дівчинка. Вона побачила мене. Вона мене впізнала. Вона показала мені такий знак». Вона підняла руку, зробивши жест «стоп» мовою жестів.

«Коли ти вивчила мову жестів?» Вінсенте нахмурився, розуміючи, що вона не пам'ятатиме, коли і чому вона її вивчила. «Вибач, дурне запитання».

Грейс мовчала, дивлячись на хмари, приділяючи їм всю свою увагу.

«Зачекай хвилинку, ти не пам'ятаєш свій номер телефону, але пам'ятаєш мову жестів?»

«Мабуть, так».

«Ти не розумієш, що це означає, Грейс?»

Вона мовчала.

«Це означає, що я був правий. Ти можеш отримати доступ до своїх спогадів, коли захочеш», — сказав Вінсенте з хвилюванням у голосі.

«Мабуть, я так робила з татом і братом».

«А тепер із цією дівчинкою. Хто вона була? Що вона для тебе означала?»

«Я не знаю, але зараз я думаю про те, як я піддала нас такій небезпеці. Ми могли загинути, коли врізалися в те дерево».

«Так».

Грейс встала, знову відчуваючи надію. Вона замислилася, чи не ховається дитина, боячись. Вона покликала: «Маленька дівчинко, де б ти не була, вийди і поговори зі мною. Ми не заподіємо тобі шкоди. Ти будеш у безпеці. Ми можемо тобі допомогти».

У повітрі лунали лише шурхіт листя і свист вітру. Грейс поклала руки на стегна. Вона була впевнена, що маленька дівчинка не могла просто зникнути. Вона мала бути десь поруч.

Вінсенте все ще сумнівався. Він спробував доторкнутися до Грейс, але вона відмахнулася від нього, наче від комахи.

Вона продовжувала кликати дівчинку, щоб та вийшла. Грейс була повністю зосереджена на цьому завданні, кричала, аж поки її голос не став хрипким.

Вся енергія Грейс була вичерпана. Маленької дівчинки все ще не було видно. Настав час здатися, тож вона повернулася до машини. Вінсенте мовчки йшов за нею. Її мова тіла говорила сама за себе: тепер вона зрозуміла правду. Маленька дівчинка була ілюзією. Питання було в тому, чому?

Вінсенте копнув шину машини, а потім підвів погляд на Грейс. Вона була виснажена і збентежена. Вона навіть не могла дивитися йому в очі. Але, незважаючи на це, він вважав її надзвичайно привабливою, коли вона стояла там. Вона виглядала такою зневіреною і самотньою. Ніби їй потрібно було врятувати.

Він підійшов до неї і взяв пасмо її волосся між пальцями. Він обернув його навколо пальців, притягуючи Грейс все ближче і ближче до себе. Потім він поцілував її. Ніжно, м'яко. Невеликий поцілунок, достатній, щоб вона захотіла ще. Спочатку вона відповіла, а потім він відступив. «Вибач».

«Я не вибачаюся», — сказала Грейс, посміхаючись і зовні, і всередині. «Але наступного разу, коли я скажу тобі зупинити машину, просто зупини, добре?»

«Я зупиню, обіцяю».

«Навіть якщо ти нікого не бачиш?»

«Навіть якщо я нікого не бачу».

«Добре».

«Добре».

«Думаю, нам варто залишитися тут ще на деякий час, на випадок, якщо вона повернеться».

«Грейс, вона не повернеться. Будь ласка, сідай в машину».

Двигун запрацював одразу. Вони поїхали. Грейс намагалася не озиратися, але імпульс був надто сильним.

РОЗДІЛ 12

Поки машина продовжувала мчати, Грейс зосередилася на сьогоденні. Вона опустила вікно і висунула руку. Вона дозволила вітру лоскотати волосся на передпліччі, викликаючи мурашки по шкірі. Вона відчувала себе живою. Ніби тепер у неї і Вінсента з'явився шанс стати тим, про що вона мріяла. Проте вона боялася занадто багато про це думати, занадто на цьому зосереджуватися, бо не хотіла наврочити.

Грейс засміялася, коли вітер пробіг по її пальцях. На мить вона згадала той момент. Момент поцілунку: їхнього першого поцілунку. Він був приємним, ніжним, теплим, липким, і вона відчувала, як його бажання до неї тисне на неї.

Було дивно їхати по хвилі нерухомих автомобілів. Ніхто не сигналив. Не лунали сирени. Ніхто не кричав. Вона не сумувала за цими звуками. Звуки, про які вона мала лише туманні спогади, зазвичай дратували її. Однак вона сумувала за співом птахів. Сумувала за їхньою активністю, піснями, перелітанням з дерева на дерево. Сумувала за дзижчанням бджіл. Вона замислилася, як природа забезпечить себе, як відбуватиметься запилення тепер. Природа пристосовувалася до багатьох змін. Мати-природа знайде спосіб вижити.

Грейс поглянула на Вінсента. Він зосередився на водінні.

Він здавався зануреним у думки.

Вінсент був стурбований і злий на себе. Спочатку він сказав собі, що не буде її обманювати. Він знав, що вона не його тип. Зовсім не його тип. Вона була Грейс Грінвей: розумна математична феномен. Вона мислила цифрами.

Чорт, вона, мабуть, навіть уві сні бачила цифри.

Він намагався не думати про поцілунок, їхній перший поцілунок. Він вирішив, що їхній перший поцілунок був останнім. Хоча він був несподівано приємним. Солодким. Невинним. Вона не очікувала цього, а потім сталося... Фу, він не хотів думати про те, що відчував, коли вона поцілувала його. Як він так швидко збудився від одного простого поцілунку. Можливо, це було тому, що він був у світі, блукаючи в нижній білизні. Його бажання до неї було, ймовірно, лише неконтрольованим потягом, природною реакцією. Не тим, чого він хотів.

Він на мить зупинився, відчуваючи її погляд на собі, і поправив хват на кермі. Він намагався думати про інші речі, щоб відволіктися від думок про неї. Він думав про фільми. Відеоігри. Їжу.

Тим часом Грейс думала про світ. Про великий світ, який належав їм, їй і Вінсенту, і який вони могли розділити між собою. Вона думала про своє минуле, про те, як вона почувалася неповною без усіх своїх спогадів. Вона також думала про те, що це добре, а не погано. Це був спосіб, яким вона могла відтворити себе. Водночас вона знала, що ніколи не буде повноцінною, не відновивши найбільшу частину себе. Ту частину, яка була її математичною природою: математичний стан Грейс.

Вона намагалася згадати все, що колись знала про Піфагора. Раніше вона знала все про його життя і математичні теорії. Тепер факти і цифри змішалися в її голові. Вона намагалася згадати числа Фібоначчі, але вони теж більше не були чіткими в її пам'яті. Вона вирішила піти до бібліотеки і почитати про цих двох, а також про інших, включаючи Ейнштейна і Галілея. Вона навчить себе всьому, що знала раніше, і, зробивши це, сподівається відкрити свій банк пам'яті, щоб скористатися н им.

«Я бачив цей фільм давно, — сказав Вінсент. — Він був про інопланетян, які прилетіли на Землю і напали на неї на своїх космічних кораблях».

Грейс здивувалася. Вона звикла до комфортної тиші, яка панувала між ними. Вона заохотила його розповісти їй більше про фільм. «Звучить цікаво».

«Саме так. Але я ще не розповів тобі найцікавіше».

«Ну, не тримай мене в напрузі».

«У фільмі залишилося тільки двоє виживших, чоловік і жінка».

«Не може бути!»

«А чому інопланетяни не вбили їх?» — запитав Вінсент. Грейс знизала плечима. «Тому що вони хотіли їх спостерігати.

Вивчати їх». Він зупинився і зачекав, дивлячись на Грейс краєм ока. «А потім вони помістили цих двох людей у клітку, як у зоопарку. Щоб спостерігати, як вони розмножуються».

«А що, якби вони не хотіли розмножуватися?» — запитала Грейс, тремтячим голосом.

«Вони змусили їх».

«Як вони могли змусити їх це робити?»

«Вони не хотіли померти, і їм потрібна була їжа, щоб вижити. Тож вони зробили те, що мусили, а інопланетяни спостерігали за ними, вивчаючи, що рухає людьми».

«Огидно».

«Ну, якщо подумати, люди століттями тримають тварин у клітках. Спостерігають, як вони розмножуються. Вивчають їх, іноді навіть використовують для експериментів, щоб розвивати медицину та інше. То чи дійсно вони гірші?»

«Ні, мабуть, ні, якщо так подивитися. Але ти і я маємо можливість змінити ситуацію. Ми не можемо змінити минуле».

«Правда. Якщо ми останні двоє, хто вижив, — припустив Вінсенте, — то ми можемо жити так, як хочемо».

«Що сталося... тобто, в кінці фільму?»

«Я ніколи не бачив кінцівки. Я ночував у друга. Ми були дітьми і не повинні були так пізно спати. Коли його батьки нас виявили, ми побігли до його спальні. Я так і не знайшов цей фільм знову».

«Що інопланетяни зробили з усіма іншими мешканцями Землі, якщо залишилися тільки вони двоє?»

«Це я знаю. Вони їх знищили! Якщо подумати, це досить іронічно, бо в фільмі інопланетяни всіх їх застрелили з фазерів — пуф! — і вони просто зникли. Нічого не залишилося, жодних решток. Тобто ні кісток, ні тіл, ні попелу. Ніби вони ніколи й не існували».

Грейс обійняла себе руками, занадто пізно усвідомивши, що це викликає у неї острах. Вона сподівалася, що він уже закінчив, щоб вона могла повернутися до своїх приємних думок про майбутнє, їхнє майбутнє разом.

Вінсенте перервав її блаженство, продовживши розмову про кіно. «Ще один фільм, який я пам'ятаю, був про інопланетян, які прилетіли на Землю і спалили всіх. Все, що залишилося, — це купа пилу на місці кожного людського тіла. Це було єдиним доказом того, що вони колись жили. Доказом того, що колись були люди». Він зробив паузу. Вона не прокоментувала. Вона сподівалася, що він вже закінчив. «Потім був ще один фільм, де вони підключалися до свідомості всіх людей, імплантуючи їм у мозок чіп і контролюючи їх. Ці фільми ставали дедалі страшнішими».

«Не забувай про Е.Т.», — сказала Грейс.

«Що?» — здивовано вигукнув Вінсенте, чекаючи, поки Грейс усвідомить, що вона несвідомо підключилася до спогаду.

«Ти знаєш, «Е.Т. телефонує додому»?

«Так, я знаю», — сказав він і посміхнувся так широко, що Грейс на мить замислилася, чому він посміхається.

Потім вона зрозуміла. Вона розблокувала спогад. Звісно, це не була найцікавіша інформація, але все одно це був спогад. Вона посміхнулася йому у відповідь.

Він був такий гордий, що простягнув руку і на мить взяв її за руку, а потім вони знову замовкли.

Коли Вінсенте потрібно було повернути на круговому перехресті або на повороті, він відпускав руку Грейс. Їхні погляди зустрічалися на секунду, а потім він знову зосереджувався на дорозі.

Він пишався нею.

Грейс відчувала величезну гордість за свою маленьку перерву в пам'яті. Вона уявляла собі внутрішній світ свого розуму як бібліотеку. Вона ходила вгору і вниз по проходах, шукаючи спогади. Дотягнувшись до полиць, вона брала їх і розглядала окремо. Вона вибрала товсту книгу в червоній обкладинці, сподіваючись знайти в ній щось про себе, але нічого не сталося. Вона не збиралася відмовлятися від цієї техніки. Вона мала намір продовжувати пробувати.

Вінсенте думав про досягнення в галузі технологій за останні роки. Було створено так багато винаходів, деякі хороші, а деякі не дуже. Оглядаючись навколо, бачачи, що їм двом нікому більше не потрібно, він замислився, для чого ж насправді була вся ця важка праця.

Вдалині пролунав дзвін. Він ставав дедалі гучнішим, коли вони під'їхали до будівлі. «Впізнаєш?» — запитав він.

Грейс прочитала вивіску: «Середня школа королеви Вікторії, школа, де збуваються мрії». Вона не пам'ятала.

«Це наша середня школа», — сказав він.

«Я так і думала, але не була впевнена», — відповіла Грейс. Вона оглянула територію школи і нарешті знайшла крикетне поле ззаду: поле, на якому вона отримала травму в останній день навчання. «Цікаво, для чого був той дзвін?» — запитала Грейс.

«Я сам про це думав. Мабуть, це просто таймер. Автоматично. Але є ймовірність, що хтось може бути заблокований всередині і потребувати допомоги, тому я хотів би піти і перевірити. Ти хочеш залишитися тут?»

«Ні, я хочу піти з тобою».

«Гаразд, але тримайся за мною. Ми не знаємо, що нас чекає. Можливо, нічого, але ніколи не можна знати», — сказав Вінсенте. Він уявив, що хтось застряг всередині, боячись вийти.

Грейс уявляла собі інопланетян, як у фільмах, які чекають, щоб схопити і ув'язнити останніх двох людей на Землі. Вона здригнулася, коли Вінсенте відчинив двері і вони вийшли в довгий коридор. Було дуже тихо; єдині звуки — це їхні кроки по холодній лінолеумній підлозі.

Вінсенте згадав, як весело він проводив час у цих стінах. Як він завжди був трохи спортивним — за браком кращого слова — героєм. Він підійшов до своєї шафки, відкрив її і дістав спортивну сумку. Він надів шорти для крикету поверх чорної білизни і накинув футболку. Чорна білизна все ще просвічувалася крізь шорти. Грейс засміялася.

«Ти ж їх і раніше бачила», — сказав Вінсенте, хоча й сам засміявся.

Більшість шафок були широко відкриті, а їхній вміст розкиданий по всій кімнаті. «Мабуть, це через землетрус», — припустив Вінсенте.

Грейс все ще тремтіла.

«Зроби глибокий вдих», — сказав він, намагаючись заспокоїти її і вселити впевненість.

Серце Грейс билося все швидше і швидше. Вона відчувала недобре щодо цього місця.

Вінсенте голосно запитав: «Агов, є тут хтось?»

Його голос лунав коридорами, але відповіді не було. Тоді знову пролунав шкільний дзвінок. Оскільки вони були всередині, звук відбивався луною.

Далі по коридору Вінсенте відчинив двері і увійшов до спортзалу. Він був підготовлений до баскетбольного матчу. Порожні трибуни і майданчик виглядали трохи сумно.

«Ти теж добре грав у баскетбол?» — запитала Грейс.

«Я був напрочуд хороший у більшості видів спорту. Мені подобалося це хвилювання. Оплески натовпу. Адреналін, який я відчував, коли закидав м'яч у кошик або коли ми вигравали гру. Це було дуже захоплююче».

«Так, я розумію. Це звучить як потужний наркотик».

«Іноді це відчувалося як наркотик, але це ж тільки школа, перерва у великій грі, розумієш? Стати професіоналом — це було лише мрією».

«Ти хотів стати професіоналом?»

«Так, але зараз це здається трохи безглуздим».

«Мрії ніколи не бувають безглуздими», — серйозно сказала Грейс.

«Таке б сказали мені мама з татом».

«Шкода, що я не познайомилася з ними», — сказала Грейс. «Одного дня ти познайомишся».

Вони здригнулися, коли знову пролунав дзвінок.

«Давай вийдемо звідси, мене це лякає», — сказала Грейс.

«Ні, спочатку перевіримо кабінети, вони в кінці коридору. Переконаємося, що там нікого немає, і тоді зможемо йти».

Грейс пішла за Вінсентом із спортзалу. Неприємне відчуття в шлунку Грейс перетворилося з гуркоту на ревіння.

О ні! О ні! О ні! — ці слова кружляли в голові Грейс. Вона не могла себе контролювати, продовжуючи йти за Вінсентом.

«Це кабінет секретаря. А там — кабінет консультанта». Він заглянув всередину, оскільки двері були широко відчинені, і переконався, що там нікого немає. «Це кабінет заступника директора. А це кабінет директора». Він спробував відчинити двері. Вони були зачинені. «Агов!» — гукнув він.

Вони щось почули. Це було стукіт-стукіт-стукіт. Слабкий, але постійний. Він долинав з кабінету директора.

Вінсенте постукав у двері. «Там хтось є?»

Відповіді не було.

«Інопланетяни, мабуть, не розмовляють англійською», — сказала Грейс.

Вінсенте штовхнув двері плечем, але вони не поворухнулися.

Стукіт припинився. Вони затамували подих і зачекали. Він знову почався.

Що б це не було, воно втрачало енергію. Вони мусили потрапити всередину. Час спливав.

$$***$$

«Думай! Думай!» — голосно промовив Вінсенте, нагадуючи собі, поки ходив туди-сюди. За кілька секунд він сказав: «Гаразд, я придумав. Йди за мною».

Грейс зробила, як їй було наказано. Невдовзі вони повернулися до спортзалу. Вінсенте сказав Грейс стати за трибунами, а сам перекинув одне з баскетбольних кілець. Вони почали тягнути його коридором.

Вінсенте пояснив, що його основа наповнена піском. Коли вони принесуть його до офісу, вони зможуть використати його, щоб вибити двері.

«Який чудовий план!» — сказала Грейс. «Я думаю, це може спрацювати».

«Ми маємо використати максимальну силу. Тобто, дати все, що маємо».

Коли вони проходили повз жіночий туалет, Грейс згадала, що їй давно потрібно в туалет, і завагалася, перш ніж спробувати відчинити двері.

«Ні за що!» — вигукнув Вінсенте. «Ти не підеш туди, поки я не перевірю».

«Все буде добре».

«Ти, мабуть, не пам'ятаєш, але більшість страшних речей у фільмах жахів трапляються в жіночому туалеті. Я піду перевірю, і якщо все гаразд, ти зможеш зайти за мною. Тож залишайся тут. Тобто, не рухайся ні на крок».

«Гаразд, босе», — сказала Грейс.

Пролунав звук змиву, а потім Вінсенте повернувся і сказав Грейс, що все гаразд.

Вона зайшла, але тепер виявила, що не може, хоча знала, що їй потрібно. Вона почала пускати воду в один, два, а потім три крани, поки її нирки не відреагували. Після того, як вона справу зробила і змила, вона вийшла з туалету.

Вони продовжили, несучи свою спортивну зброю. Повернувшись до офісу, вони зупинилися і переоцінили спосіб проникнення.

«Спочатку давайте поміняємося місцями», — сказав Вінсенте. Він вважав, що найкраще буде, якщо він буде тримати задню частину, найважчу частину їхньої зброї, щоб досягти максимального результату на цілі: дверях офісу. Коли вони зайняли позиції, Вінсенте продовжив пояснювати, що він мав на увазі.

«Коли я дорахую до трьох, штовхніть її вперед з усією силою, на яку ви здатні. Потім зупиніться. Я знову рахуватиму до трьох, і ми штовхнемо ще раз. І так далі, доки не прорвемося».

«Звучить як план», — сказала Грейс, міцно вхопившись за передню частину пристрою.

Вінсенте рахував, і їхній перший удар був точним, але двері не зрушили з місця. При другому ударі вони зсунулися в рамі, і вони відчули, як тріснула одна з верхніх завіс. Вони спробували ще раз, набравши сили, і з четвертої спроби двері впали всередину, з гуркотом впавши на стіл директора. Тепер перед парою постала нова проблема: двері були наполовину відкриті, а наполовину закриті, вертикально. Вони не просунулися далі, щоб потрапити всередину.

«Там хтось є?» — запитав Вінсенте.

Єдиною відповіддю була тиша.

Стоячи пліч-о-пліч, заглядаючи крізь щілину, обоє вагалися, чи піднятися на двері і зайти всередину.

З коридору вони побачили гілку дерева. Вона пробила вікно і лежала на столі директора. Вони також помітили велику кількість розбитого і розкиданого по підлозі скла.

Обоє одночасно подумали про одне й те саме. Оскільки вікно було розбите настільки, що його можна було широко відкрити, то якщо хтось і був заблокований всередині, то вже встиг вилізти. Хіба що він або вона були поранені. Навколо не було видно крові. Можливо, він або вона лежали без свідомості під столом?

Вінсенте вирішив використати двері як дошку. Зрештою, вони були закріплені з іншого боку, біля столу.

«Я заходжу», — крикнув Вінсенте. Він ступив на двері і повільно просунувся вперед. «Неймовірно!» — вигукнув він, ведучи Грейс до кабінету.

Це був чорний ворон. Він дивився їм прямо в обличчя, гойдаючись на кінці гілки. Його дзьоб стукав по столу, створюючи гучний стукіт.

«Як дивно», — сказав Вінсенте. «Дуже в стилі Едгара Аллана По».

У цей момент вітер, здавалося, посилився. Він змусив гілку хитатися. Голова птаха кілька разів вдарялася об стіл, видаючи ще гучніші звуки.

Вінсенте і Грейс здригнулися від цього звуку.

Грейс, бажаючи втекти, приготувалася вилізти з офісу. Коли вона почала відступати, Вінсенте зупинив її, поклавши руку їй на спину.

Вона обернулася.

Гілка піднімалася вгору за допомогою вітру. Піднімалася? Так, дивно, але вона піднімалася все вище і вище, майже до рівня відкритого вікна.

Він спостерігав, як гілка несе птаха вгору. Раптом гілка повністю вилетіла за вікно. Порив вітру продовжував нести її в небо.

«Іди сюди, Грейс, ти повинна це побачити!» — прошепотів він.

Гілка зачепила розбите вікно на своєму шляху назовні. Вона піднімала птаха все вище і вище.

Вони обоє дивилися у вікно, гадаючи, куди дерево несе мертвого ворона.

Грейс не могла відірвати погляду від очей мертвого птаха. Вони ловили промені сонця і відбивали їх. Це було схоже на маску — маску смерті.

«Ми маємо вибратися звідси!» сказала Грейс.

«Ні, зачекай. Я хочу...» — почав Вінсенте, але вітер обвіяв гілку.

Інші гілки раптом ожили. Вони рухалися вгору з власної волі. Слідуючи за гілкою, до якої прикріпився мертвий птах.

Звук усіх гілок, що рухалися разом, колихалися на вітрі, піднімалися вгору, створював жахливу какофонію. Це звучало, як тріск кісток.

Грейс обійняла себе руками, коли на її оголеній шкірі з'явилася гусяча шкіра. Коли звук став занадто гучним, вона закрила вуха. Але навіть тоді вона не могла відвести погляд від мертвих очей ворона.

Мертвий птах продовжував гойдатися вперед і назад, вперед і назад, як у колисковій. При цьому він залишався нанизаним на кінець гілки, як шашлик.

Грейс затамувала подих. Всією своєю істотою вона хотіла втекти.

І все ж не могла відірвати погляду від очей птаха. Вона була зачарована. Поглинена.

Так само як і Вінсент.

Вони стояли, застиглі в часі.

Чекаючи, що буде далі.

Гілки продовжували підніматися. В офісі панувала зловісна тиша, поки птах продовжував свою подорож. Він все ще був оточений гілками, які обіймали його і підіймали, ніби він був невагомим. Потім, використовуючи свої старечі, артритні пальці, гілки почали колисати птаха і гойдати його вперед-назад, вперед-назад.

Видовище було настільки жахливим, що Грейс хотілося кричати. Замість цього вона почала гойдатися туди-сюди, як і Вінсент. Це була краса в русі, підйом. Гойдання. Гойдання і підйом.

Їм потрібно було просунутися вперед, ближче до вікна, щоб побачити це зараз. Вони були обережні, щоб не наступити на скляні осколки, що вкривали підлогу навколо них, коли витягували шиї крізь розбите скло і визирали з вікна. Вище і вище, птах все ще м'яко гойдався, піднімаючись до неба.

Потім все зупинилося в повітрі.

Тиша заповнила сцену.

Стовбур дерева рухався.

Спочатку це був невеликий рух.

Ледь помітний.

Він тремтів, як людина, яка щойно прокинулася.

Він кашляв. Він хрипів.

Він хитався і тремтів.

А потім він позіхнув, відкривши гротескне обличчя. Обличчя з величезною, роззявленою пащею, в яку впав мертвий ворон.

Пролунали хрусткі звуки. Жахливі звуки, наче ламання кісток, скрегіт.

Він відригнув. З його пащі вилетіло кілька чорних пір'їн. Одна з них спустилася вниз і приземлилася на підвіконня, де стояли Грейс і Вінсент, роззявивши роти.

Потім гілки знову почали рухатися. Змінили напрямок. Вказали вниз.

✱✱✱

Біжи!» — вигукнув Вінсенте.

Ззаду вони чули, як дерево швидко рухається. Коли гілки знову влетіли у вікно, на підлогу впало ще більше уламків скла.

Тримаючись за руки, Вінсенте потягнув Грейс коридором. Вони летіли, ніби дух ворона вселився в їхні тіла.

Артритні дерев'яні пальці намацували шлях коридором, слідуючи, стукаючи, руйнуючи та дряпаючи все, що потрапляло в їхню зону досяжності.

Коли Вінсенте і Грейс вийшли зі школи, він дістав ключі з кишені і кинув їх їй. Він сказав їй відкрити двері, завести машину і що він скоро повернеться. Якщо ні, вона повинна поїхати.

«Я не вмію водити».

«Ти швидко навчишся!»

Сівши в машину, вона спостерігала, як він знімає сорочку. Вона спостерігала, як він зав'язує джерсі навколо дверних ручок. Він просмикував його туди-сюди стільки разів, скільки міг, сподіваючись виграти для них трохи часу.

Коли гілки обійшли ріг у дальньому кінці коридору, Вінсенте обернувся і побіг. Він стрибнув у машину, зачинив двері і натиснув на газ.

Машина від'їхала, коли гілки розбили двері.

«Вау! Це було трохи занадто близько для комфорту», — сказала Грейс, коли вони віддалилися від школи на кілька кварталів. Вона все ще важко дихала, не могла віддихатися.

«Без жартів! Все в цій ситуації було божевільним!»

«А що це взагалі було за дерево?» — запитала Грейс.

«Я думаю, це було оливкове дерево. Питання в тому, чому воно харчувалося птахами? Чому воно мало майже людський рот і потребувало їсти м'ясо?»

«Я чула про птахів, що гніздяться на деревах, але ніколи про дерева, що їдять птахів!»

«Так, але зараз ми в зовсім іншому світі, Грейс, і я думаю, що, можливо, нам слід подбати про те, щоб дістати зброю. Хто знає, що ще там є? Нам потрібно подумати про те, як захистити себе. Чим швидше, тим краще».

«Де ми можемо взяти зброю?»

«Я знаю місце в місті, де ми можемо випробувати пістолети, ножі, все, що нам потрібно. Насправді, немає кращого часу, ніж зараз. Я достатньо вражений, щоб дістати зброю зараз».

«Я виснажена, але не думаю, що скоро засну», — сказала Грейс, схрестивши руки на грудях.

Їдучи вздовж засаджених деревами вулиць, вони відчували в серцях страх, якого раніше ніколи не відчували: дерева! М'ясоїдні дерева.

«Я завжди думав, що оливкові дерева є символом миру. І я пам'ятаю історії про оливкові дерева в Біблії та міфології», — сказав Вінсент.

«Вони ростуть в Австралії?»

«Звичайно, ні. Але чому це має значення?»

Ніхто з них не знав напевно. Вони також не знали, чому м'ясоїдні дерева набули такої нехарактерної риси.

Вони намагалися не думати про це, прямуючи до зброярського магазину в центрі Сіднея.

РОЗДІЛ 13

На вивісці перед входом миготіли слова: «Зброя! Зброя! Зброя!». Дрібним шрифтом було написано: «Згідно із законом штату Новий Південний Уельс, необхідний дозвіл».

Оскільки вони жили в абсолютно новому світі, ці закони вже не були чинними.

Вінсенте Маріно та Ґрейс Ґрінвей не мали дозволу. Їм не було 18 років. У них не було документів і грошей. Але це не мало значення. Вони були тут, щоб захистити себе. Ніщо не могло їх зупинити.

Вінсенте відчинив двері, і вони зайшли всередину. Ґрейс стояла за Вінсенте, відчуваючи себе пригніченою всією цією зброєю. Вона оглядалася навколо, намагаючись виникнути в суть речей, але це було поза межами її уяви.

«Ця хороша», — сказав Вінсенте. «У нього можна зарядити багато куль, тому не доведеться часто перезаряджати. Він буде корисний у бою. Він легко пробиває стовбур будь-якого дерева».

«Хм», — сказала Грейс, не висловлюючи своєї думки, бо не могла придумати, що ще сказати.

Потім Вінсенте перейшов до іншої зброї. «Ця теж хороша, бо вона маленька і її легко сховати. Бачиш, я можу покласти її прямо в передню кишеню штанів, і ніхто навіть не дізнається, що я її ношу».

«Але хіба це не небезпечно? Для тебе, я маю на увазі. А вона не може, е-е, випадково вистрілити?»

Вінсенте посміхнувся: «Я б залишив запобіжник увімкненим. Я б не хотів ні в що вистрілити».

Грейс посміхнулася і почервоніла. Вона не могла повірити, що вони ведуть таку розмову, коли Вінсенте поклав пістолет їй на долоню. «Він також досить маленький, щоб ти могла покласти його в сумочку».

Вона помацала пістолет. Він був зовсім легким і добре поміщався в долоні. Вона була здивована, що він не здавався їй чужим, але й не був надто страшним, мабуть, тому що на дотик нагадував іграшку.

«Він не заряджений», — сказав Вінсенте. «Насправді, жодна з зброї не заряджена. Не бійся взяти її в руки і розглянути ближче».

«Спробувати перед тим, як купити?»

«Так, дуже смішно. Давай продовжимо шукати».

Він спостерігав, як Грейс відкрила свій розум, прийнявши той факт, що їхня нова реальність вимагає зброї.

Грейс взяла пластиковий кошик і почала розглядати ножі. Вони були різних розмірів і форм, а також були мечі.

Заінтригована, вона взяла кілька ножів у металевих футлярах і поклала їх у кошик. У найгіршому випадку вона завжди могла б використовувати їх для нарізання моркви та цибулі.

«Вау, цей малюк», — Вінсенте вказав на один із ножів, які Грейс поклала у кошик, — «може, напевно, розрубати колоду навпіл. Чудовий вибір».

Грейс просяяла. Вінсенте склав чимало зброї у військовий багажник. Під пахвою він ніс кілька великих переносних мішеней.

«Я навчу тебе користуватися зброєю, коли ми виїдемо з міста. Мені теж доведеться пройти курси підвищення кваліфікації з використанням справжньої зброї, оскільки весь мій досвід походить з комп'ютерних ігор».

«Ми могли б вистрілити прямо на Джордж-стріт, і ніхто б цього не почув», — сказала Грейс.

«Правда, правда, але це було б надто дивно. Нецивілізовано, якщо ти розумієш, про що я?»

«Так, розумію», — сказала Грейс. «Зрештою, Сідней — наш дім. Ми маємо ставитися до нього з повагою, на яку він заслуговує».

«Так, це наше місто, наш Сідней, і я не можу уявити собі красивішого міста, де можна застрягнути разом з тобою, Грейс».

Вона почервоніла, коли він підійшов до неї. Він взяв пластиковий контейнер з ножами і попрямував до машини. Вона ніколи не кохала його так сильно. Чим більше він брав на себе відповідальність, тим більше випромінював чуттєвість і тестостерон. Вона хотіла просто підбігти до нього і відкрито поцілувати. Він, мабуть, подумав би, що вона занадто наполеглива і знову втратила розум.

Вінсенте думав, як сексуально виглядає Грейс, тримаючи пістолет у долоні. Він думав, що вона була б ще сексуальнішою, якби він навчив її стріляти. Він зупинив себе. Грейс не була його типом. Вона була дуже хороброю в кабінеті директора. Вона залишалася спокійною, коли багато інших повністю втратили б самоконтроль. Проте він хвилювався, головним чином тому, що занадто багато про неї думав. Чому? Вони вже проводили разом 24 години на добу, 7 днів на тиждень. Чому він не прагнув побути наодинці?

З Міссі Малоун, через кілька годин — якщо вони не цілувалися — йому ставало нудно. Він хотів займатися спортом або піти погуляти з друзями. Вона була в його типі: гарна і популярна. Вона не була найрозумнішою, але це не мало значення, поки вони добре підходили одне одному.

Реальність була такою, що Міссі, ймовірно, вже пішла, як і всі інші. Він сумував за нею і думав, чи були б справи інакшими, якби вони залишилися останніми. Інакшими, ніж були зараз між ним і Грейс. Він почувався комфортно з Грейс, і вона не була вимогливою.

— Ми готові йти ЗАРАЗ? — запитала Грейс, змусивши його повернутися до реальності.

— Так, вибач. Я просто на секунду відволікся.

«Скоро стемніє. Може, нам варто знайти місце, де переночувати?»

«Так. Я знаю таке місце. Поїдемо і зупинимося в гавані Сіднея. Там ми зможемо відпочити і вдавати, що ми туристи».

«Звучить чудово».

Вони поїхали до The Quay і зупинилися біля готелю Marriott. Вони зайшли всередину, приготували собі їжу в порожній кухні готелю, а потім піднялися нагору в пентхаус із кількома спальнями.

У своїх окремих кімнатах вони заснули і мріяли про дерева, що пожирають плоть.

І про поцілунки один з одним.

РОЗДІЛ 14

Наступного ранку Вінсент стояв на своєму балконі. Він дивився на міст Харбор-Брідж у Сіднеї, а потім оглянув горизонт, помітивши Оперний театр. Все здавалося нормальним, таким самим, як і раніше. Більшість поромів у гавані були пришвартовані до причалу, їх кидало з боку в бік хвилями. Вони чекали на пасажирів. Зблизька все виглядало так, як він це пам'ятав. Потім він розширив поле зору і побачив, що кілька поромів врізалися в берег. Вони наполовину були у воді, наполовину на суші.

Грейс покликала його. Коли він відповів, вона увійшла до його кімнати і приєдналася до нього на балконі. Він приготував їм обом по чашці кави. Вони сіли на вулиці.

Грейс вже прийняла душ. «Я думаю, нам дійсно потрібно сьогодні купити собі новий одяг».

«Так, я згодна. Треба було про це подумати вчора».

«Давай прогуляємося, купимо дещо, а потім спробуємо трохи насолодитися днем і сонцем».

«Це хороший план на ранок. Потім, після обіду, я відвезу тебе сюди, і ти, можливо, зможеш взяти книгу, або ми зможемо знайти тобі ноутбук».

«Думаю, я краще залишуся з тобою».

«А, тоді ти, мабуть, почуваєшся набагато краще сьогодні вранці», — зауважив Вінсенте.

«Так, я почуваюся... Ну, я почуваюся надзвичайно щасливою сьогодні».

«Ходімо снідати, а потім трохи походимо по магазинах».

«Ходімо!»

Підлітки приміряли багато одягу, як вишуканого, так і більш практичного, але шопінг вже не був таким цікавим, коли можна було мати все, що забажаєш. Згодом їм це набридло, і вони взяли з собою лише те, що було їм потрібно.

Повернувшись до кімнати, Грейс одягла обтягуючі сині джинси, блакитну майку та кросівки Nike. Вона також знайшла яскраво-червоні зручні шльопанці.

Вінсенте одягнув чорні джинси Levi's, білу футболку і кросівки Reebok Pumps.

У машині вони були помітно тихими, їдучи вулицями, обсадженими деревами. Вони помітили всілякі мертві дерева, які, здавалося, глузували з них під час подорожі. Скелети дерев, вмираючих або вже мертвих, змусили їх почуватися трохи менш сповненими надії. Довгі, кістляві пальці гілок простягалися до них, глузуючи з них.

Здавалося, що природа обернулася проти них. М'ясоїдне дерево. Мертві або вмираючі дерева. Більше немає яблук. Немає апельсинів. Немає груш. Немає лимонів. Немає лаймів.

Немає оливок. Немає ялинок. Немає величних дубів, що колишуться на вітрі.

Біля дороги вони знайшли найпокрученішу і найвикривленішу дерев'яну конструкцію, яку коли-небудь бачили. Її понівечені, гнилі гілки тягнулися до неба, ніби прагнучи досягти того, чого не могла мати, — вічності.

Грейс затремтіла, а потім побачила вдалині одне дерево. Це дерево відрізнялося від інших. Його гілки розкинулися по стовбуру у формі хреста.

Вінсенте зупинив машину. «Моя мама — художниця, — сказав Вінсенте. — Я пригадую картину, можливо, Делакруа, з подібними деревами і Яковом, який бореться з ангелом».

«Ти думаєш, це знак?»

«Якщо це знак, я не знаю, як його розтлумачити».

«Можливо, воно просто так виросло з землі».

«Можливо».

Грейс помітила ще щось. Це була купа кущів. Трояндові кущі. На кінці однієї гілки росла одна червона троянда. Це була остання. Можливо, остання квітка.

Грейс нахилилася біля неї, ніби стаючи на коліна. Молячись до неї.

Вінсенте дивився, не знаючи, що робити чи сказати.

Грейс вдихала її ароматний запах, обіймаючи її. Захищаючи від вітру. Грейс подумала, що хотіла б лягти поруч із нею, залишитися там, дивлячись на цю прекрасну, єдину червону троянду.

«Давай, Грейс», — перервав її думки Вінсенте. «Зараз стає все темніше і темніше».

«Я хочу залишитися тут».

«Ми не можемо залишитися тут. Ми не можемо зупинити час».

«Я знаю це! Я не божевільна. Я просто хочу залишитися тут, тримаючи цю троянду». Вона обійняла її. «Я хочу бути частиною чогось справді прекрасного. Я хочу тримати в руках щось, що виросло з землі; з землі, яку ми колись знали. Я хочу замінити спогад про те кровожерливе дерево спогадом про цю троянду. Красива річ...»

«...це вічна радість», — сказав Вінсенте. «Урок англійської. Джон Кітс».

Грейс все ще була зачарована трояндою.

Вінсенте почав хвилюватися, бо вже було темно, а вони перебували в полі, оточеному різними деревами та кущами.

А що, якщо одне з них було схоже на те дерево, яке вони вважали оливковим? А що, якщо всі вони були такими? Він хотів вибратися звідти, вивести їх обох звідти. Вивести з небезпеки, що загрожувала їм.

« Грейс, — сказав він, нахилившись до неї, — ця квітка впаде, коли буде готова. Ти можеш зірвати її зараз і взяти з собою. Так вона залишиться з тобою. Краса залишиться з тобою на кілька днів. Або ти можеш залишити це на волю долі, випадку, природи або Бога, якщо він є, і просто піти.

Вітер набирав сили, і Грейс почала тремтіти.

«Насувається буря, Вінсенте. Поглянь на хмари. Вони згущуються, ніби намагаються витіснити одна одну з неба».

Він поглянув вгору, але бачив лише темряву.

«Ти не відчуваєш цього?» — запитала вона. Вона знову затремтіла, і її зуби почали стукати. Вона обійняла себе руками, відпустивши троянду.

Вони стояли разом на полі, поки нічне небо не почало вирувати, кружляти і звиватися. Потім почав падати чорний дощ, змусивши їх сховати обличчя і побігти шукати укриття.

Промені світла падали з темного неба у вигляді Z-подібних списів на землю, вдаряючи туди, куди були спрямовані, у випадковому порядку.

Навколо них блискавки вдаряли в дерева і будинки, спалахуючи полум'ям. Дощ падав все сильніше, і блискавки знову вдаряли.

«Воно повинно було навчитися боротися за себе, щоб вижити», — сказала Грейс. Вона мала на увазі троянду, але знала, що і вони теж повинні боротися, і що сама природа збирається вступити в боротьбу за своє життя.

«Ось і все, що стосується нашого нового одягу», — сказав Вінсент.

Вони втекли з того місця, весь час граючи в автодром з блискавками.

РОЗДІЛ 15

Коли нічне небо нарешті очистилося від блискавок і дощу, Грейс і Вінсент зупинилися на узбіччі дороги. Разом вони спостерігали, як сонце сходить над горизонтом.

«Це абсолютно новий день», — сказала Грейс.

«Так, і сьогодні, я думаю, нам слід поїхати до будинку твоєї мами — твого будинку».

«Справді? Мені трохи страшно. Як ти думаєш, чи не зарано мені повертатися туди, знову опинитися в моєму домі? А що, якщо…?»

«Сьогодні ніяких «а що, якщо». Просто поїдемо, а там побачимо, що буде, добре?»

«А як далеко це?»

«Недалеко від того місця, де ми були раніше, біля школи».

Грейс на мить замислилася про свій дім. Вона уявила, як мама відкриває двері, вітає її, обіймаючи, радіючи, що бачить її. Грейс відчула, як сльоза котиться по щоці, і вона витерла її долонею, сподіваючись, що Вінсент цього не помітив.

«Нічого страшного, що ти думаєш про маму. Не бійся згадувати».

«Просто... я уявляю собі речі, вигадую їх, замість того, щоб жити справжніми спогадами. Мені це здається брехнею».

«Гей, ти не перша людина, яка бреше собі, і не будеш останньою! Коли я був дитиною, я мріяв стати художником, як моя мама, а поглянь на мене зараз: я спортсмен. А якби я був художником, а не спортсменом, як ти думаєш, я був би популярним? Мене б прийняли?»

«Чому це для тебе так важливо? Тобто, бути прийнятим іншими людьми, деяких з яких ти, мабуть, навіть не знаєш?»

«Я... я раніше про це не думав», — сказав Вінсент. Тепер він брехав собі, а також брехав Грейс. Він не міг сказати їй, що насправді був художником, бо ніколи нікому не розповідав і нікому не показував своїх робіт. Він завжди тримав їх приховані у своїй кімнаті. Ніхто не знав, крім його батьків і дідуся з бабусею.

Він подивився на неї. Грейс Грінвей, дівчина, яка колись виконала за нього домашнє завдання з математики. Грейс Грінвей, дівчина, чия здатність формулювати математичні рівняння значно випереджала її вік.

А ось він, Вінсенте Маріно, спортивний хлопець, якого шанували і обожнювали, який покладався на її допомогу, щоб підтримувати свої оцінки на достатньо високому рівні, щоб продовжувати грати. Бо якщо він не грав у спорт, він був ніким і нічим. Саме Грейс дозволила йому продовжувати грати, і вона навіть не просила за це подяки чи вдячності. Насправді, вона ніколи не відмовляла йому, навіть коли він потрапив у компанію і не завжди був найприємнішим хлопцем для неї. Тобто, він ніколи відкрито не підтримував її, навіть коли інші хлопці насміхалися з її ваги та її видатного математичного розуму.

Однак тепер він цінував її більше, ніж вона думала, і був рішуче налаштований не потрапити в ту саму пастку, що й раніше. Він більше не хотів бути тим хлопцем, який сприймав Грейс Грінвей як щось само собою зрозуміле.

«Ось і все», — сказав Вінсент, коли вони заїхали на під'їзну дорогу до будинку № 15 на Віт Філд Лейн.

«Перш ніж ми зайдемо, я мушу щось сказати». Грейс завагалася, а потім продовжила: «Там, ти відчував, ніби щось страждає? Ті чорні краплі дощу, я маю на увазі чорні краплі дощу! Я все ще це відчуваю, але не так сильно. Ніби щось вирує під поверхнею, чекаючи на помсту — хоча на кого, я не знаю. Ніби сама природа страждає і кличе на допомогу.

«Грейс, я думаю, ти можеш мати рацію, і нам потрібно про це подумати. Дійсно подумати, а може, навіть провести дослідження цих крапель дощу. Вони були тимчасовими і змилися з нашого одягу. Але зараз давай зосередимося на сьогоденні. Ти вдома, і все, що там раніше відбувалося, зараз заспокоїлося. Давай насолоджуватися новим днем».

«Я спробую, — сказала Грейс, — але що б там не було, думаю, нам потрібно бути готовими».

«Ми готові. У нас є зброя. А головне, у нас є одне одного. Ніхто з нас не самотній у цьому. Ми тепер команда».

«Команда», — повторила Грейс, виходячи з машини і вперше дивлячись на свій будинок. Вона провела рукою по червонувато-жовтих цеглинах аж до вхідних дверей.

Вона зупинилася на мить, милуючись їхньою красою. Сподіваючись згадати такі значущі вхідні двері, але спогади не прийшли.

«Це...», — сказала Грейс, милуючись вітражем, який мав форму птаха в польоті. Грейс провела пальцями по зовнішніх краях, сподіваючись знайти з ним зв'язок.

«Фенікс», — зазначив Вінсенте. «За легендою, він спалахує, а потім відроджується».

«Птах, що горить. Мої батьки мають птаха, що горить, на наших вхідних дверях?»

«Схоже на те.

Я думаю, це дуже круто. Це також символ миру і правди. Мабуть, це ще одна причина, чому вони могли вибрати саме його».

«Так, це дійсно звучить як гарний птах, який охороняє твій будинок». Грейс обережно ступала по трав'янистому газону, оглядаючи все навколо.

«Не намагайся надто напружуватися, Грейс. Просто відкрий свій розум для спогадів. Дай їм знати, що ти готова їх прийняти».

«Я готова прийняти їх з того дня, як прокинулася!» — вигукнула Грейс, але вона повністю розуміла, що він мав на увазі. Вона не хотіла підсилювати сумніви та непотрібні бар'єри. Вона хотіла бути як річка, річка, в яку її спогади могли б вільно повертатися до неї.

«Дозволь своїм почуттям вести тебе», — сказав Вінсенте. «Дозволь своїм почуттям взяти контроль».

«Гаразд, гаразд», — сказала Грейс.

«Ти робиш це таким простим, але це не так. Я відчуваю себе як порожнє полотно, і я не повинна так відчувати. Не коли я вдома».

«Дай собі час. Будь терплячою. А тепер ходімо всередину. Можливо, всередині…» Грейс точно знала, про що він думає. Вона потягнулася до ручки. Вона не рухалася. Вона постукала у двері і подзвонила у дзвінок, але було ясно, що нікого немає в дома.

«Можливо, десь тут є ключ», — припустив Вінсенте. «Спробуй подумати — де твоя мама могла залишити ключ?»

«Я не маю уявлення», — сказала Грейс. Хоча вона мала певну думку, що її мама могла залишити його в поштовій скриньці. Вона піддалася імпульсу, відкрила кришку, але пошуки були марними.

«Ти чудово справляєшся!» — сказав Вінсенте.

Грейс знала, що він намагається її підбадьорити. Вона просто відчувала себе такою безпорадною, що їй було важко оцінити або прийняти його невеликі слова підтримки, не відчуваючи, що вони є зверхніми.

Грейс закрила очі і спробувала уявити собі ключ. Вона подумала, що він може бути під килимком, але біля вхідних дверей не було килимка.

«Вінсенте, я думаю, він під килимком».

«Там моя мама завжди залишає ключ для мене. Ти впевнена, що не підключаєшся до моїх спогадів?» — пожартував Вінсенте.

Вони засміялися.

«Може, ззаду?»

Вони знайшли килимок і ключ. Грейс Грінвей нарешті опинилася вдома.

РОЗДІЛ 16

Ґрейс завагалася, перш ніж всунути ключ у замок. Вона думала про те, як вдячна вона за те, що вони знайшли ключ. Вона боялася того, що станеться, якщо вони його не знайдуть. Їм доведеться розбити вікно або виламати двері. Вона увійде до власного будинку, як злодій, і ця думка змушувала її тремтіти навіть зараз.

«Майже готово», — сказав Вінсенте, намагаючись підштовхнути Ґрейс відкрити двері. Він добре розумів, як вона повинна бути налякана. Так, це був новий світ. Але це все одно був її світ. Якщо вона не мала спогадів про нього, то що тоді? Звичайно, ці спогади повернуться. Згодом. А поки що вони разом розберуться з усім, що трапиться на їхньому шляху. «Ти готова?» — запитав він.

«Я просто думаю про те, як я вдячна, що ми знайшли ключ».

«Ми його не знайшли, це ти знайшла, і це хороший знак, але ми нікуди не поспішаємо. Коли будеш готова». Він сів на верхній сходинці, даючи їй простір, щоб вона могла відкрити двері у свій час. Зараз у них було багато часу. Раніше такого не було, коли вони ходили на заняття, їздили на автобусах, зустрічалися з друзями, робили домашні завдання, складали іспити, займалися спортом у школі, а ще були сімейні справи. Дні завжди були сповнені справ. «Гаразд, почнемо», — сказала Грейс. Вона повернула ключ у замку, а потім відчинила двері.

Вона запросила Вінсента зайти всередину, і в її голові знову промайнула думка про те, що вампіри потребують запрошення, перш ніж вони можуть увійти в будь-який будинок.

Вона посміхнулася, дивуючись, чому тема вампірів продовжує спадати їй на думку в найдивніші моменти. Якщо він був вампіром, як він міг харчуватися? Коли вони були єдиними двома живими істотами, що залишилися в світі? Хіба що те, що сталося, змінило його організм, і він більше не потребував крові, щоб вижити? Чому вона пам'ятала все це про вампірів і нічого іншого?

Грейс похитала головою. Вона намагалася позбутися дивних думок про вампірів, щоб повернутися до сьогодення. До моменту, коли вона знову увійшла до свого будинку. З іншого боку, можливо, саме про це вона і намагалася не думати.

У кінці будинку був атріум з безліччю рослин і подушок. Місце, де можна було посидіти, подивитися на сад і відпочити. Грейс обернулася і помітила гойдалку та гірку, заховані за садовою хатинкою.

На мить вона уявила, як ковзає вниз і гойдається, як маленька дівчинка. Вона намагалася згадати, як мама чи тато штовхали її на гойдалці, або як вона з Дарілом бігали по саду. Вона могла уявити все це, але це було лише її уявою. Не спогадами про те, що насправді сталося.

Вінсенте стояв поруч, дивлячись на неї і водночас не дивлячись. Він вважав, що їй потрібен простір, і не хотів заважати їй або змушувати її почуватися незручно. Водночас він хотів, щоб вона вела його. Адже навіть якщо вона нічого не пам'ятала, це був її дім, а він тут був лише чужинцем. Він тихо спостерігав за нею, зануреною у свої думки, поки її очі оглядали сад.

«Я... я не пам'ятаю цього», — нарешті сказала Грейс.

«Пам'ять повернеться», — сказав Вінсенте. «Давай зайдемо всередину і спробуємо розслабитися».

«Гаразд», — сказала Грейс і рушила коридором. Вона пройшла повз кімнату із зачиненими дверима. З цікавістю вона відчинила їх і побачила пральню. Далі вона увійшла до кухні. Це було ніби увійти в промінь сонця. Кухня була вся жовта. Канарково-жовта, включаючи побутову техніку, штори, шпалери, скатертину і серветки. Грейс підійшла ближче і помітила маленькі відбитки соняшників майже на всьому. Її мама, очевидно, була великою прихильницею жовтого кольору і ще більшою прихильницею соняшників.

«Соняшники», — сказала Грейс, посміхаючись. Вона вийняла сухі стебла з вази, наповнила її водою в раковині, а потім поставила назад у свіжу воду. Вони відразу ж ожили. Грейс подивилася у вікно і побачила ряд мертвих соняшників, що тягнулися вздовж будинку. Ті, до яких вона щойно доторкнулася, були зірвані її мамою. Можливо, нею самою. Їх принесли на кухню і поставили саме в цю вазу.

«Твоя мама точно знала, як принести сонце в дім», — сказав Вінсент, намагаючись заспокоїти Грейс, яка знову занурилася в свої думки. Він сів за обіднім столом, намагаючись не шуміти, відсуваючи стілець. Він оглянув кімнату і подумав, що вона досить приємна, але трохи перевантажена на його смак. Трохи сонця в домі — це добре, але тут було дійсно, ну, занадто яскраво. У цей момент він серйозно сумував за своїми сонячними окулярами.

Грейс провела рукою по стільниці, намагаючись відновити зв'язок. Вона відкрила кілька шафок і знайшла чашку з своїм ім'ям. Була ще одна з написом «Тато № 1», інша — «Найкраща мама у світі», а також чашка з одним словом: «Деріл». Це був її будинок. Були докази. Чому вона не могла згадати?

«Будь ласка, дай мені згадати, — подумала вона, — щось, будь-що. Будь ласка».

Вінсенте вирішив, що Грейс занадто довго занурювалася у свої думки, і вирішив, що настав час відволікти її. Він відсунув стілець, цього разу не тихо, а з гучним скреготом, і сказав: «Ой, вибач, але мій шлунок так бурчить, що я б не відмовився від перекусу».

Грейс на мить повернулася до думок про вампірів, а потім повернулася і відкрила холодильник. У ньому не було багато чого, оскільки її мама проводила більшу частину часу в лікарні. Вона відкрила верхню шафку, дістала банку кави і приготувала каву для кожного з них. Вона додала трохи штучного молока. Вони кілька хвилин мовчки пили каву.

«Якби ти міг з'їсти що завгодно, що б ти вибрав?» — запитала Грейс. Якби він відповів «пляшку крові», вона б зомліла.

«Я б з'їв великий соковитий стейк — з кров'ю, запечену картоплю зі сметаною і маслом, що розтікається по всій поверхні, а на десерт — ламінгтон».

«Давай влаштуємо собі бенкет, коли наступного разу зупинимося в готелі, добре?» — сказала Грейс.

«Ти добре готуєш?»

«Я абсолютно не знаю! Але я готова спробувати».

«Я не дуже багато готую. Зазвичай готує мама, а коли вона відсутня, я користуюся мікрохвильовкою або замовляю їжу на винос».

Вони знову мовчали кілька хвилин. Грейс дивилася вниз по коридору, змушуючи себе оглянути решту будинку. Вона подивилася на годинник над раковиною і побачила, що вже трохи за шосту.

Однак незабаром вони втомилися і їм потрібно було трохи поспати. Скоро стане темно. Звичайно, вони могли ввімкнути світло, але вона воліла оглянути будинок зараз, поки ще було чудове природне освітлення.

«Гаразд, я готова продовжити дослідження», — сказала Грейс. Вона встала, вимила порожні чашки в раковині. Потім вийшла з кухні і продовжила йти коридором.

Вінсенте мовчки йшов за нею, знову даючи їй час і простір для вільного дослідження. Він дав їй можливість повністю розслабитися.

Коридор був довгим і не таким світлим, як кухня. Хоча мама Грейс мала тумбочки, дзеркала та картини, які складали компанію, коли ти йшов до абсолютно темної вітальні. Грейс переступила через килимове покриття і одним рухом відкинула штори. Вона обернулася, щоб подивитися, що вона пропустила. Вона сподівалася, що цей раптовий рух допоможе їй все згадати.

Вінсенте спостерігав, не даючи цього зрозуміти. Він не хотів додавати ще більше напруги в ситуацію.

Грейс поклала руки на стегна, і на кілька миттєвостей в її серці з'явилася надія.

Вона затамувала подих.

Вінсенте теж помітив проблиск надії і зробив крок у її бік.

Вона зупинила його долонею. Почала ходити по кімнаті.

Грейс була схожа на птаха, що шукає їжу з висоти. Вона кружляла по кімнаті.

Незабаром проблиск надії зник з її очей, і вона впала на підлогу.

Вона прикрила обличчя руками і заплакала.

РОЗДІЛ 17

Вінсенте став на коліна перед Грейс. Він шукав потрібні слова. Він не міг їх знайти, бо його розум кружляв, а серце билося як скажене. Він задихався, стримуючи себе — стримуючи бажання обійняти її і...

Він стримався. Він провів з собою розмову про те, що вона не була типом дівчини, яка його приваблювала. Що насправді не мало значення, наскільки його хвилювали її емоційні переживання. Іноді він був чуйною людиною. Не часто, але іноді. Коли він бачив у новинах, як людей травмують, тримають у полоні, як країни роздирають війни, як знущаються над дітьми чи тваринами, він плакав.

Тепер, дивлячись на Грейс, яка стояла перед ним тут і зараз, він відчував себе так, ніби дивився новини. Він хотів простягнути руку і втішити її, як дитину. Тоді чому він відчував ще щось? Щось інше? І що це було? Він на мить проаналізував свої почуття і зрозумів, що саме це було. Він відчував потребу піклуватися про Грейс. Захищати її. Так, це точно було саме це!

Це не могло бути чимось іншим. Те, що він відчував у паху в той момент. Це не могла бути жага. Ні, не це.

Коли Вінсенте повернувся до сьогодення, Грейс стояла. Вона проводила пальцями по камінній полиці та фотографіях у рамках. Коли Грейс зупинилася, Вінсенте підійшов і став поруч із нею.

Побачивши фотографію, він посміхнувся і взяв її. Разом вони розглянули її уважніше. Це була Грейс. Їй було, мабуть, чотири чи п'ять років, і вона тримала в руках абак.

«Це точно ти», — сказав Вінсенте. «Я бачу твої очі в її очах».

Грейс посміхнулася і прочісувала туман у своїй голові.

«Я знаю, що це я. Я бачу, що це я. Але я не можу згадати її, ні абак».

Вінсенте взяв її за закриті долоні і розтулив їх одну за одною, наче розгортаючи дві троянди. Він притягнув її до себе.

Вона притулилася до нього, слухаючи його серце, відчуваючи новий вид зв'язку. Вона відсунулася.

«Дивись!» — вигукнула вона. «Це мій тато і мій брат». Під фотографією була табличка з написом: Бенджамін Грінвей, коханий чоловік Гелен, дорогий батько Грейс і Даріла. Пішов занадто рано, у віці 55 років.

На іншій фотографії теж була табличка: Даріл Грінвей, коханий син Гелен і Бенджаміна Грінвей. Пішов у вічність разом зі своїм батьком, у віці двадцяти одного року.

Грейс глибоко вдихнула, згадуючи їх у лікарні. Вона похитала головою. Вони не відвідували її, виправила вона себе, бо обоє були мертві. Мабуть, вона це уявила.

«Це так сумно», — сказала Грейс. «Двоє людей, які означали для мене все, а я нічого не відчуваю. Крім суму за собою, що не можу їх згадати. Я така егоїстична людина!»

«Ти не егоїстична! Просто ти зараз не можеш згадати, і це не твоя вина».

«Я так хочу щось згадати. Будь-що!»

«І ти згадаєш, просто наберися терпіння. Дай собі час».

«Я не думаю, що це станеться, Вінсенте. Я не думаю, що я коли-небудь згадаю».

Вінсенте поклав руки на стегна. «Вони повернулися, щоб відвідати тебе в лікарні, і на те була причина. Можливо, вони повернулися, щоб допомогти тобі».

«Як? Змусивши мене думати, що я втрачаю розум?»

«Ні, щоб довести, що ти все ще знаєш їх, навіть якщо вони перейшли на той бік. Ти розмовляв з ними. Мав з ними розмову».

«Так, але це було безглуздо».

«Тому що я перервала їх. Можливо, вони ще не встигли сказати тобі те, що хотіли».

«Було б цікаво, якби це було правдою, Вінсенте. Але я не думаю, що це звучить дуже правдоподібно. Проте дякую», — сказала Грейс. Вона перетнула кімнату і зупинилася біля сходів.

«Можливо», — сказав Вінсенте. Грейс повернулася до нього. «Можливо, вони передавали тобі повідомлення. Повертали тебе в той час твого життя, коли ти мала їх обох: щасливіший час. Час, коли ти мала минуле, яке можна згадати, сьогодення, в якому можна жити, і майбутнє, на яке можна сподіватися».

«Тоді два з трьох», — сказала Грейс.

Вінсенте засміявся і почав співати та танцювати.

«Продовжуй», — підбадьорила його Грейс.

Вінсенте ковзав по підлозі, використовуючи вазу як мікрофон, і, стоячи на одному коліні, заспівав серенаду Грейс, яка захоплено аплодувала.

Її щоки почервоніли, коли вона підійшла до нього і пристрасно поцілувала його в губи.

Він відповів на її поцілунок. Його руки блукали, її руки блукали, а їхні язики досліджували одне одного.

Вони обоє одночасно усвідомили, що відбувається, і одночасно відступили.

«Що ти намагаєшся зі мною зробити?» — запитала Грейс. «Вибач, дуже вибач», — сказав Вінсенте.

«Це було нас обох...»

«Так, це був момент. Я згодна, що ми обоє...»

«Давай просто забудемо, що це сталося», — сказала Грейс.

«Хороша ідея», — погодився Вінсенте. Він дивився, як Грейс піднімається сходами.

Дійшовши до верху, вона обернулася і посміхнулася через плече. «До побачення. Я піду знайду свою кімнату і трохи освіжуся».

«Чудово!» — вигукнув Вінсенте, причісуючи пальцями волосся. Коли вона зникла з поля зору, він повернувся до вбиральні і вмив обличчя водою. Він подивився на себе в дзеркало і замислився, хто ж ця людина, яка дивиться на нього?

Хто ця людина? Хто мав почуття, справжні почуття до людини, яка ще кілька днів тому не означала для нього нічого, крім дівчини, яка могла допомогти йому з домашнім завданням з математики, щоб він міг залишитися в команді? Тепер він сильно її обдурив, а вона відреагувала, відкрилася йому. Він так соромився себе за те, що скористався Грейс, особливо в цей час, коли вона була така вразлива.

Потім він подумав про її м'які губи, про те, як вони вагалися, а потім відкрилися йому. Вона поцілувала його так, як жодна інша дівчина не цілувала його раніше. Вона закохувалася в нього ще сильніше, і він це знав.

Проблема була в тому, що він теж закохувався в неї.

РОЗДІЛ 18

Нагорі Грейс також обмила обличчя холодною водою. Вона сяяла, як зовні, так і всередині. На мить їй стало байдуже, чи пам'ятає вона своє минуле, бо вважала, що її майбутнє важливіше. Вінсент був для неї важливішим за будь-які спогади.

Вона йшла коридором, минаючи кімнати із зачиненими дверима. Її думки повернулися до поцілунку і гарячки, яка пробігла по її тілу, немов вогонь, поки вона не знайшла свою спальню. Це мала бути її кімната, бо там тикав комп'ютер, а на стінах висіли фотографії Ейнштейна і Фібоначчі, підручники, рахівниця і... ну, це просто мала бути її кімната.

На комоді вона виявила маленьку скриньку для коштовностей. Коли вона її відкрила, заграла пісня.

«Потрібна допомога?» — запитав Вінсент.

Грейс повернулася нагору зі сходів з маленькою подушкою в руці. Вона кинула її йому. Це була подушка у формі серця.

Повернувшись до своєї кімнати, вона перевернула скриньку для коштовностей, яка визначила пісню як відому любовну пісню. Вона залишила скриньку відкритою, слухаючи, як вона грає мелодію знову і знову, поки вона йшла до душу.

Вона зупинилася на мить, почувши дивний звук. Шепіт. Тихий голос. Вона прислухалася. Закрила кришку скриньки для коштовностей. Знову прислухалася. Подумала, що це, мабуть, у її голові. Зробила ще один крок. Знову почула. Зупинилася. Прислухалася.

Гучність збільшувалася, але лише трохи.

«З тобою все гаразд?» — запитав Вінсенте, побачивши, що Грейс стоїть нерухомо, дивлячись у простір коридору.

Грейс кивнула. Вона повернулася до своєї кімнати. Вона встигла переодягнутися, коли Вінсент підійшов до сходів.

«Я в порядку», — сказала Грейс. «Я просто...» — вона завагалася. «Е-е, ти щось чув?» Вона відвернула голову, чекаючи, коли знову почує шум.

«Я чув якусь музику», — сказав Вінсент.

«Так, це моя скринька для коштовностей, вона грає музику. А ще щось?»

«Наприклад?» — запитав Вінсенте, дивлячись на свої ноги.

Грейс думала, що він щось чув, але не хотів їй про це говорити, на випадок, якщо вона цього не чула. Вона бачила, що він переймався цим. «Наприклад, шепіт», — сказала Грейс.

«Так, я щось чув».

«Я думала, що це в моїй голові», — зізналася Грейс. «Спочатку. Але тепер...»

«Ні, я теж це чую. Це як...» Вінсенте замовк, стоячи нерухомо.

«Ш-ш-ш», — сказала Грейс, коли це почалося знову. Трохи голосніше.

Майже як стогін.

Це шепотіло її ім'я, Грейс, повторюючи його, наче це був приспів пісні. «Може, це моя мама?» — припустила Грейс.

«Може».

«Може, вона поранена».

«Може».

«Ш-ш-ш».

Сильний порив вітру, здавалося, ввірвався через вхідні двері і потягнув їх сходами вгору, до Грейс і Вінсента. Його сила була настільки великою, що притиснула їх до стіни. Вміст будинку затремтів, а фундамент заскрипів.

Ще одне землетрус?

Вони вирішили, що верхній поверх — не найкраще місце для перебування. Вони взялися за руки і попрямували до сходів.

«Давай вийдемо звідси!» — вигукнув Вінсенте.

Грейс розуміла, що їм потрібно це зробити, і негайно. Однак вона турбувалася про маму, яка залишилася в будинку. А якщо вона поранена?

Коли вони дісталися сходів, вони вхопилися за дерев'яні поручні, оскільки сходи хиталися з боку в бік. Будинок почав трястися і крутитися, ніби хотів злетіти. Сходи почали грати, як клавіші на піаніно, розпадаючись, змушуючи їх відмовитися від свого плану повернутися на тверду землю.

Знову пролунав голос: «Грейс».

Грейс спотикаючись йшла коридором, ніби слідуючи за звуком голосу. Він долинав із кімнати із зачиненими дверима в кінці коридору.

«Я думаю, це моя мама», — сказала Грейс, коли вони проходили повз спальню з трохи прочиненими дверима.

Вона впізнала кімнату Даріла за музичними інструментами, компакт-дисками, незастеленим ліжком і порожнім плетеним кріслом. Крісло стояло прямо під вікном, ніби чекаючи на повернення її брата. Вікно було широко відчинене, і всередину ввірвався новий порив вітру. Вони встигли вчасно зачинити двері спальні, щоб вітер не здув їх через перила.

Голос шепотів ім'я підлітка знову і знову.

Підлітки тремтіли і трималися за руки. Разом вони рушили коридором. До зачинених дверей у кінці коридору, поки будинок навколо них кричав і ревів.

Стогін ставав дедалі гучнішим.

Шепіт перестав бути шепотом.

Це був явно жіночий голос.

Це був голос Гелен Грінвей, яка кликала свою дочку.

— Може, тобі варто відповісти? — запропонував Вінсент.

— Мамо!

— Грейс!

— Мамо!

— Грейс, Грейс!

Вони підійшли до дверей. Вони були теплими на дотик і цілими. Все ще на петлях.

Будинок перестав трястися і гудіти.

Вони відчинили двері.

Щось прослизнуло повз них і увійшло в кімнату перед ними.

Це було схоже на крижаний вітерець.

Вони затремтіли, коли двері за ними зачинилися, а потім замок сам зафіксувався.

Їхні зуби цокали, поки очі звикали до світла, і вони могли оглянутись навколо. Грейс була впевнена, що вони не самі, але вона не бачила своєї матері, і голос більше не кликав і не шепотів її ім'я.

Було холодно. Холодно, як смерть.

«Ти бачиш щось, хоч щось?» — запитав Вінсент.

«Я бачу холодне дихання. У формі сніжинок Фібоначчі».

«Що?»

«Бачиш, там? Сніжинки».

Сніжинки падали навколо них. Вони ще більше затремтіли і обійняли себе руками, коли їхня шкіра відчула, як мокрі тануч сніжинки перетворюються з кришталево-білих на сльози.

«Я відчуваю щось, присутність тут, з нами. Можливо, тому я згадала про Фібоначчі».

«Так, молодець, але чи це небезпечно?» — запитав Вінсенте. «Тобто, чи воно намагатиметься нас скривдити?»

«Ні, я не відчуваю, що воно хоче нас скривдити. Але я відчуваю, що воно хоче мене пізнати».

«Що?»

«Воно хоче, щоб я його втішила».

«Залишайся тут, біля мене. Не рухайся», — сказав Вінсенте.

«Воно намагається зв'язатися зі мною, в моїй свідомості. Воно думало, що якщо приведе мене сюди, нас сюди, то зможе отримати від нас те, що хоче, але тепер, коли ми тут, воно не знає, що робити». Грейс замовкла, притиснувши руки до голови від болю.

«Ти з ним розмовляєш? Воно тобі шкодить?» — запитав Вінсенте. Грейс у відповідь затремтіла всім тілом.

«Воно використовує якийсь вид екстрасенсорного сприйняття, щоб спілкуватися зі мною. Сканує мій мозок, моє тіло. Слухає мої думки та емоції».

«Відійди від неї!» — крикнув Вінсенте, піднявши стілець і кинувши його в стіну.

Грейс закричала від болю, а Вінсенте підняло в повітря і жорстоко кинуло на ліжко.

РОЗДІЛ 19

Грейс продовжувала з жахом спостерігати, як Вінсента трясло вперед-назад, ніби його опанував демон. Вона не могла не замислитися, крізь завуальований біль, що час від часу охоплював її тіло, що ж було причиною цього. Чи то істота з іншого виміру? Перевертень? Вампір? Привид? Демон? Грейс оглянула кімнату, шукаючи зброю. Не знайшовши нічого, вона чекала, поки тіло Вінсента заспокоїлося. Його ноги і руки були зв'язані невидимим, невідомим істотою.

Вінсент тепер залишався нерухомим. Грейс спробувала підбігти до нього, але її ноги ніби раптово застигли в цементі підлоги. Верхня частина її тіла нахилилася вперед, ніби вона була цирковою виродкою, але ноги просто не рухалися.

«Ти в порядку, Вінсенте?»

«Я більше не відчуваю болю».

«Це добре».

«А ти як?»

«Я знову почуваюся нормально, але мені дуже страшно, Вінсенте. Я не можу рухати ногами».

«Не кажучи вже про те, що тут скоро стемніє. Ти можеш дістати вимикач?»

Грейс намагалася нахилити верхню частину тіла в бік вимикача на стіні. Вона витягнулася і витягнулася, уявляючи, що вона насправді цирковий фрік, зроблений з гуми, торкнулася його і почула клацання, але нічого не сталося. Електрику відключили.

«Не працює, Вінсенте. Скоро тут буде зовсім темно!» Грейс обійняла себе руками і спробувала зупинити тремтіння.

«Ти все ще відчуваєш його присутність навколо себе?»

Грейс намагалася викинути свої відчуття, уявляючи, що це щупальця, які шукають щось невидиме і невідоме.

«Зараз тихо, Вінсенте. Можливо, воно отримало від нас те, що хотіло, і тепер пішло далі. Або, можливо, ми не були тим, на що воно сподівалося».

«Так, вперше в житті я не проти розчарувати цю істоту. Але давай спробуємо подумати. Що воно могло хотіти від нас? Що це могло бути?»

«Вовкулака?» — запропонувала Грейс.

«Повний місяць буде не скоро, принаймні ще кілька днів. Але, гадаю, вони не можуть бути невидимими».

«А може, вампір?»

«Так, вони виходять тільки вночі, чи не так?» — сказав Вінсенте, тихо посміхаючись. Мотузка була дуже туго зав'язана навколо його кінцівок, і потреба рухатися була непереборною. Проблема полягала в тому, що коли він рухався, мотузка ще більше затягувалася, а потім врізалася в його шкіру. Він бачив, як краплі крові з його щиколоток збиралися на простирадлі.

Грейс теж помітила кров, що капала на простирадло. Вона дивилася, як червоне кровотеча на білому, поширюється. Вона була збентежена рухами, що наближалися до неї з-під килима. Безумовно рух. Зміїний. Повільний. Слизький. Наближається до неї.

«Вінсенте!» — закричала вона, коли ця річ повільно наближалася до неї.

Її верхня частина тіла відсунулася назад. Назад, назад, якнайдалі.

На жаль для Грейс, це було недостатньо далеко.

«Вінсенте!» — закричала Грейс, а її очі майже вилізли з орбіт.

Він бачив, що вона була налякана, але не мав уявлення, чому. Він намагався послабити мотузки, але нічого не міг вдіяти. Будь-яка боротьба лише змушувала їх ще більше затягуватися і врізатися в його тіло.

Істота продовжувала прокладати собі шлях до Грейс.

Вінсенте зміг розгледіти під килимом щось, що рухалося. Він побачив, як ноги Грейс стали як ватяні, коли воно скоротило відстань між ними.

Грейс стояла твердо, намагаючись контролювати себе. Вона хотіла кричати і кричати, але замість цього зосередилася на диханні. Коли воно наближалося все ближче і ближче, вона відчувала, як воно починає її обмацувати.

Її охопило почуття спокою, яке переповнювало її почуття. Вона відчувала, що воно не хоче їй нашкодити.

«Грейс!» — крикнув Вінсенте, і мотузки врізалися в його шкіру. Він зігнувся посередині, тепер нагадуючи новонароджене теля. Потім з нізвідки з'явився кляп. Він закріпився на роті Вінсенте.

Під ним Грейс бачила, що він кричав, кричав голосніше, ніж будь-коли раніше. Але все, що доносилося з його боку, було болісною тишею. Тихі крики — найстрашніші крики з усіх.

Вони дивилися один на одного. Простягаючи один до одного все, що мали, вони дивилися один одному в очі, коли істота підійшла до ніг Грейс.

Вона почала рухатися вгору, починаючи з її пальців ніг, повільно просуваючись все вище і вище.

Саме тоді голос Грейс наповнив будинок електризуючим криком.

Не чини опору, сказала собі Грейс, добре знаючи, що Вінсент сказав би їй те саме, якби міг.

Розслабся, подумала вона, дозволь йому зробити те, що потрібно, і тоді, можливо, це мине.

Вона намагалася відгородитися від цього, відгородитися від усього, крім Вінсента на ліжку з широко розплющеними очима. З того місця, де вона стояла, вона бачила невелику калюжу крові, що збиралася біля його правої щиколотки. Вона дивилася, як його груди піднімаються і опускаються.

Ця річ обертала її і крутила, поки вона не відчула, що вже не є собою.

Його сила наростала. Спочатку біль був терпимим, як легке печіння. Майже як гарячий поцілунок. Це було захоплююче; вона хотіла ще один поцілунок, а потім ще один, і ще один. Потім це перетворилося на щось інше. Більш виразне печіння. Як тавро. Гаряче. Гарячіше. Пекуче.

Її обличчя почервоніло, і вона стиснула кулаки. Її воля до боротьби проривалася назовні, але біль був занадто сильним, щоб його витримати.

Коли він досяг її тазової області, печіння посилилося, а температура піднялася ще вище. Це було, ніби вона горіла. Горіла на вогнищі. Вона не могла думати. Вона була як один великий нерв — оголений нерв. Біль був нестерпним. Вона не могла більше терпіти, але він посилювався.

Грейс вдалося зберегти свідомість, поки біль піднімався до її грудей. Вони теж горіли, коли тепло рухалося далі, синхронізуючи біль так, що він пульсував по всьому її тілу.

Поки все не потемніло.

РОЗДІЛ 20

Коли вона прийшла до тями, Грейс вже не була у своєму тілі. Повільно вона зрозуміла, що сталося. Біль спричинив роздроблення її свідомості.

Звідкись зверху вона все ще бачила, як вона корчиться, крутиться в уявному коконі, а вихор болю кидає її, обертає і скручує її тіло, яке все ще рухається всередині неї. Тримаючи її в полоні свого палючого обіймів.

Відчуваючи печіння, відчуваючи запах власної плоті, що шипіла, Грейс більше не могла дивитися на себе, тому вона перевела свою увагу на Вінсента.

Він теж корчився. Його тіло кидало з боку в бік, і він тремтів, ніби у нього був епілептичний припадок. Вона рухалася до нього, плаваючи. Вона доторкнулася губами до його розпеченого чола.

Його очі розплющилися, ніби він відчув її присутність. Вона кричала до нього, намагаючись прорвати бар'єри, але його приглушені крики не було чути. Інтенсивність її криків, що лунали через тіло, до якого вона вже не належала, охолоджувала спекотну кімнату і завдавала йому ще більшого страждання.

Грейс хотіла вбити цю істоту. Що б це не було, вона хотіла схопити її і задушити, позбавивши життя, відрізавши душу. Вона хотіла, щоб це закінчилося. Тоді вона зрозуміла, що їй треба робити. Вона мала повернутися до свого тіла, щоб зіткнутися з жахливою істотою віч-на-віч. Вона мала повернутися. Їй більше нікуди було йти.

Так, ця істота мала її тіло, але вона не мала її розуму і не мала її духу. Те саме стосувалося і Вінсента. Так, їх обох катували з невідомих причин. Можливо, тому що вони були останніми двома людьми на Землі. Так само, як у старому фільмі, про який згадував Вінсенте, де інопланетяни намагалися з'ясувати, що рухає людьми. А може, вони намагалися їх вбити!

Якою б не була причина, Грейс не збиралася давати їм те, чого вони хотіли. Не давати їм забрати їхні життя без боротьби.

На мить вона уявила, як вилітає з вікна. Залишаючи себе і Вінсенте позаду. Але вона не могла цього зробити. Вона любила це тіло, незважаючи на його недоліки. Хоча їх було багато, воно все одно було її і тільки її. А ще був Вінсент. Вона кохала його, в цьому не було сумніву. Вона мусила повернутися до себе. Вона мусила врятувати його. Можливо, врятувати їх о бох.

За межами кімнати високі дерева хиталися вперед і назад, вперед і назад, під дією магнітної сили вітру. Вона і Вінсент були як ті дерева, рухаючись від болю, як рухалися від вітру.

Вона глибоко вдихнула і знову увійшла в своє тіло. Біль пронизав її, як ніж. Вона миттєво захотіла вирватися, але скоро зрозуміла, що це послабило її, зменшило її контроль і силу. Її суть була змінена. Тепер вона розуміла, що, роздроблюючись, вона дала цій речі додаткову силу над своїм фізичним «я». Тепер вона була рішуче налаштована повернути собі цю силу!

Опинившись всередині свого тіла, свого дому, вона зібрала всі свої позитивні думки та енергію, а також всю любов, яку могла знайти у своєму серці. Вона викликала ці речі з банку пам'яті, що зберігався далеко за межами її досяжності.

Відкинувши бажання знову відокремитися, вона зосередила всю свою енергію не на пекучому, невпинному болю, а на створенні власного потужного джерела світла.

Уявивши його, вона рухала його, як кулю сонячного світла. Вона тримала її в долоні, поки куля світла не стала схожою на серце: об'єднані серця Грейс і Вінсента.

Вона спрямувала всю енергію з кулі на Вінсента. Вона пропливла через кімнату, сяючи пишно. На кілька секунд тіло Вінсента перестало корчитися. Вона відтягнула серце назад, коли пекучий біль знову охопив її, і тримала його. Це дало їй сили витримати те, що їй було потрібно.

І десь у глибині її душі зазвучала пісня, пісня, яку вона не впізнала. Пісня, яка була їй абсолютно незнайома. Поки вона звучала, і вона її співала, її губи більше не пекли, а її очі звернулися до Вінсента. Її серце підказало його серцю приєднатися до пісні, заспівати її разом з нею.

Разом вони співали в своїх думках і душах, і куля світла ставала все сильнішою і сильнішою.

«Я ніколи не запрошувала тебе сюди, духу, чи хто ти там. Ти не маєш права вторгтися в моє тіло. Вторгтися в тіло моєї подруги. А тепер забирайся!»

І воно пішло. Воно пішло.

Грейс впала на підлогу.

РОЗДІЛ 21

Через кілька годин Грейс відчула себе не в своїй тарілці, що не було дивним, оскільки вона не мала жодного уявлення, де вона знаходиться.

Коли вона спробувала поворухнутися, кожна частина її тіла боліла. Її руки і ноги були викручені в неприродних положеннях, наче мертві або відламані гілки дерева. Вона спробувала зібратися, але кожен рух змушував її корчитися від болю.

Вона спробувала встати — саме спробувала — але знову впала. Грейс подивилася на килим. Спробувала подумати, згадати. Що було з тим килимом? Вона оглянула кімнату. Знайшла ліжко. Знайшла Вінсента.

Вона згадала все про їхнє моторошне випробування.

Вона змусила себе підвестися, ходячи як малюк, бо мусила навчити своє тіло рухам заново. Зрештою вона дісталася до Вінсента і подивилася на його нерухоме тіло. На плями крові, які тепер стали коричневими. Вони більше не розтікалися.

Її погляд зупинився на його губах. Його таких привабливих губах. Вона нахилилася, але зупинилася, коли його очі розплющилися, а потім розширилися. Він не був радий її бачити. Він був наляканий.

«Що таке, Вінсенте? Що б це не було, тепер цього немає. Ми в безпеці. Ми в порядку. Все буде добре».

Хоча Грейс продовжувала шепотіти йому ці позитивні слова, переляканий вираз обличчя Вінсента, здавалося, тільки посилювався. Його очі бігали туди-сюди, туди-сюди. Він хотів їй щось сказати. Попередити її?

Вона прошепотіла, запитавши, чи є щось за її спиною. Він кивнув.

Вона задумалася на мить, простягнула руку і намацала щось, але не змогла знайти. Вона хотіла втекти, але знала, що ця річ чекала на неї. Вона повернулася за нею.

Або це було щось інше? Інша річ? Вона боялася думки, що ця річ може бути сильнішою, могутнішою, може зламати її. Знищити її.

Очі Вінсента залишалися нерухомими, дивлячись прямо над її плечем.

Його страх був заразливим, і вона тремтіла і здригалася. Тоді вона зрозуміла, що єдиний спосіб перемогти цю річ — це разом.

Грейс нахилилася і почала розв'язувати мотузки, які тримали його, однією рукою, а другою рукою шукала в тумбочці біля ліжка будь-яку зброю. Щось, що вона могла б використати. Вона сподівалася, що її мама могла мати там щось, інструмент, який міг би допомогти їй у цих важких обставинах.

Очі Вінсента кричали. Його очі стали її очима.

У шухляді єдиним корисним інструментом виявилася пара пінцетів, і Грейс почала обрізати мотузки. Однак за такого темпу звільнення Вінсента зайняло б вічність. Вона нахилилася і почала кусати мотузки зубами, досягаючи непоганих успіхів, поки Вінсент знову не почав тремтіти і корчитися. Його очі зустрілися з її очима, а потім він заплющив їх.

Вона обернулася і закричала: «Хто ти і чого ти хочеш від мене? Від нас? Ми не хочемо тобі зла. Скажи нам, чого ти хочеш, і ми тобі це дамо! Ми спробуємо тобі допомогти, але, будь ласка, перестань нас катувати. Перестань катувати мого Вінсента. Я дам тобі все, що ти хочеш!»

Вінсенте перестав корчитися.

Його очі розплющилися, коли Грейс піднялася з ніг і злетіла в повітря.

Сила кинула її на стелю. Потім кинула об стіни. Бум. Бум. Бум.

Нарешті, вона впала на підлогу, де залишилася нерухомою, як лялька.

Розбивається скло. Розлітається на друзки. Летять у всі боки. Вдаряються об її шкіру. Проколюють її шкіру.

Грейс захищалася, як могла, руками і руками.

Щось підняло її і винесло з вікна. Вона опинилася на спині літаючої істоти, відчуваючи її неприємний запах. Вона трималася. Воно було м'яким. Не пір'ястим, а волохатим, пухнастим.

Було дуже темно, настільки темно, що вона не могла розгледіти форму істоти, на якій її несли.

Вони пролітали між і над предметами: чорними, безформними, тіньовими земними житлами, вежами і мостами. Вона відчувала, що вони набирають висоту, піднімаються все вище і вище, аж поки не залишилося нічого, з чим можна було б зіткнутися. Вони були в хмарах.

Можливо, вона померла?

Грейс і непахуча істота летіли в нічному небі. Коли істота раптово звернула праворуч, вона ледь не випала з її рук. Істота випустила заспокійливе «Гвап-Гвап». Вона кинула її назад у безпечне місце. Грейс обійняла її.

Політаючи. Втрачаючи і відновлюючи свідомість, Грейс все ще не була впевнена, чи вона мертва, чи це сон. Вони продовжували летіти, все далі і далі, все глибше і глибше в чорноту ночі.

Грейс відкрила очі і на кілька секунд уявила, що вони опинилися в тунелі, зробленому з металу.

Вона вдихнула повітря, відчула запах моря, а потім втратила свідомість.

Здавалося, що вони подорожували ціле життя, і тепер сонце почало сходити. Воно відбивало світло, як дзеркальний космічний корабель, коли вони почали спускатися вниз.

Її шлунок стиснувся, коли вони відскочили від дивно твердих хмар. Стрибаючи, падаючи. Грейс не відчувала страху

в цей момент. Вона відчувала себе в безпеці. Вдячна за те, що ж
ива.

Потім істота кинула її.

Вона боролася з вітром на шляху вниз.

Сонце стояло високо в небі, що було нормально. А ось місце, де перебувала Грейс, було незвичайним.

Вона лежала в обіймах гігантського дерева, і від одного лише погляду вниз у неї крутило шлунок. Вона була рада, що могла до чогось доторкнутися. Вона провела рукою по міцній гілці, на якій її поклали.

Сонце кидало свої промені на її плечі. Вона витягла скалки скла зі своєї шкіри і намагалася не дивитися вниз.

Не маючи нічого, що могло б відволікти її, вона простежила лінію стовбура дерева. Він тягнувся без кінця. Дерево було дуже високим, щонайменше 145 метрів.

Грейс оглянула оточення, пробігаючи поглядом по колу. Коло дерев. Вона інстинктивно, без жодної логічної причини, знала, що її дерево було королівським деревом. Інші були лицарями. Вона шукала королеве дерево, але не могла його розрізнити.

Вона намагалася згадати все, що могла про дерева. Дерево пізнання. Факторні дерева. Бінарні дерева. Дерево добра і зла. Дерево бажань. Різдвяна ялинка. Дерево мудрості.

Вона замислилася над божественністю дерев. Вона уявила, що якби вона знову була маленькою дівчинкою, це було б дерево, яке вона б шанувала. Воно було набагато більше, ніж величне. Це дерево було таким високим, що здавалося, ніби воно могло досягти самого Неба, якби воно існувало.

Грейс похитала головою. Вона була відволічена його величчю, коли їй потрібно було знайти спосіб спуститися.

Не кажучи вже про дерево, що їсть плоть. Що це було за дерево?

Ця думка турбувала її лише мить, бо вона відкинулася назад і спостерігала, як пропливають хмари. Вона відчувала їх присутність у собі, ніби дрейфувала по небу на одній з них. Вона забула все інше, про що мала пам'ятати, уявляючи, як ступає на щось схоже на зефір, м'яке, як подушка.

Вона була всередині нього, плавала, коли знову заснула.

Сонце майже зникло, і на горизонті настала сутінки. Вона потягнулася і позіхнула, відчуваючи заспокоєння. На мить вона повністю забула, де знаходиться.

Під нею стояло коло дерев — Лицарі — з гілками, опущеними вздовж тіла. Всі вони були мертвими деревами. Однак дерево, на якому вона сиділа, мало кілька листків і було цілком живим.

Вона простежила стовбур свого дерева аж до землі. Вона помітила, що земля внизу була розхитана. Від дерева відходили свіжі стежки. Стежки, які вели до інших дерев, Лицарів. Здавалося очевидним, що інші дерева колись були живими, але перенаправили свої джерела їжі та енергії, щоб врятувати Короля. Вони померли за Королівське дерево. Зробили найвищу жертву.

Але чому?

На це питання Грейс не мала відповіді.

Вона подивилася вгору, на обличчя місяця. На ньому відбивалося обличчя Альберта Ейнштейна. Вона посміхнулася йому, майже очікуючи, що він виплюне якісь формульні наукові та математичні відповіді.

Вона була оточена симетрією, в гілках і в усіх інших формах життя. Було приємно відчувати знайому симетрію.

Хоча вона не давала відповідей, як і місяць Ейнштейна.

Ейнштейн був обрамлений мерехтливими зірками. Вони блимали, визнаючи його геніальність. Їй було приємно, що він стежив за нею.

Вона відкрила свій розум для всього і відразу.

Не відчуваючи втоми, вона шукала відповіді в небі. Якщо вона спробує спуститися, вона може впасти. Або вона може дістатися до низу. Вона могла спуститися потроху. Повільно.

Якщо вона стрибне, то, безсумнівно, зламає собі шию. Вона не так вже й прагнула знову опинитися на твердій землі, щоб померти на ній.

Вона думала про те, щоб покликати на допомогу, але хто міг їй допомогти? Вінсент? Ні, він все ще був прив'язаний до ліжка, наскільки вона знала.

Або вона могла почекати. Можливо, істота, яка доставила її на дерево, мала намір повернутися за нею? Можливо, вона відлетить з нею до Вінсента? А може, вона її вб'є.

Вона розглянула симетрію дерева; воно було прекрасним витвором мистецтва. Це зайняло б час, але вона могла використати його як драбину.

Вона вдихнула аромат дерева. Вона здригнулася, коли подумала, що це може бути оливкове дерево, яке може з'їсти мертву птицю. Дерево, яке може нанизати на свої гілки живу здобич. Вона вирішила, що краще впасти на землю і зустріти свою смерть, ніж бути нанизаною на гілки і з'їденою.

Було занадто темно, щоб почати спускатися. Грейс була впевнена, що вдень їй пощастить більше, хоча вона цінувала іронію того, що Ейнштейн був там, щоб направляти її.

Вона відкинулася на гілках і подумала про Вінсента. Вона сумувала за ним. Вони провели разом кожну хвилину кожного дня протягом останнього тижня, і він став важливою частиною її життя.

Вона закрила очі, поклала руки під голову і придумала план: план, в якому фігурувала дуже велика сокира.

РОЗДІЛ 22

Коли настав новий день, Грейс сиділа нерухомо, спостерігаючи, як він сходить, ніби вона ніколи раніше його не бачила. Застигла у своєму мимовільному положенні, вона була схожа на ангела на верхівці величезного дерева, яке аж ніяк не нагадувало різдвяну ялинку.

Вона не спала вже кілька годин, втомившись сидіти нерухомо, чекаючи, поки в її голові з'явиться яскрава ідея або новий план втечі. Всю ніч вона надсилала телепатичні повідомлення кожному математику та вченому, які перейшли за межі Землі в інший вимір. Вона закликала їх надіслати або передати їй ідею звідки б вони не були, але нічого не прийшло.

Зневірена, Грейс усвідомила, що вона абсолютно самотня. Ні на кого покладатися, крім себе самої.

Вона дивилася вниз, вниз, вниз. Вона балансувала, наскільки могла, на гілці, яка продемонструвала свою здатність витримати всю її вагу. Вона відсунулася.

Це був довгий шлях вниз, страшенно довгий шлях вниз. У той момент її уява збилася з пантелику. Вона уявила, як Вінсент прилітає на вертольоті, щоб врятувати її. Він спускається по великій драбині в небі, і разом вони сідають у гучну машину. Вони пристрасно цілуються, а потім піднімаються в небо, де можуть жити довго і щасливо.

Грейс була роздратована на себе за те, що вигадувала такі дитячі фантазії. Вінсент не міг її врятувати. Він не мав над цим контролю! Те, що б це не було, тримало його на ліжку, наче він був сексуальним рабом.

Вона ставала все більш розлюченою і махала кулаками в повітрі, хоча це ні до чого не приводило. Ніхто не бачив, як вона розмахувала кулаками.

Проте десь у глибині душі частина її все ще вірила, що Вінсент може і врятує її. Все, що їй залишалося, — це чекати. Вона знала, що це безглуздо, і що тільки вона має силу повернутися на землю, але все одно не могла змусити себе почати спускатися.

Весь день вона спостерігала, як сонце грається з тінями, танцюючи між гілками. Листя сміялося, ніби його лоскотали, а вона змарнувала цілий день, не зробивши нічого, щоб допомогти собі.

Зірки мерехтіли навколо неї, коли вона засинала. У її голові лунала пісня

«Спи, Грейсі, на верхівці дерева,

Коли вітер дме, колиска гойдається,

Коли гілка ламається, колиска падає,

І вниз падає Грейсі, колиска і все інше».

Вона прокинулася з переляком, виявивши, що пересунулася на самий край безпечного місця, в яке її поклали. Вона вхопилася за стовбур з усією силою і повернулася на місце, а листя навколо неї, здавалося, шепотіло всі деревні плітки, які вона пропустила.

Вона сподівалася, що все це було лише поганим сном. Намагаючись переконати себе, що Вінсент приїде і врятує її.

РОЗДІЛ 23

Бідна Грейс плакала, поки не виплакалася. Вона уявляла, як було б, якби у неї були крила. Вона могла б просто вилетіти з дерева. Вона могла б безпечно втекти. Вона могла б врятувати Вінсента, і разом вони могли б втекти.

Коли сонце знову з'явилося на небі, Грейс вирішила негайно почати підйом. Дерево ніби простягало свої довгі гілки до сонця, і на мить Грейс уявила, що воно дійсно простягає до неї свої дерев'яні пальці.

Вид з гілки, на якій вона сиділа, все ще забирав у неї подих. Він сягав так далеко, як тільки могло бачити око. Все було тихо. Ніщо не рухалося, крім легкого вітерця.

Грейс відчувала тепло і безпеку, відпочиваючи там, у безпечній сітці сонячного світла. Майже так, як вона уявляла собі, що відчувала б, повернувшись у лоно матері. Вона відчувала себе єдиним цілим зі світом, єдиним цілим з Всесвітом. І все ж вона була самотнішою, ніж будь-коли в своєму житті. Як це могло бути?

Грейс відчувала себе паралізованою своїм глибоким бажанням вірити в силу, більшу за неї саму, і раптом вона зрозуміла, чому. Перш ніж з'явилися фізика, наука і симетрія, мала бути потреба в душі. Потреба в виживанні душі: єдиної душі. Однієї.

Вона обійняла коліна, притиснувши їх до грудей, і дозволила своєму духу заволодіти всіма своїми почуттями. Вона знала, без тіні сумніву, що знову торкнеться трави біля підніжжя цього дерева, і вона також знала, що піде геть від усього цього.

Ще одна річ, яку вона знала напевно, — це те, що Вінсент був лише хлопчиком. Він не мав жодних особливих сил чи здібностей, які мав би, якби був безсмертним. Він відчував біль. Він міг бути поранений. І найбільше Грейс розуміла, що чоловіки іноді потребують допомоги. Так, навіть такий атлетичний і сильний хлопець, як Вінсент, іноді потребував допомоги дівчини.

Допомоги дівчини в такий час, як цей.

Допомоги дівчини, такої як Грейс Грінвей.

Вона підготувалася до спуску, сподіваючись, що гілки внизу витримають її вагу. Гілка прогнулася під її вагою і навіть трохи заскрипіла, але витримала.

Вона опустилася на неї ще трохи, помітивши, як дивно для неї було спускатися з дерева. Вона була впевнена, що в дитинстві ніколи не була природженою лазілкою по деревах. Запам'ятай, Грейс, подумала вона, якщо у тебе колись буде дочка, обов'язково побудуй їй будиночок на дереві, коли вона буде маленькою, щоб вона навчилася правильно лазити.

Грейс уявила себе професійною лазілкою по деревах. Кимось, хто піднімався і спускався з багатьох дерев і робив це з легкістю. Вона зрозуміла, що, ймовірно, не лазила так, як лазив би професійний лазілка по деревах. Ні, подумала вона, він або вона використовували б стовбур. Товсту частину дерева, для стабільності.

І саме це вона і зробила. Вона продовжувала спускатися, потроху. Сантиметр за сантиметром.

Вона була зосереджена. У її джинси встрягли скалки, а руки кровили від того, що вона трималася за шорстку кору.

Коли вона занадто втомилася, щоб продовжувати спускатися, вона обхопила стовбур дерева руками і ногами і відпочила. Тоді біль і пульсуюча кров загуділи в її мозку, але вона була занадто втомлена, щоб прислухатися, і тому заснула.

«Просто відпусти», — прошепотів тихий голосок, коли вона засинала і прокидалася. «Настав час, Грейс, просто відпусти».

Вона трималася ще міцніше, ніж раніше. Вона повернула голову, приглушивши голос руками.

«Відпусти, Грейс», — промовив голос.

Вона все більше втомлювалася триматися. Її руки і ноги пульсували. Вона не наважувалася дивитися вниз.

Вона послизнулася. І впала.

Велика скалка встромилася їй у руку, і кров хлинула, стікаючи по дереву.

Вона подивилася на кров, що текла, і знову рушила вниз, не зважаючи на це.

Продовжуючи свою односторонню місію вниз, вона змела кров, яка вбиралася в її одяг. Вона зупинилася, щоб перевести подих. Почала рухатися знову. Не встигла вона повернутися до свого червоного спуску, як з'явилася ще більше крові, якій гравітація допомагала рухатися вниз.

Краплі крові Грейс мерехтіли і танцювали в сонячному світлі, як сапфіри.

Вона не могла більше спускатися. Вона прагнула безпеки простору над собою, де могла б відпочити. Вона усвідомила, що досягла значного прогресу в спуску по дереву. Так, до низу ще було далеко, але в її серці зародилася нова надія.

Вона це зробить.

Вона розтягнулася вздовж стовбура, наскільки це було можливо. Вона відпочила ноги, обхопивши ними сусідні гілки. Вона виглядала як прецель, але трималася, і була горда своїм прогресом.

Її думки почали блукати, і вона усвідомила, як сильно хоче пити і як голодна. Вона трималася за життя і намагалася зосередитися на інших речах. Вона уявила собі Вінсенте, як він виглядав, коли вперше прокинувся. Як він завжди пропускав пальцями по волоссі. Як його обличчя сяяло, коли він посміхався. Як його кобальтово-блакитні очі ніби заглядали глибоко в її душу.

«Вінсенте!» — крикнула вона, «Вінсенте!»

Вона була в маренні — або майже в маренні — коли крикнула нікому: «Коли я виберуся з цього дерева, я буду їсти тільки кору — ммм, смачно!» Вона сміялася, як божевільна.

Постійне перебування на сонці випалило їй мозок. Вона трималася, безрозсудно сміючись, поки з стовбуром дерева не сталося щось дивне: воно дихало.

Вона хотіла відпустити. Вона балансувала на межі. Безумовно, вона втрачала розум. Вона подумала, що, можливо, неправильно інтерпретувала його дії. Вона переоцінила ситуацію і вирішила, що це було більше схоже на зітхання. Дерево зітхнуло.

Дерева, які служили іншим деревам. Дерева, які потребували м'яса.

Дерево чхнуло.

Це було коротке і швидке чхання, не надто гучне і не надто довге. Грейс замислилася, чи зупиняється серце дерева, коли воно чхає. Вона стримала себе, повністю усвідомивши, що дерева не мають серця.

Обійнявши стовбур, як за своє життя, вона знепритомніла.

Грейс не була впевнена, що з нею сталося, перш ніж вона прокинулася. Вона відчувала, як дерево пульсує. Вона відчувала, як його серце б'ється і б'ється і б'ється крізь товсту деревину. Вона розуміла, що потрібно знайти його рот, щоб не стати деревною закускою.

Вона уявила собі рот, в який впала мертва пташка. Це був надзвичайно великий рот, враховуючи розмір того дерева в порівнянні з цим. Його рот мав бути кратером.

Тоді їй спала на думку ідея. Не замислюючись над наслідками, вона витягла з дерева велику тріщину і встромила її собі в плече. Кров потекла, стікаючи по стовбуру дерева. Спочатку це було лише кілька поодиноких крапель, але незабаром краплі злилися в великий згусток.

Вона спостерігала, як він стікав вниз, вниз, вниз по дереву, і тоді сталося те, на що вона сподівалася — і чого боялася.

З роззявленої дірки висунулася величезна чорна річ, схожа на язик, і з красномовністю язика аспи. Вона мерехтіла і звивалася, весь час лизаючи і харчуючись кров'ю Грейс.

Коли кров закінчилася, язик піднявся все вище і вище по стовбуру, шукаючи. Він все ще був голодний.

Грейс трималася з усіх сил. Вона не хотіла падати зараз, не тоді, коли він чекав на неї.

Їй потрібен був план Б.

РОЗДІЛ 24

Тримаючись за стовбур дерева, вона зосередилася, заспокоюючи власне дихання, яке ставало все більш поверхневим. Вона відчайдушно хотіла спуститися. Вибратися з небезпеки. І вона відчайдушно хотіла полегшити себе.

«Грейс».

Цього разу вона підняла голову, коли почула, як її кличуть.

Тільки не кажи, подумала вона, що дерево теж може говорити і знає моє ім'я. Тільки не кажи!

Вона була зневоднена. Вона була голодна і виснажена. Хоча вона трохи поспала, це був не той сон, який їй був потрібен.

«Ти завжди була впертою дитиною», — промовив голос.

Це був чоловічий голос. Голос чоловіка, який прийшов до неї в лікарню. Голос чоловіка, який загинув у автокатастрофі багато років тому. Голос її батька.

Вона втрачала розум. Цього разу в цьому не було сумніву. Вона точно втрачала розум.

«Грейс», — прошепотів він.

Коли вона не відреагувала на його присутність, він прошепотів її ім'я знову і знову. А може, це був вітер. Чи це був просто вітер, що кликав її ім'я?

«Просто відпусти», — сказав її батько. «Це не підходить тобі і тому хлопцю. Він теж не підходить тобі».

Згадка про Вінсенте привернула її увагу.

Її батько засміявся. «Грейс, послухай мене. Ти і Вінсент не створені одне для одного. Він йде іншим шляхом. Просто відпусти. Відпусти тут і зараз».

«Не говори про Вінсента. Ти його навіть не знаєш».

«Грейс, я не можу розповісти тобі, що я знаю і звідки я це знаю, але розплата має бути, і ціна занадто висока для тебе. Більше того, тобою маніпулюють, щоб виправити минуле».

«Що?»

«Я не можу розповісти тобі все, що знаю. Ти дізнаєшся про це в належний час, але я раджу тобі відмовитися зараз. Вибачся зараз. Потім відпусти. Ти лише дитина, невинна. Минуле не твоє, щоб його стирати. Відшкодування не твоє, щоб його робити».

«Я... я не розумію».

«Зрозумієш, але тоді буде вже запізно. Будь ласка, відпусти. Зроби це зараз. Це єдиний спосіб звільнитися від долі».

Вона ще міцніше вхопилася за стовбур дерева. Це не мало ніякого сенсу.

«Просто відпусти», — прошепотів він.

Вона все ще трималася. Викладалася на повну. Вона не могла більше витримувати його примусові, маніпулятивні слова.

Вона зібрала всі свої сили і почала знову повільно спускатися, сантиметр за сантиметром. Її інстинкт самозбереження спрацював, і вона почала чинити опір.

«Грейс, ти що, не слухала мене? Ти дурна, дурна дівчина!»

У голові Грейс щось вибухнуло, і вона подумки наказала йому замовкнути. Весь цей час вона продовжувала збирати сили і рухалася все далі і далі по стовбуру дерева.

Вона більше не боялася. Вона не була слабкою. І вона не збиралася здаватися без бою.

Ігноруючи свого підступного батька, Грейс вигадала план. Вона простягнула передпліччя вздовж гострих гілок, відкриваючи одну рану за іншою і випускаючи кров.

Кров, що стікала, утворила великий згусток, який, як вона знала, пробудить голодне ротове отвір. Вона зависла трохи вище місця, де бачила його раніше, оцінюючи свої варіанти. Це було ризиковано, але вирішило б дві проблеми одночасно. У неї не було іншого вибору.

Коли солоні краплі наблизилися до почорнілого язика, він жадібно їх злизав. А потім почав шукати вгору, щоб знайти ще. Це був дуже ненажерливий язик, жадібний до крові Грейс.

Вона дозволила новій групі крапель витекти з рани, спостерігаючи і чекаючи ідеального моменту, коли язик буде готовий прийняти ще одну краплю — і тоді вона збиралася скинути на нього бомбу.

Її батько все ще дорікав їй. Грейс продовжувала ігнорувати його. «Йому подобається твоя кров, Грейс», — прошепотів голос далеко над нею.

Це був не її батько. Це був голос маленької дівчинки.

Грейс подивилася вгору і впізнала дівчинку. Це була та, яка стояла посеред дороги того дня. Грейс звернула машину, щоб її оминути. Вона сиділа в безпеці в гнізді гілок, з якого Грейс почала свою подорож, крутячи червону стрічку на своїй білій нічній сорочці навколо пальців.

Грейс моргнула, щоб дівчинка знову зникла, але цього разу вона залишилася.

«Допоможи мені, Грейс», — сказала вона.

«Хто ти? Як тебе звати?»

Вона засміялася. «Ти знаєш мене, Грейс. Ти не пам'ятаєш?»

Грейс похитала головою. Спробувала знайти спогад.

Тоді дівчинка дуже тихо промовила: «Я — акорд».

Грейс одразу відчула жаль, смуток і любов до дитини.

Дівчинка балансувала на краю гілки, як маріонетка, і співала

«Я — жінка-малювальниця

Я — крик

Я — таємний голос

Я — зітхання

Я — те, що чути

У сутінках

Птахи відповідають нотою,

Квіти мускусом;

Я та болісна рослина,

Вигукувана там, де кличе

Самотня пташка, що блукає

Біля тьмяних водоспадів;

Я жінка-малювальниця,

Не проходь повз мене;

Я таємний голос,

Почуй мій крик;

Я сила, яку ніч

Втрачає за кордоном;

Я корінь життя;

Я акорд». *

Грейс, зачарована солодкістю голосу маленької дівчинки і красою її тембру, простягнула до неї руку.

Маленька дівчинка закінчила пісню. «Пам'ятай, Грейс, деяким дається, а деяким забирається. Пам'ятай». Маленька дівчинка зістрибнула з кінця гілки дерева.

Крик Грейс був єдиним звуком, який було чутно.

За винятком махання крил, коли маленька дівчинка перетворилася на ворона і полетіла геть.

РОЗДІЛ 25

Не в змозі відрізнити реальність від вигадки, Грейс знайшла розраду в сні. Доки вона не прокинулася, а потім все знову повернулося.

Вона ледь трималася за дерево і в своєму стані розуму.

Праворуч щось маленьке і зелене бовталося і гойдалося. Це була олива, майже в межах досяжності.

Все, що їй потрібно було зробити, це змістити вагу і трохи посунутися, а потім дотягнутися, як це робить гумова жінка в цирку. Її шлунок бурчав. Вона відчайдушно потребувала їжі.

Коли вона посунулася до неї, на мить вона зупинилася. Щось глибоко в її нутрі відчувало підозру. Чи вона з'явилася раптово, чи вона не помітила її раніше? Як абсурдно! Це було занадто для неї. Грейс знову замислилася, чи не втрачає вона розум.

Моє, подумала вона.

Вона нахилилася до нього, простягаючи руку все далі і далі, не наражаючи себе на небезпеку, поки оливка не опинилася в її досяжності.

Вона потягнула за неї.

Вона ледь не відірвалася, а потім дерево почало трястися, ніби у нього стався припадок. Вона подивилася прямо під себе і помітила гостру гілку, яка була спрямована прямо на неї. Якщо вона зараз впаде, її проколе гілка, як того бідного ворона.

Грейс боролася, щоб втриматися. Вона чіплялася за дерево, що тремтіло, з усією силою, яку могла зібрати в своїх руках і ногах. Тепер вона сиділа верхи на дереві.

Раптом тремтіння перетворилося на щось інше. Дерево мало припадок. Воно було в стані величезної люті. Або ж воно відчувало біль? Грейс знала, що таке біль. Вона пам'ятала, як він змушував її втрачати контроль над усім, навіть над власною людськістю.

Дерево на мить затихло, а потім почало конвульсувати ще сильніше.

Грейс подумала про п'ять почуттів. Задалася питанням, оскільки це дерево мало рот, щоб їсти, і язик, щоб смакувати, які ще людські риси воно мало? Чи билося в нього серце? Чи відчувало воно?

Вона нахилила голову вперед і глибоко вдихнула, видихнувши на стовбур дерева. Це, здавалося, допомогло, хоч і лише на мить.

Вона спробувала ще щось. Погладила гілку, найближчу до неї. Ту, на якій висіла оливка. Погладжуючи гілку, вона думала про те, як вдячна вона за те, що жива.

І тоді Грейс зрозуміла, що дерево відвернуло її увагу від збору його плодів, його дітей. Це було єдине, заради чого воно жило.

Зрештою, це не було дерево Короля. Король послав своїх турів, щоб врятувати це дерево, Королеву. Вона була надією. Вона була майбутнім.

А тепер вона теж вмирала.

Грейс обережно спустилася вниз, більше не цікавлячись оливкою. «Мені так шкода», — голосно сказала Грейс. «Так шкода».

Сльози котилися по її щоках, стікали з обличчя і падали на гілки, що чекали внизу. І незабаром гілка повернулася вниз, більше не становлячи для неї загрози. Потім все затихло. Все було спокійно. І Грейс знала напевно, що дуже скоро вона знову буде з Вінсентом.

Грейс повернулася до стовбура дерева і відпочила. Вона була виснажена, відчувала дискомфорт і була голоднішою, ніж будь-коли, але не шкодувала про нічого.

Дерево почало кашляти. Потім дерево почало плюватися. Грейс почала падати вниз. Це було так, ніби її пальці занурили в масло. Вона не могла втриматися.

Вона подивилася вгору на нічні зірки, на місячне обличчя Ейнштейна, і вона була готова до всього, що могло статися. Вона змирилася з цим, бо зробила все, що могла, щоб забезпечити своє виживання.

Вона зісковзнула трохи ближче до землі.

Вона помітила, що гілки навколо неї обертаються. Кружляють. Гілки, які колись були спрямовані в небо, тепер схилялися, жестикулюючи в її бік.

Вона впала ще нижче, добре розуміючи, що дерево теж вмирає.

Поки дерево корчилося в спорадичних спазмах, Грейс ковзала, ковзала і ковзала, весь час дивлячись на безкрає небо і кружляючі хмари над собою, які рухалися далі, не турбуючись ні про що.

Тонкі гілки стогнали і боліли, чекаючи кінця.

Незабаром сонце почало сходити на горизонті і розкидало свої промені на корчаче дерево, наповнюючи його ніжним, гармонійним світлом, поки гілки не зігрілися і не затихли.

Коли сонячне світло поцілувало дерево, можливо, востаннє, гілки зігнулися, нахилилися і склалися, утворивши сходи. Сходи, які приведуть Грейс назад на землю.

Вона відірвала свої спітнілі руки від стовбура дерева і обережно ступила на першу сходинку. Вона легко витримала її вагу. Вона швидко рухалася по них, одна за одною, утримуючи рівновагу, коли це було потрібно, тримаючись за стовбур дерева.

Під собою вона бачила траву. Вона була майже на місці. Це була гонка з сонячними променями: чи встигне Грейс дістатися до землі раніше, ніж вони? Хто першим торкнеться землі?

Коли Грейс зійшла, вона і сонячне світло одночасно торкнулися землі. Вона засміялася, коли трава лоскотала її ноги, і насолоджувалася землистим, мускусним ароматом.

Вона стояла під гігантським деревом і вказувала на небо.

Спочатку вона була небажаною гостею цього дерева, а тепер було так, ніби вона прощалася з давно втраченим другом. Його гілки були погнуті і скручені, а стовбур вказував на те, що воно не протримається ще довго.

Пролунав гучний скрип, а потім — гучний тріск, коли сходи почали обвалюватися вниз. Вони впали на землю, підстрибуючи, як дитина на батуті, а потім пролунав деревний град, і скалки розлетілися в усі боки, як осколки.

Грейс стояла нерухомо, занадто налякана, щоб рухатися, а Королева впала до її ніг, де знайшла своє останнє притулок.

Одна маленька річ все ще рухалася. Спускалася вниз.

Вона вхопила оливку в руку, поклала її в кишеню і пішла шукати Вінсента.

Повертаючись додому, вона відчувала себе розгубленою і виснаженою, але щасливою, що залишилася живою.

Незабаром вона зрозуміла, що знаходиться зовсім недалеко від будинку. Побачивши свій будинок, вона розплакалася. Вона не могла зупинитися, відкрила вхідні двері і піднялася нагору, піднімаючись по тому, що залишилося від зламаних сходів. Нагорі вона понюхала і зрозуміла, що погано пахне. Вона швидко прийняла душ, переодяглася і промила рани.

Потім вона відчинила двері спальні (вони вже не були зачинені) і побачила Вінсента, який все ще був прив'язаний до ліжка. Він лежав у тому самому положенні, в якому вона його залишила. Спочатку вона побоялася, що він помер.

Коли вона притулилася головою до його грудей, вона відчула його подих на своїй шиї. Вона чула, як б'ється його серце.

Вона поцілувала його очі, щоки, лоб і рот. Вона будила свого прекрасного принца. Повертала його до світу, де панує свідомість. Сльози котилися по її щоках.

Вінсенте розплющив очі. «Я мрію?»

Грейс не відповіла. Вона просто поцілувала його солодкі губи, знову і знову. Потім вона залізла до нього в ліжко, обійняла його за шию і заснула.

РОЗДІЛ 26

Все ще тримаючись за стовбур дерева, як за останню надію, Грейс прокинулася. Надворі все ще було темно. Боячись поворухнутися, вона ще міцніше вчепилася в стовбур. Раптом вона відчула гаряче дихання на лобі. Вона здригнулася. Махнула рукою.

Стовбур ворухнувся.

Вона почула його серцебиття.

«Я могла б до цього звикнути».

Грейс закричала.

«Ти в порядку, Грейс? Прокинься!» — сказав Вінсенте.

Вона відсунулася і подивилася прямо в його бородате обличчя. Хоча було темно, вона бачила, що була з Вінсентом. Вона повернулася додому, і вони знову були разом.

Вона мала сон уві сні — але це була реальність. Вона міцно обійняла його.

«Я, мабуть, виглядаю жахливо», — сказав Вінсент.

«Для мене ти виглядаєш прекрасно».

«А, ти, мабуть, так кажеш усім хлопцям, яких знаходить прив'язаними до ліжок. »

«Так, я завжди кажу їм, що вони дуже красиві, щоб вони дозволили мені робити з ними все, що я хочу». Вона засміялася.

«Нам потрібно поговорити про те, що тут сталося, і про те, що сталося, коли ти була... далеко».

«Я не хочу про це говорити зараз, Вінсенте. Можливо, я ніколи не захочу про це говорити».

«Як хочеш, Грейс, але я сподіваюся, що колись ти зможеш мені про це розповісти».

«Це було жахливо і чудово водночас».

«Якщо ти мене розв'яжеш, я, можливо, зможу прийняти душ і переодягнутися. Потім ми зможемо поговорити».

Вона знайшла ножиці на кухні і відрізала мотузки, якими Вінсент був прив'язаний. Там, де його зв'язували мотузки, була засохла кров, але порізи, здавалося, загоювалися.

Вона допомогла йому встати, коли він звільнився, але його ноги розсунулися під ним.

«Я сам», — сказав Вінсенте, повільно виходячи з кімнати. Вона пішла за ним, відчинила для нього двері ванної кімнати, а потім почала пробиратися крізь уламки, щоб знову дістатися до першого поверху.

«Мама зберегла весь одяг мого брата. Подивись, чи знайдеш щось, що тобі підійде». Вінсенте кивнув і зачинив за собою двері ванної кімнати. Вона почула, як увімкнувся душ, і приготувалася зробити сніданок.

У кухні Грейс вирішила приготувати пікнік. Вона вибрала місце в саду. Потім вона зварила каву, взяла кілька чашок і цукор. Поклала хліб із морозилки в тостер, взяла мармелад, вегемайт, полуничний джем і масло з холодильника. Потім вона приготувала яєчню і винесла все на вулицю.

Це був пікнік, але не вистачало серветок і скатертини. Вона перебрала ящики і знайшла і те, і інше. Вона все красиво розклала і навіть поставила вазу з сухими квітами в центрі столу.

Коли вона побачила рух у кухні, вона покликала Вінсента: «Я тут!» А коли він вийшов, вона вигукнула: «Сюрприз!»

Спочатку вони їли мовчки.

Вінсенте поглянув на Грейс і вперше побачив її в зовсім іншому світлі. Донедавна він бачив її здалеку, хоча вона була поруч із ним. Можливо, тому що раніше він був сліпий до неї. З того часу вона продемонструвала силу і мужність, а також пристрасть до життя, якої він раніше не знав. Вона цілувалася глибоко, ніби цілувалася серцем, і він знав — завжди знав — що вона його кохає. Проте він не думав, що відчуває те саме. Дотепер.

«Я ніколи не знав, що кава може бути такою смачною», — сказав Вінсенте, намагаючись змінити хід своїх думок. Але його глибокі почуття видали його, і він нахилився через ковдру і ніжно поцілував Грейс у губи.

Її тіло піддалося йому, і вони разом цілувалися глибоко і незворушно. Він відгорнув волосся з обличчя Грейс і міцно притиснув її до себе. Він слухав, як її серце б'ється в унісон з його, і його охопило таке кохання, якого він ніколи раніше не відчував.

Він дивився їй в очі, коли говорив. «Коли ти була далеко...»

Вона спробувала перервати його, бажаючи щось сказати. Він знав, що вона думає, що не хоче говорити про те, що сталося, коли вони були розлучені, але він не мав наміру про це говорити.

Він поклав вказівний палець на її губи і сказав їй: «Ш-ш-ш». Він мав сказати їй це зараз, поки не втратив сміливості. «Коли ти була далеко, я зрозумів дещо, і найголовніше з цього — що я кохаю тебе».

Вона затамувала подих. Це було неконтрольовано.

Він знову попросив її замовкнути.

«Нещодавно я вдарив тебе по голові крикетним м'ячем, і ти знепритомніла. Я хвилювався за тебе, але на мить подумав: «Хто ж тепер допоможе мені з домашнім завданням з математики?». Я був егоїстичним, я знаю. Абсолютно».

Вона знову хотіла перервати його. «Потім я спостерігав за тобою, дурненькою дівчинкою, яка завжди дивно на мене дивилася, яка іноді стежила за мною поглядом. Яка, очевидно, була в мене закохана...»

Вона скорчила гримасу, почувши ці слова, і їй стало ніяково. Вона дивувалася, чому він не зупинився на «Я кохаю тебе». Це було б ідеально.

Він продовжив: «Ти допомагала мені з математикою. Ти була ключовою фігурою, яка допомогла мені залишитися в команді, але я не був тобі вдячний. Не справді. Я відчував, що ти якось мені винна. Я відчував, що всі мені винні. Тоді я був іншим. Але я змінився. Ти змінила мене. Тепер, коли я дивлюся в дзеркало, я бачу чоловіка, який зробить для тебе все. Чоловіка, який хоче бути з тобою, і я маю на увазі не тільки сьогодні чи завтра, а завжди і назавжди. Можливо, ти думаєш, що я не твій тип, і що ти не достатньо хороша для мене, але, чесно кажучи, це я не достатньо хороший для тебе! У минулому я просто робив те, чого від мене очікували, не ставлячи під сумнів. Я зустрічався з дівчиною, з якою від мене очікували зустрічатися. Я був типовим спортсменом, і я не пишаюся цим. Ти, Грейс, змушуєш мене думати про завтра, про наше завтра, про наше майбутнє, і я не можу дочекатися, щоб поділитися з т обою всім.

Грейс відчула, як сльози течуть по її обличчю. Вона чекала роками, щоб Вінсент сказав їй ці слова, а тепер, коли вона їх почула, вона засумнівалася в ньому і сказала: «Але Вінсенте, може, ти так відчуваєш, тому що ми залишилися єдиними двома людьми? Ти знаєш, ніби ми потрапили в пастку на безлюдному острові, і навіть найпростіша дівчина через деякий час починає здаватися гарною».

Її реакція на його освідчення в коханні була як ляпас. Вона хотіла взяти свої слова назад, але було вже запізно. Шкода вже була завдана.

«Послухай, Грейс, я знаю, що ти боїшся, і тепер ти відштовхуєш мене. Ну, я теж боюся, тож не намагайся відштовхнути мене від себе цими балачками про «найпростішу дівчину». Це повністю принижує все, що я щойно тобі сказав, і що б ти не говорила і що б ти не робила, я завжди буду кохати тебе. Я кохаю тебе, Грейс».

«Я теж кохаю тебе, Вінсенте».

Вони впали один одному в обійми, і цього разу поцілунки були палкими. Вони пили одне одного, як два алкоголіки, які не пили алкоголь місяцями. Їхня пристрасть заповнила повітря.

Вінсенте відсунувся першим. У нього не було вибору, він мусив відсунутися, інакше вони зайшли б занадто далеко, занадто швидко.

«Де ти навчилася так цілуватися?» — запитав він, пестячи її спину і відчуваючи на своїх пальцях пекучу гарячу шкіру.

Грейс знизала плечима. Вона просто відповідала на його вогонь. Вони спробували повернутися до їжі, але смак на їхніх губах, смак одне одного, робив все інше нецікавим у порівнянні.

Коли настала ніч, вони лягли на ковдру і дивилися на зірки, що мерехтіли над ними, трималися за руки і цілувалися. Це був ідеальний світ; світ, створений тільки для двох.

Грейс дивилася на Вінсента, який спав поруч з нею. Їхні ноги були переплетені, і вона не могла звільнитися, не розбудивши його. Вона знала, що у неї, мабуть, неприємний запах з рота, але нічого не могла вдіяти, тож просто дивилася, як він спить. Його груди підіймалися і опускалися, він спав спокійно. Він виглядав задоволеним.

Вона відчувала ейфорію. Навіть у найсміливіших мріях вона не уявляла, що все складеться так, як склалося. Вінсенте Маріно кохав її, а вона кохала його.

Вінсенте прокинувся і позіхнув. Його подих торкнувся Грейс. Він був солодким, і вона сподівалася, що її подих теж солодкий, бо знала, що вона мала його смак.

«Як довго ти не спиш?» — запитав Вінсенте.

«Недовго. Це була прекрасна ніч, і тепер нас чекає дивовижний день. Що нам робити?»

«Спочатку, думаю, нам потрібно поговорити про нас», — почав Вінсенте. «Про те, куди ми хочемо йти і як швидко. Вчора вночі я дуже хотів тебе, але не був упевнений, як швидко ти хочеш рухатися. Я багато думав про нас, поки ти була далеко. Я прагнув обійняти тебе. Чесно кажучи, це те, що тримало мене. Мрії про нас, про зближення».

«Думаю, нам слід не поспішати».

«Я за, якщо ти обіцяєш сказати мені, коли будеш готова».

«Коли я буду готова, ти дізнаєшся про це першим!» — сказала Грейс із посмішкою, і вони обійнялися та ніжно поцілувалися.

Вони прибрали після пікніка та пішли в будинок.

«Я думаю, нам слід сьогодні поїхати звідси», — сказав Вінсенте. «Так, я думаю, нам потрібен новий початок. Але куди?»

«У якесь особливе місце, і я думаю, що знаю, де саме».

«Де? Скажи мені!»

«Ні, тобі доведеться почекати, поки ми туди дістанемося. А поки що я піду спакую кілька речей. Якщо ти, звичайно, не хочеш...» Він посміхнувся, поглянувши на сходи.

Вона підійшла до нього, поклала руки йому на плечі і подивилася йому прямо в очі. «Давай одразу все проясними, Вінсенте Маріно, я готова, бажаю і можу. Але я не хочу, щоб це було тут і зараз. Не в цьому місці. Але колись, незабаром».

Він поцілував її і почав пробиратися крізь уламки до верхнього поверху будинку. Він повернувся до неї і сказав: «Коли будеш пакувати речі, пошукай велику сокиру, на випадок, якщо ми знову натрапимо на божевільні дерева».

«Зроблю».

РОЗДІЛ 27

«Коли ти вперше зрозуміла, що кохаєш мене?» — запитав Вінсент, коли вони їхали по Параматта-роуд у напрямку до центрального ділового району Сіднея.

«Я покохала тебе, коли вперше побачила», — зізналася вона.

«Але це не було справжнє кохання, правда? Це було закоханість. Захоплення. Я маю на увазі, коли ти зрозуміла, що справді кохаєш мене як людину? Як справжню людину?»

Він не міг уявити, що кохання з першого погляду може бути справжнім. Він ніколи його не відчував. Не знав нікого, крім героїв фільмів чи п'єс, хто б стверджував, що кохання може бути миттєвим.

Вона поклала руку на його руку, яка лежала на коробці передач.

Він дивно подивився на неї. Вона здавалася незручною, але мала чарівну білу, майже слоновою кісткою шию.

«Для мене немає нікого іншого, Вінсенте.

Ніколи не було. Моє серце настільки сповнене тобою, що в ньому просто не може бути нікого іншого. Я обожнюю тебе».

Він зупинив машину і нахилився до її оголеної білої шиї. Його зуби були холодними, коли торкнулися її, а потім почали палити. Її серце билося так швидко, що вона думала, ніби воно вискочить з грудей, і вона відчувала жар по всьому тілу, ніби хотіла поглинути його.

Через кілька хвилин вони відновили самоконтроль і почали їхати далі. Вулиці були забиті згорілими автомобілями, за винятком одного Land Rover. Він зупинився біля нього, і вони обоє придивилися до нього. Автомобіль був майже новим, з білими шкіряними сидіннями і великим простором ззаду для їхньої зброї та припасів.

Він повернув ключ у замку запалювання, і автомобіль завівся. « Я думаю, це краще, ніж наш автомобіль, набагато просторіше і надійніше, і ми повинні... взяти його».

Грейс не подобалася ідея крадіжки автомобіля, але для них було логічно придбати щось більшого і більш придатного для їхніх потреб. «Цікаво, чому цей не згорів, як решта?» — запитала вона. Вінсенте знизав плечима, і вони почали переносити свої речі з іншого автомобіля і класти їх у Land Rover.

Залишилося трохи бензину, але небагато. Вінсенте вирішив зупинитися на найближчій заправці і заправитися.

Грейс зайшла в магазин разом з Вінсенте, і вони взяли ящик води та кілька інших дрібниць, щоб взяти з собою.

«Куди ми їдемо?» — знову запитала Грейс, коли вони переїжджали міст Сідней-Гарбор.

Вінсенте посміхнувся. Він був дуже задоволений собою. Грейс була дуже цікава і схвильована.

Вінсенте змінив тему. «Нам пощастило, що ми знайшли цей автомобіль. Він у дуже хорошому стані і повинен довезти нас куди завгодно».

«Нам ще більше пощастило, що у тебе є водійські права».

«Ну, технічно у мене їх немає», — заявив Вінсенте, дивлячись на Грейс. «Але хто мене зупинить?»

Грейс подумала про їхню ситуацію. Їй було важко повірити, що десь там, в іншій частині країни або світу, немає інших людей. Вона не могла повірити, що вони дійсно єдині двоє людей, які залишилися на Землі.

«Ти не думаєш, що десь там мають бути інші?» — запитала Грейс.

«Я думаю, що ми єдині», — сказав Вінсенте.

«А якщо є інші?»

«Тоді ми їх знайдемо, або вони знайдуть нас. А поки що не будемо про це турбуватися, добре? Ми майже на місці», — сказав він, коли вони повернули за ріг і виїхали на дорогу, що йшла паралельно до пляжу. Краєвид був захоплюючий. Грейс хотіла вийти з машини і побігти босоніж по білому піску.

Вінсенте зупинився біля готелю Manly Hotel, що стояв на березі моря. Як маленькі діти, пара не могла дочекатися, щоб зняти взуття і побігти по гарячому білому піску. Він цілував їхні ноги і здіймався, як цукор на дні кавової чашки, а коли їхні ноги торкалися холодної води, вони тремтіли і сміялися.

«Ти думаєш, це безпечно?» — запитала Грейс.

«Безпечно? Від чого?»

«Ну, знаєш, від акул і медуз».

«Ми вже кілька днів не бачили жодної живої істоти, ні мурах, ні павуків, ні комарів, жодної пташки... І ти хвилюєшся через акул і медуз?»

«Так, ну, дерева були голодні, тож хто знає, як щодо...»

Вінсенте поцілував її, щоб розвіяти її хвилювання. Разом вони гралися у воді, як двоє дітей, плескаючись і ганяючись одне за одним, аж поки не заснули, лежачи поруч на піску.

В ранці Грейс і Вінсент прокинулися вкриті піском і відчували сильний голод.

«Я готова», — сказала вона, кинувшись на нього, сильно поцілувала його в губи і штовхнула назад у відбиток, який вони залишили на піску.

«Я… думаю, що ще зарано», — сказав він, ніжно відсунувши її вбік, встаючи і струшуючи пісок з одягу.

Вона знову кинулася на нього. «Я думала, ти сказав, що я повинна повідомити тебе, коли буду готова. Я готова, о, так готова», — сказала вона, намацуючи ґудзики на його сорочці.

Він відступив. Посміхнувся їй. Грейс знову кинулася на нього. Він відступив.

«Ти такий дражнилка», — крикнула вона з розчаруванням, коли він повернувся і побіг у протилежному напрямку. «Боягуз!» — крикнула вона, біжучи за ним. Вона важко дихала. Серце билося. Вона хотіла лише одного — зірвати з нього одяг, зробити з ним все, що захоче, відчути його тіло проти свого. Стати з ним одним цілим.

«Коли настане правильний час, ми обоє це зрозуміємо», — сказав Вінсенте, відкриваючи багажник автомобіля і дістаючи звідти пляшки з водою. Він увійшов у вестибюль готелю, а Грейс пішла за ним. У неї не було іншого вибору, як піти за ним у ліфт, коридором і в гігантський пентхаус.

Опинившись всередині, Вінсенте повністю відсунув штори. Звідти він міг подумати про все, що змінилося з того часу, як востаннє відвідував Менлі з мамою і татом. Так багато чого змінилося.

Раніше тут було повно людей, які гуляли по набережній, сміялися і веселилися. Були човни, чиї вітрила майорів на вітрі, наче плями на горизонті. Був сміх і пиятика. Діти плавали, гралися і будували замки з піску. Було багато серферів, які ловили великі хвилі.

Були дельфіни і птахи, переважно чайки, які літали навколо, пірнали у воду, годувалися і кричали.

Не кажучи вже про барбекю, кафе і ресторани, заповнені людьми, які їли, пили, танцювали, розмовляли і кохалися. Тоді все було так інакше, так живо і так надзвичайно жваво. Вінсент згадав, як довго доводилося чекати, щоб потрапити в найкращі ресторани Менлі. Тепер він і Грейс мали все місце для себе.

Він розповів Грейс про Менлі, про те, як його родина орендувала будинок на пляжі. Вони на власні очі бачили китів. Як кити махали хвостами. Така велич. Така сила.

Він також розповів їй, що іноді вони зупинялися в готелі Oceanside, перш ніж купили будинок. Це було як невеликий відпочинок. Вони збирали речі і сідали на пором. Як він був схвильований, і як вони завжди їли в ресторанах, плавали в басейні на даху, а потім йшли на пляж, їли рибу з картоплею фрі, сиділи на піску і багато розмовляли.

«Ти дуже сумуєш за ними, за своїми батьками, чи не так?» — сказала Грейс, беручи його руку в свою. Вона любила його ще більше, якщо це було можливо, коли він говорив про свою сім'ю і про свої спогади. Коли він ділився з нею своїми спогадами і досвідом, вона відчувала, ніби це було і її.

«Тепер, — сказав він, — ми маємо це місце тільки для себе, Грейс. Ми можемо залишитися тут, жити тут, робити тут все, що захочемо».

«Так, — погодилася Грейс, — мені б це сподобалося».

Трохи охолонувши, вони вирішили прогулятися набережною. Тут не було жодних слідів руйнувань від землетрусів. Вони йшли, тримаючись за руки, і розмовляли. З кожною миттю стаючи все ближчими.

Спогади створили навколо них легку завісу туману. Разом вони відчували себе дуже самотніми.

«Давай поплаваємо», — запропонував Вінсент, біжучи до води, розкидаючи пісок навколо, знімаючи сорочку, шорти, нижню білизну, взуття та шкарпетки.

Грейс побачила його, голим до пояса, що біжить у воду, наче ніколи раніше не був на пляжі. Вона теж почала знімати одяг, і коли зняла все, почала занурюватися у воду.

Вони зустрілися і взялися за руки, коли вода доходила їм до пояса. Хвилі накривали їх, зближуючи і розсуваючи, зближуючи і розсуваючи. Вони цілувалися і міцно трималися один за одного, а бризки моря хрестили їх як офіційно закоханих.

Якщо якісь риби ще були живі і чули їхні крики, вони були занадто ввічливі, щоб дати про себе знати.

РОЗДІЛ 28

Тепер, лежачи пліч-о-пліч у пентхаусі готелю після того, як пережили сон, який можуть знати тільки закохані, Грейс притулилася головою до грудей Вінсента.

Він дивився на неї, поки вона спала. Думав про те, що сьогодні вона здається йому ще красивішою, ніж учора. Він відсунув її волосся від обличчя і заправив його за вухо. Вона ворухнулася.

«Доброго ранку, сонько», — сказав він. Він поцілував її в чоло.

«Доброго ранку», — повторила Грейс, потягнувшись і позіхнувши, прикриваючи рот рукою, і гадаючи, чи не має вона ранкового запаху з рота — найгіршого запаху за весь день. Вона гадала, як вони потрапили до готелю.

Вона подумала хвилину, намагаючись пригадати, як вони туди потрапили, але не могла згадати навіть, як увійшла до готелю. Це було так, ніби вона напилася і тепер повністю втратила пам'ять про цю подію, на додачу до всіх інших подій, які вона забула з минулого. Вона відчувала роздратування, бо хотіла пам'ятати кожну мить, проведену з Вінсентом.

«Якщо ти цікавишся, як ти тут опинилася, — сказав Вінсент.

«Ти міцно спала на пляжі, а приплив наближався, тож я підняв тебе, приніс сюди і вклав спати».

«Дякую», — сказала вона, притулившись до нього. Потім вона вибачилася і пішла приймати душ. За межами ванної кімнати хтось постукав у двері. Вона одягла халат готелю і запитала: «Хто там?»

«Це я, дурненька!» — відповів Вінсенте, коли Грейс відчинила двері і побачила його в уніформі кухаря, включаючи капелюх, який штовхав візок з бенкетом.

«Ти був зайнятий», — зауважила Грейс, коли вона відкусила шматочок тосту з мармеладом і вмочила шматочок хрусткого бекону в м'яко зварене яйце.

Вони їли і їли, поки не могли більше, а потім Вінсенте встав і подарував Грейс коробку.

«Подарунок? Для мене?»

«А для кого ж іще? Сподіваюся, тобі сподобається», — сказав Вінсенте і дивився, як Грейс зриває стрічку і відгортає папір, щоб відкрити подарунок.

Грейс підняла найгарнішу сукню без бретелей, яку вона коли-небудь бачила, а потім притиснула її до свого тіла. Воно було шовковим, зеленим і дуже сексуальним. Вона кинулася до Вінсента і поцілувала його в губи, потім скинула халат і одягла нову сукню. Вона ідеально пасувала.

«Дякую», — сказала вона.

«А тепер давай подивимося, як ти виглядаєш без неї!» — вигукнув Вінсент, перш ніж штовхнути її на ліжко, і вони знову кохалися.

Коли вони прокинулися, знову відчуваючи легкий голод, Вінсенте дістав шоколадне фондю, яке знайшов раніше, і вони занурювали в нього розморожені полуниці. Вони були солодко-солодкими, і вони годували один одного. Коли вони наситилися і набралися достатньо енергії, вони знову кохалися.

Пізніше того ж дня вони йшли рука в руку по набережній, а хвилі розбивалися об берег поруч з ними. Приплив настав, і його сила вирувала навколо них.

«Ми могли б бути дуже щасливими тут, знаєш, — сказав Вінсент. — У готелі у нас вистачить їжі на кілька місяців. Разом з іншими готелями та ресторанами у нас, мабуть, вистачить їжі на кілька років. І ми могли б жити в розкоші, переїжджаючи з номера в номер, і ніколи не прибираючи! Ми можемо просто переїхати в інший номер, коли наш забрудниться!»

Грейс думала про все, що міг запропонувати Менлі. Вона теж відчувала, що це місце могло б стати гарним домом. У них було безліч часу і нічого втрачати. Чому б не спробувати?

«Я думаю, ти правий, ми повинні залишитися тут, зробити це місце нашим домом. Подивимося, що буде. Але...» Вона зупинилася, дивлячись у небо. Потім вона повернулася і подивилася йому прямо в очі. «А що, якщо ми не єдині? А що, якщо є інші, по всій країні? По всьому світу? Чи повинні ми бути такими щасливими, думаючи тільки про себе, коли інші можуть потребувати допомоги? Коли ми могли б бути там, шукаючи їх?»

Вінсенте не відповів їй одразу. Він також подивився в небо. Він сумував за звуками кукабар і чайок. Він навіть сумував за шумом літаків і гудками автомобілів. «Я розумію, що ти маєш на увазі, кохана. Але ми відповідальні перед собою, перед собою самими. Особливо коли ми не знаємо, скільки часу нам тут залишилося».

«Ти думаєш, що наш час обмежений?»

«Хто знає? Хіба він не завжди обмежений? Я хочу провести кожну мить з тобою, роблячи тебе щасливою. Кохаючи тебе. Кохатися з тобою — це зараз моє головне завдання».

Вона обійняла його за талію, і вони продовжили йти, потім повернули за ріг, пролізли під міст і побігли, як двоє дітей. Коли вони дісталися до прихованого майданчика, Грейс піднялася на гірку, з'їхала з неї і стрибнула на гойдалку. Вінсенте сів на гойдалку поруч з нею, і вони підіймалися все вище і вище, продовжуючи розмову.

«Ти теж мій пріоритет. Кохати тебе, бути з тобою. Але, можливо, якщо ми спробуємо знайти інших, ми будемо щасливішими. Я маю на увазі, знаючи, що ми хоча б спробували», — сказала Грейс.

«Ти щойно підказала мені ідею, Грейс. Можливо, нам слід спробувати зателефонувати за кордон, на велику відстань.

Подивимося, чи зможемо ми встановити зв'язок таким чином. Ми могли б спробувати міжміський дзвінок, а потім спробувати Нову Зеландію, можливо, Європу, Англію, потім Канаду і США. Ми можемо провести час тут, насолоджуватися днями і спочатку пошукати таким чином. Ти згодна?» «Я думаю, це хороший початок. Але зараз давай поплаваємо», — сказала Грейс, зістрибнувши з гойдалки і почавши бігти.

Вінсенте полетів за нею, слідуючи за слідом одягу, який вона залишала за собою. Він зібрав все і дивився, як Грейс заходить у воду. Вона піднімалася і опускалася, а потім занурилася під воду. Вона знову виринула з мокрим волоссям, ніби готувалася до фотосесії для журналу.

Вінсенте розірвав свій одяг і почав йти до неї.

Вони занурилися разом, коли хвилі обрушилися на їхні тіла.

«Як думаєш, ми коли-небудь будемо сумувати за цим?» — запитала Грейс, широко позіхаючи і сідаючи з руками на колінах. Вона знову була повністю одягнена, і вони вже досить довго спостерігали за зірками, відпочиваючи в післясвітінні.

«За чим сумувати?» — запитав Вінсент, сідаючи і відпочиваючи з схрещеними ногами поруч з нею.

«За навчанням, спортом, усім, що було пов'язано зі школою. Як ти думаєш, ми коли-небудь будемо сумувати за цим?»

«Я, наприклад, не сумую за провалом у математиці, а саме це я і робив, перш ніж тренер Андерсон запропонував мені звернутися за допомогою до тебе. Мені, мабуть, пощастило, але я не сумую за навчанням. Я сумую за грою, за натовпом, який аплодував, коли я кидав ідеальний м'яч».

«Ти сумуєш за можливістю стати професіоналом?»

«Трохи. Єдиний спосіб потрапити до університету — це стипендія. Мама і тато не могли собі дозволити відправити мене туди. Не те щоб ми були бідними чи щось таке — у нас були гроші — але це спричинило б труднощі, розумієте? Я хотів досягти цього, потрапити туди самостійно».

«Так, я розумію, що ти хотів заслужити це. Ти казав раніше, що я стану математиком. Можливо, я знову захочу цим займатися, коли повернеться пам'ять».

«Небо було для тебе межею». Він зупинився на секунду, побачивши, як її обличчя затьмарилося при слові «було», а потім продовжив: «Воно й досі є!»

«Зараз я нічого не пам'ятаю. Коли я була там, на тому дереві, я часто відчувала, що...» — вона завагалася, боячись це зізнатися. «Ні, ти будеш сміятися».

«А що, якщо я і справді буду сміятися? Скажи мені, давай! Ти мусиш мені сказати!» Тоді він нахилився і почав лоскотати її. «Ти скажеш мені зараз?» — запитав він і знову почав лоскотати її, поки вона не погодилася розповісти.

«Альберт Ейнштейн», — сказала вона, — «я думала, що бачу його обличчя на Місяці».

Він не сміявся. Він подивився вгору, на обличчя місяця. Тепер, коли вона про це згадала, він міг розгледіти вуса і очі. Він подумав про Марка Твена, або, так, це міг бути Альберт Ейнштейн. «Я бачу це», — підтвердив він. «Це може бути або Альберт Ейнштейн, або Марк Твен».

«То ти бачиш це, вуса?»

«Безумовно, але раніше я ніколи не помічав обличчя так чітко. Я чув про Людину на Місяці, але чому я бачу її тільки зараз?»

«Я не знаю напевно», — сказала Грейс. Вони мовчки дивилися на місяць, поки Грейс не сказала: «Все, що я знаю, це те, що коли я була на тому дереві і мені потрібна була надія, я знайшла її в обличчі Альберта Ейнштейна. Це зробило мене сильнішою. Це дало мені надію. Це дало мені впевненість, без сумніву, що я зійду звідти і що я знову побачу тебе. Насправді, я знала, що ти в порядку, і що я врятую тебе».

«Все через зв'язок з Альбертом Ейнштейном, так? Він... він говорив з тобою? Звідти, я маю на увазі?»

«Не так багато словами, — сказала Грейс, — але зв'язок точно був. Ніби він був десь у всесвіті і простягав до мене руку. Надавав мені сили. Я знаю, що зараз це звучить безглуздо, але тоді, сидячи так високо на дереві, мені здавалося цілком нормальним, що Альберт Ейнштейн піклується про мене».

«Ну, дякую, Альберте Ейнштейне!» — вигукнув Вінсенте, звертаючись до місяця. «Дякую, що повернув мою дівчину цілою і неушкодженою на землю, до мене!»

«Так, дякую, Альберте Ейнштейне!» — додала Грейс.

«Ти, мабуть, вже на «ти» з ним, чи не так?» — сказав Вінсенте, а потім почав бігти по пляжу. Грейс побігла за ним, і вони сміялися та плескалися у воді.

Жоден з них не помітив підморгування професора Ейнштейна.

Пара повернулася до готелю, вирішивши зробити кілька телефонних дзвінків. «Я впевнений, що якщо в Австралії є хтось, хто може відповісти, то це дійде до них», — сказав Вінсенте.

Вони сиділи разом в офісі, дозволяючи телефону дзвонити, дзвонити і дзвонити. Ніхто не відповідав.

«Давай спробуємо щось інше», — запропонував Вінсенте. Вінсенте знайшов інструкцію на столі, переглянув її і знайшов код для зв'язку з Новою Зеландією. Те саме: ніхто не відповідав.

«Куди спробуємо наступного разу?» — запитав він.

«Спробуймо...» — вона стояла з картою світу перед собою, закрила очі, зосередилася на Франції, а Вінсенте набрав код. Вони дали дзвонику дзвонити і дзвонити, і знову ніхто не відповів.

«Куди тепер?» — запитав Вінсенте.

«Південна Америка!» — вигукнула Грейс, і Вінсенте набрав цифри. Це було найближче до розваги, що вони мали за довгий час, і з кожною країною, яку вони пробували, з'являлася нова надія: Китай, Росія, Норвегія, Ірландія та Англія. Однак їхні надії згасли після того, як вони спробували Канаду та Сполучені Штати.

«Ми єдині», — погодилися вони і повернулися до своєї кімнати, виснажені. Ніхто з них не був голодний чи спраглий.

Вперше вони не хотіли кохатися і не хотіли розмовляти. Вони сиділи наодинці і пили вино. Тепер це був їхній світ. Вік не мав значення. Вони могли мати або робити все, що хотіли. Це була мрія, що збулася.

***

Вінсенте прокинувся і злякався, коли почув, як Грейс розмовляє уві сні:

«Е дорівнює МС у квадраті, два на два дорівнює чотирьом, чотири пори року, збалансовані шкали, три на два дорівнює шість, це жіноче число, три — чоловіче число, отже, шість дорівнює шлюбу. Шість, десять, п'ятнадцять — це трикутні числа, чотири, дев'ять, шістнадцять — квадратні числа, психогенний куб дорівнює шести в кубі або шість разів шість разів шість, що дорівнює двомстам шістнадцяти, Піфагор вірив, що ми всі перевтілюємося кожні двісті шістнадцять років, отже, цикл. Повернення».

Вона зупинилася, трохи похропіла, і Вінсент притулився до неї. Він думав про її дар, який тепер творив свою магію в її підсвідомості. Її геніальність проникала в її вечірні думки, повертаючись до неї під час відпочинку. Це був перший раз, коли його розбудили такі марення. Це було так, ніби Грейс говорила іншою мовою. Він замислився, чи варто їй про це сказати. Але якщо він це зробить, чи не затримає сила навіювання, а не її власне самоусвідомлення, процес зцілення?

Коли настав ранок, Вінсент все ще не спав, слухаючи тишу, що оточувала його. Грейс більше не говорила, але кілька разів вона стала неспокійною, і він мусив відсунутися від неї. Вона металася уві сні, але коли говорила про математику, була дуже спокійною і зосередженою. Її голос був сповнений такої пристрасті. Він практично випромінював надію і дивовижне захоплення, хоча Вінсент не розумів ні слова з того, що вона говорила. Він сформував уявлення про те, що буде робити, коли вона прокинеться. Він не збирався розповідати їй про те, що вона говорила уві сні. Принаймні, не сьогодні. Але він мав план і сподівався, що це буде їй корисно. Водночас у нього з'явилася ідея, як він міг би її здивувати. Він був оптимістично налаштований, що сьогодні буде їхній найкращий день.

РОЗДІЛ 29

«Я думала, Грейс, що було б добре сьогодні поїхати до Сіднея. Ми могли б завітати до публічної бібліотеки. Нам не потрібно припиняти навчання. У нас є ціла бібліотека і тисячі книг тільки для нас. Ми можемо провести там більшу частину дня!»

«Так, мені подобається твій спосіб мислення. Чудово!» Грейс зупинилася на мить, поглянула на себе в дзеркало. «Я б також хотіла купити дещо, може, навіть новий одяг. Може, мені варто пофарбувати волосся? Як тобі я в ролі блондинки?»

«З блондинкою точно ні, але мені теж не завадило б дещо нове. Ми могли б влаштувати шопінг! І ще я думав, що було б корисно знайти СВ-радіо. Це більш примітивна форма комунікації, але...»

«То ти все ще думаєш, що там можуть бути й інші?»

«Я думаю, що ми можемо бути єдиними двома, кохана. Але якщо у нас буде СВ-радіо і ми зможемо активно ним користуватися, і якщо буде хоч найменший шанс, що інші зможуть зв'язатися з нами таким чином, то цей шлях буде відкритий для нас. Для них».

«Я кохаю тебе, Вінсенте», — сказала вона, обіймаючи його і глибоко цілуючи. Потім вона попрямувала до дверей. «Немає кращого часу, ніж зараз. Давай вийдемо!»

«Я повністю за!» — вигукнув Вінсенте. Він обійняв її за талію, і разом вони вийшли з будівлі та сіли в машину. Вони постійно паркувалися перед готелем, де зазвичай тільки таксі та лімузини могли забирати пасажирів. У житті в світі без правил були свої переваги.

«Вінсенте, — почала Грейс, — я тут подумала. Хоча готель і гарний, але для мене він ніколи не буде домом. Ти розумієш, про що я?»

«Так, я розумію, про що ти. Ти відчуваєш потребу оселитися, облаштуватися. А готель психологічно не підходить для цього».

«Наразі підходить, але не в загальному плані для нас». Вінсенте зупинив машину і відчинив двері. Вона дивилася, як він біжить до вітрини магазину Salvos. Вона вийшла з машини, щоб подивитися, що привернуло його увагу, і побачила, що це було СВ-радіо!

Вінсенте зайшов у магазин і уважно розглянув радіо. Потім він знайшов розетку і підключив його. Він просканував ефір. Разом вони уважно слухали, але чули тільки шум і зворотний зв'язок. Вінсенте взяв радіо і поклав його в багажник машини, і вони поїхали. Радіо було ризикованою справою, вони обоє це розуміли, але не говорили про це.

Вони їхали вулицями Менлі, вже повністю звикнувши до того, що вони єдині люди у своєму світі. У них було все, чого вони хотіли або потребували: усі туристичні атракції, а також природні багатства і краса Сіднея. Місто було їхнім маленьким раєм, а те, що Менлі належало тільки їм, було своєрідним бонусом.

Коли Land Rover рухався по мосту Сідней-Гарбор, Оперний театр ніби визнавав їхню присутність, і Грейс скористалася нагодою, щоб продовжити попередню розмову. «Було б чудово вибрати будинок, який ми хочемо. Створити власний дім», — сказала вона оптимістично.

«Я повністю згодна, і ми могли б вибрати будь-який будинок, будь-яку віллу, яку захочемо. Але зараз, думаю, нам потрібно поговорити про щось ще більш, ну, особисте. Про щось, про що ми раніше не говорили».

Вираз обличчя Вінсента змінився. Він став надзвичайно серйозним, серйознішим, ніж Грейс бачила його раніше, і вона занепокоїлася. Вона чекала, поки він продовжить, не бажаючи переривати його думки. Вона зрозуміла, що він намагається підібрати правильні слова. Коли він не говорив кілька хвилин, Грейс почала ще більше хвилюватися. Коли він зупинив машину на Джордж-стріт і подивився їй в очі, але все ще мовчав, вона дуже занепокоїлася.

«Скажи мені, Вінсенте! Ти мене лякаєш!»

«Ми не використовували засоби контрацепції, і ти можеш бути вагітною. Я можу дивитися на тебе як на молоду маму, а сам стати татом. І я просто думав, яким буде життя дитини, яка народиться у нас? Так, ми будемо любити її і піклуватися про неї, але як щодо її майбутнього? Її майбутнього?»

«Що ти маєш на увазі? Ми будемо обожнювати нашу дитину!»

«Так, але кого буде обожнювати наша дитина? Кого вона буде любити, крім нас?»

«О, ти маєш на увазі когось, з ким вона або він одружиться. З ким проведе своє майбутнє, коли нас не стане?» Вона міцно обійняла його і погладила по голові, наче він був дитиною. «Коханий, ти дуже глибоко замислився. Ти мав поділитися цими думками зі мною. Ти не повинен самотужки турбуватися про такі важливі речі. Що б не трапилося, ми разом подолаємо це».

«Але маленька людина, яка не має іншого майбутнього, крім життя з нами? Це було б жорстоко. Це було б неправильно!»

«Тоді, може, нам просто відмовитися від кохання? Так, давай станемо целібатами!» — вигукнула вона, гладячи його по голові і цілуючи, наче маленького хлопчика. «Якщо це має статися, то станеться.

Ми не можемо турбуватися про те, що може ніколи не статися. Ми кохаємо одне одного. Я віддала б за тебе все. Я віддала б за тебе своє життя, Вінсенте, і я не могла б бути цнотливою, хіба що ми розлучилися. Хіба що ми розійшлися. Тоді, можливо».

«Це ніколи не станеться! Я ніколи не покину тебе! Не навмисно», — пообіцяв Вінсенте.

«Тоді все вирішено. А якщо у нас будуть діти, ми зробимо все, що для них найкраще. Все, що потрібно. А зараз давай підемо на закупи, а потім у бібліотеку. А потім підемо поїмо чогось смачного! Наша любов ніколи не принесе нічого поганого», — сказала Грейс.

«Я обожнюю тебе, Грейс».

Вони рука в руку зайшли в універмаг «Девід Джонс», де провели весь ранок, роблячи покупки. Потім вони пообідали в італійському ресторані, де разом приготували спагетті болоньєзе.

Після обіду вони відвідали бібліотеку і взяли кілька романів. Грейс не підійшла до відділу математики, і Вінсент не змушував її цього робити.

Після цього вони сіли в машину і поїхали вздовж Джордж-стріт. Несподівано Вінсент зупинився, взяв Грейс за руку і сказав, що хоче їй щось показати. Щось важливе.

Грейс подивилася на вивіску над дверима: «Антикварний ювелір високої якості. Купуємо і продаємо».

Заінтригована, Грейс пішла за Вінсентом всередину.

Коли вона увійшла до магазину, їй здалося, ніби вона потрапила до блискучої люстри. Все навколо неї було сповнене світлом. У магазині були виставлені всі види ювелірних виробів, які тільки можна уявити: від діадем до браслетів, годинників і навіть портфелів, інкрустованих діамантами. Вона була настільки вражена, що на мить не могла поворухнутися. Тепер гроші для них не мали значення. Раніше ці ювелірні вироби були б для них занадто дорогими.

«Давай, — сказав Вінсент, — розважайся, роздивись! Бачиш щось, що тобі подобається?»

Грейс підійшла, нахилилася і заглянула в товсті скляні вітрини. Зараз вона не носила жодних прикрас. Насправді, вона навіть не була впевнена, які прикраси їй подобаються.

Вона ходила вздовж рядів вітрин, зупиняючись на декількох речах, а потім відволікаючись і рухаючись далі. Було занадто багато красивих речей, щоб охопити їх усі одразу. Коли вона дійшла до кінця магазину і обернулася, ніби збираючись вийти, Вінсент зупинив її.

«Тут обов'язково є щось, що тобі сподобається!»

«Мені це трохи занадто. Я не дуже розбираюся в прикрасах. Може, ти спочатку трохи розповіси мені про них. Розкажіть мені про своє кільце. Де ви його придбали?» — запитала Грейс.

«Гаразд, я бачу, що ви перевантажені, але ви ж знаєте, що вам подобається. Тож ми можемо подивитися разом. Щодо мого кільця, то воно передавалося в моїй родині з покоління в покоління. Це сімейна реліквія. Воно завжди передавалося першому синові першого сина. Я навіть не помітив, що ви його помітили».

«Звісно, воно змінює колір на сонці, так само як іноді змінюють колір твої очі. Гей, мені подобається це. Воно просто чудове!» Грейс підняла каблучку і, коли вона хотіла надіти її на палець, Вінсент простягнув руку, щоб зупинити її. Він взяв каблучку в руку, а потім опустився на одне коліно.

«Грейс Грінвей, я кохаю тебе більше за все на світі. Вийдеш за мене?»

Вона закричала, як маленька дівчинка, і кинулася до нього, збивши його з ніг. Вона відповіла «так», і він надів їй каблучку на палець. Вона ідеально пасувала, ніби була зроблена спеціально для неї. Великий діамант мав форму серця, а по краях були розсипані маленькі діаманти. Він виблискував, коли на нього падало світло.

«Тепер ми офіційно разом!» — оголосив Вінсенте. «Тобто, офіційно заручені».

«Дякую, мені дуже подобається!»

Вони кружляли по кімнаті, обіймаючись. Потім Грейс запаморочилося в голові, вона спіткнулася і підійшла до скляної вітрини ліворуч від дверей. Ця невелика вітрина раніше була прихована відкритими дверима. Її погляд одразу привернула золота обручка з серцем і маленькими діамантами по краях. Діаманти були вставлені як маленькі зірочки. Це була чудова каблучка, і Грейс відразу зрозуміла, що вона призначена для неї.

Вінсенте погодився, і перш ніж вона встигла надіти її на палець, він взяв її з її руки і обережно поклав у коробочку. Він поклав коробочку в кишеню шортів і обережно погладив її. «Для збереження», — сказав він, «доки ми одного дня не одружимося».

«А я не можу його просто носити?» — запитала вона, простягаючи руку до його кишені. «Хто ж про це дізнається? До того ж, тут все одно немає нікого, хто міг би нас одружити!»

«Але ж не в цьому справа, чи не так? Воно буде в безпеці».

«Дражниш».

А ти?» — запитала Грейс, переглядаючи вітрини в пошуках обручки для Вінсента. Вона замислилася, чи носять чоловіки обручки, чи це лише жіноча прикраса, яка вказує на те, що вона заручена? «Я хочу купити тобі обручку!» — радісно вигукнула Грейс, але Вінсент, здавалося, був дещо неохочий. «Гаразд, тоді хоча б обручку», — сказала вона. Вона відігнала його, щоб краще роздивитися.

«Гм, чи можу я вам допомогти, мадам?» — запитав Вінсенте, вдаючи з себе помпезного антикварного ювеліра.

«Ні, дякую, добрий пане», — відповіла Грейс. «Я вже вкрала обручку, яку хотіла!» Вона щойно поклала обручку в коробку і сховала в кишеню.

«Дякуємо, що вкрали у нас. Будь ласка, завітайте до нас знову», — сміючись, сказав Вінсенте, коли вони виходили з бутика.

Вийшовши на вулицю, Вінсенте почав йти, роблячи все більші й більші кроки. Грейс ледве встигала за ним. Вона бігла за ним, задихаючись.

Раптом він обернувся і обійняв її. Потім відпустив, задиханий і схвильований.

«У мене з'явилася найдивовижніша ідея», — сказав він.

«Поділися нею!»

«Тобі потрібна весільна сукня та інші речі, і мені теж. Ну, не весільна сукня для мене, але, знаєш, мені теж потрібний весільний одяг. У нас тут є найкращі магазини, тож давай зараз же придбаємо все, що нам потрібно!»

«Але магазини ж нікуди не зникнуть, правда? Чому б нам просто не почекати?»

«Ні, я завжди кажу, що немає кращого часу, ніж зараз, і я вважаю, що ми повинні придбати все сьогодні», — сказав Вінсент.

Насправді Грейс відчувала те саме, але її переповнювало сильніше бажання. Воно переважало її бажання одружитися. Вона хотіла зняти з Вінсента одяг, а потім пристрасно кохатися з ним.

Вона притягнула його ближче, міцно обійнявши. Вона поцілувала його, даючи йому все, що могла, але його думки явно були десь інде.

«Ти подивися тут, а я піду подивлюся там, і ми зустрінемося тут, скажімо, через годину, добре? Прямо тут, на цьому місці». Він зупинився, послав їй поцілунок і сказав: «Веселися».

«Ти впевнений, що ми не можемо разом купити весільне вбрання?» — крикнула вона йому вслід.

Він зупинився, похитав головою і повернувся до неї. «Нізащо! Нареченому не можна бачити весільну сукню до весілля. Ти сама там, кохана».

«Але тобі ж потрібна допомога?» — запропонувала Грейс, сподіваючись переконати його. Він лише посміхнувся, зайшов у магазин костюмів і зачинив за собою двері. Вона обійняла себе. Вона вже сумувала за ним.

РОЗДІЛ 30

Було дивно бути далеко від Вінсента. Спочатку їй не подобалося бути розлученою. Потім вона втягнулася в атмосферу і почала приміряти одне весільне плаття за іншим. Багато з них були занадто мереживними, вигадливими. Деякі були пошиті для розміру нуль і не пасували її пишним формам. Інші були занадто складними, щоб одягати їх самостійно.

Коли вона знайшла на вішалці старовинну білу сукню з надзвичайно довгим шлейфом, вона не була впевнена, що вона їй підійде, не кажучи вже про те, чи пасуватиме їй. Сукня мала високий мереживний комір і комплектувалася відповідною тіарою. Ґудзики на сукні були перловими, з мереживною облямівкою, вишитою поверх них. Ціна становила 10 000 доларів, і Грейс була надзвичайно обережною, коли обережно вдягала її.

Вона затамувала подих, а потім вийшла з примірювальної, щоб подивитися на себе в дзеркало в повний зріст. Її очі наповнилися сльозами, які потекли по щоках. Вона не могла повірити, що може виглядати так красиво. Вона виглядала як принцеса, яка чекає, коли її принц прийде і одружиться з нею.

Вона подумала про Вінсента і про те, як він почуватиметься, коли побачить її в цій чудовій сукні. Вона променилася посмішкою. Подивившись на годинник, вона зрозуміла, що їй ще треба знайти аксесуари, такі як взуття і шпильки для волосся, трохи косметики і пару перлинних сережок.

Місія виконана! Вона продумала все, що їй може знадобитися, і в неї ще залишилося трохи часу. Грейс не поспішаючи повернулася до місця, де вони мали зустрітися.

Вінсенте ще не приїхав. Дивно, але їхня машина переїхала.

Вона сіла на бордюр, а сумки розсипалися по тротуару навколо неї. Потім вона встала і взяла пляшку води з холодильника в сусідньому магазині. Нарешті, вона сіла, мріяла про день їхнього весілля і чекала.

***

Коли почало сутеніти, Грейс вже не могла терпляче чекати. Вона була втомлена і страшенно сумувала за Вінсентом.

Вітер посилився, і Грейс відчула, як холод пробіг по її тілу.

Вона зайшла в сусідній магазин і приміряла чорну кофту з капюшоном.

Застебнула її, натягнула капюшон на голову, знову сіла і чекала на Вінсента.

І чекала. І чекала.

І все ще чекала, гадаючи, що з ним сталося.

РОЗДІЛ 31

Вона все ще чекала на Вінсента, коли з'явилися зірки. А Альберт Ейнштейн дивився на неї зверху. Вона шкодувала, що не взяла з бібліотеки одну з книг, щоб почитати, але світло було недостатньо яскравим, щоб читати в цьому місці.

Вона подивилася вниз по вулиці, де було так багато магазинів, але вона просто не була в настрої. Звичайно, вона могла б знайти щось, що відволікло б її, але це не полегшило б її дедалі більшу стурбованість відсутністю Вінсента.

Чи одне з тих дерев перетворило його на шашлик Вінсента? І чому він взяв машину? Домовленість була така: забрати наші речі і зустрітися за годину. Що сталося? Де, в біса, був Вінсент Марино?

Минали години.

Грейс почала сумніватися в коханні Вінсента до неї.

Вона почала замислюватися, чи не змінив він свою думку про їхні стосунки.

Спочатку ця думка розлютила її, але потім вона все глибше і глибше проникала в її підсвідомість.

Десь вона виявила частину себе, яка очікувала, що він її покине, змінить свою думку. Частину себе, яка, здавалося, очікувала, що він її скривдить, розірве її зсередини.

Вона вирішила, що, оскільки його відхід був неминучим, вона може також піти з місця, де вони домовилися зустрітися. Вона піде туди, куди забажає її серце, а в цей момент її серце бажало бути в Оперному театрі Сіднея.

На мить вона подумала залишити сумки просто на узбіччі дороги. Але вона знайшла найгарнішу весільну сукню в світі і збиралася взяти її з собою. Вона збиралася зберегти його.

На мить вона подумала про те, щоб знову одягти сукню, але шлейф тільки сповільнював би її.

Коли вона дісталася до Оперного театру, його чистота і білизна зустріли її мерехтінням місячного світла.

Вона виявила драбину, якої раніше не помічала, і піднялася по ній все вище і вище, аж поки не опинилася на вершині Сіднейського оперного театру.

Хоча під нею не було м'яко, вона відчувала, ніби сидить на гігантській мерензі.

***

Покручуючи обручку на пальці, Грейс розмірковувала, яким буде її життя без Вінсента. Грейс точно не хотіла жити без нього.

Вона помітила єдине світло на вершині мосту Харбор-Брідж. Воно ніби мигало їй.

Це був знак для неї. Знак, який говорив, що якщо Вінсент не повернеться за нею, вона більше не хоче жити.

Вона не хотіла бути єдиною, хто вижив.

Вона воліла піднятися на вершину мосту Харбор-Брідж і впасти в море. Якщо це сталося б, вона знову одягла б весільну сукню…

Тоді вона знайшла б Вінсента в іншому місці і в іншому часі.

Саме коли сонце сходило, вона почула, як вітер співає її ім'я: «Грейс! Грейс!»

***

Коли Вінсенте нарешті знайшов Грейс, вона спочатку відмовилася спуститися з Оперного театру. Він піднявся по драбині, відчайдушно прагнучи пояснити їй все. Вона не хотіла пояснень.

Вона не хотіла його слухати. Вона спустилася, відмовившись від його пропозиції допомогти з валізами.

Вона спіткнулася на тротуарі. Відійшла від нього.

Весь цей час він намагався пояснити. Намагався розповісти їй, чому він так запізнився.

Вона сіла в машину. Зачинила за собою двері.

Він сів на водійське сидіння.

Вона сказала йому, щоб він говорив з її рукою.

Він від'їхав від бордюру. Він був такий розлючений, що міг би плюнути.

Вона була розлючена, рада, сумна і полегшена.

Вона була в досить складному стані.

***

«Ти знаєш, як довго ти будеш на мене злитися?» — запитав Вінсенте.

«Я не злюся на тебе!» — викрикнула вона. Вона так сильно його кохала, що більше нічого не хотіла, як тільки щоб він обійняв її і притиснув до себе. Щоб він сказав їй, як сильно її кохає. Що ніколи її не відпустить.

Але частина її хотіла злитися на нього.

Завдати йому болю. Змусити його заплатити.

Біль, який вона відчувала, переповнював її серце в цю мить, і вона тихо плакала.

Вінсенте проклинав себе.

Він хотів лише здивувати її!

РОЗДІЛ 32

Коли вони повернулися до готелю, Вінсент вийшов з машини і підбіг до Грейс. Він повинен був залишити Грейс в машині. Їм потрібно було поговорити.

«Ти будеш мене слухати, і ти будеш мене слухати зараз».

«Я-я не...»

«Ти мені винна. Ти будеш слухати».

Вона дивилася на нього з такою недовірою в очах, з таким болем і стражданням, що він більше не міг цього витримати.

«Послухай, якщо можеш, просто повір мені. Повір мені і піднімися зараз нагору. Прийми душ. Охолонь. Подумай кілька хвилин про нас, про те, як сильно я тебе кохаю. А коли будеш готова, одягни весільне вбрання, яке ти купила, і повернися сюди, але не відразу. Повертайся сюди рівно о 1 8:00».

«То ти знову залишиш мене саму на цілий день», — надула губи Грейс.

«Я думаю, що час наодинці піде нам обом на користь. Це дасть нам трохи простору. Час, щоб оцінити одне одного.

Час, щоб подумати. А рівно о 18:00 спустися до мене, і ми поговоримо». Він ніжно поцілував її в щоку і взяв її руку в свою. Він глибоко подивився їй в очі і сказав: «Довірся мені».

Вона дещо неохоче погодилася і пішла до ліфта, де повісила весільну сукню, а все інше розклала на ліжку.

Вона розглянула себе в дзеркалі. Виглядала жахливо. Вона не спала всю ніч і дуже хвилювалася за Вінсента. Це була жахлива ніч, сповнена дуже похмурих думок. Вона соромилася себе і була дуже виснажена.

Вона лягла на м'яке ліжко і подивилася на годинник. Була лише полудень, і їй дуже хотілося подрімати. Вона поставила будильник на 4 години, а потім почала плакати, випускаючи з себе весь біль і страждання попереднього дня. Коли сльози вичерпалися, Грейс заснула.

РОЗДІЛ 33

Пролунав будильник, і його пронизливий звук налякав Грейс. Вона підскочила, спочатку забувши, де вона знаходиться. Вона бігала по кімнаті, схожа на гуску, яка намагається навчитися літати.

Коли вона заспокоїлася і натиснула кнопку вимкнення, її пам'ять повернулася до останніх 24 годин, до того, що сталося, до того, як її забули, покинули.

Як вона відчувала себе самотнішою, ніж будь-коли раніше, і як Вінсент повернувся до неї, благаючи про пробачення.

Він був такий впевнений, що вона зрозуміє. Такий упевнений і такий впевнений у собі.

Вона поглянула через кімнату і побачила свою прекрасну весільну сукню, яка чекала на неї. Вона помацала її тканину, і вона все ще була такою ж прекрасною, як і виглядала.

За мить вона прийняла душ, витерлася, підняла волосся і закріпила його шпильками. Вона готувалася до того моменту, коли одягне весільну сукню. Вона тільки сподівалася, що у неї вистачить шпильок, щоб утримати волосся на місці, поки не додасться тіара — останній штрих.

Після того, як вона зробила макіяж і все в ній говорило про майбутню наречену, вона оцінила свій вигляд, кажучи собі те, що хотіла почути: що вона найгарніша жінка в світі. Вона була згодна з цим титулом, бо, наскільки вона знала, вона була єдиною жінкою в світі, тож конкуренції не було, і не здавалося марнославством думати про себе таким чином.

Вона подумала про те, як Вінсенте побачить її такою, і замислилася, чи справді правдиві його слова про те, що нареченому не щастить, якщо він бачить весільну сукню до весілля.

Вона ще раз поглянула на себе у дзеркало в повний зріст, поправила шлейф і почала виходити з кімнати та йти довгим коридором. Їй подобався шурхіт сукні, що тягнувся за нею по килиму. Вона уявила, що одна з її найкращих подруг стоїть за нею і тримає сукню. Але потім вона відвернула свої думки. Адже це не було справжнє весілля, а лише своєрідний показ мод для Вінсента.

Коли пролунав дзвінок ліфта, сповіщаючи про її прибуття на перший поверх, Грейс прошипіла через вестибюль, повз порожні столи та покинуті комп'ютерні термінали, повз порожній ресторан та безлюдний бар. Коли вона просунула шлейф крізь обертові двері — що, до речі, було нелегким завданням — вона вибігла на напівкруглу смугу для таксі і побачила Land Rover, що стояв там на своєму звичному місці.

Вона озирнулася в пошуках Вінсента, але його ніде не було видно. Знову. Це починало ставати звичкою.

Сонце саме прощалося з днем і сідало за горизонтом. Небо було забарвлене в помаранчево-червоний відтінок. Грейс подумала, що такий колір обіцяє турецьку насолоду наступного дня. Або це була рибальська насолода? Вона не мала уявлення про значення цього виразу, який раптом спав їй на думку. Вона перейшла дорогу і підійшла до кам'яної стіни, все ще шукаючи Вінсента.

Тоді її погляд привернув пісок. Там лежала одна суха червона троянда. Вона підняла її і взяла з собою, прямуючи до сходів. Потім вона помітила сухі пелюстки троянд. Розсипані по доріжці. Показуючи їй шлях. Ще одна суха троянда потрапила їй під ноги, цього разу жовта. Вона підняла її і продовжила спускатися сходами, на пісок.

Уздовж стежки були розставлені свічки з ароматом троянди та лаванди. Її вуха вловили тиху музику, що лунала десь удалині.

Вона повернула голову, щоб знайти її джерело, і те, що вона побачила, було приголомшливим. Вона стояла там, не рухаючись, а вітер розвівав її весільну сукню та шлейф, то вгору, то вниз. Це було схоже на весільну сукню-акордеон, і з того місця, де стояв Вінсенте, він ніколи не бачив такого прекрасного видовища.

РОЗДІЛ 34

Зібравшись із думками, Грейс рушила до нього. Перед нею було кілька сходинок, і вона повільно піднімалася по них, обережно натискаючи на нові підбори своїх старовинних білих туфель. Він дивився на неї. Чекав на неї там.

Вона відчувала себе прекрасною, як ніколи раніше, коли він посміхнувся їй. Його обличчя говорило: «Дивись!». І коли сонце повністю сховалося за обрієм, залишився тільки чоловік на Місяці — схожий на Альберта Ейнштейна — як свідок того, що мало статися.

Коли вона дійшла до нижньої сходинки і побачила пісок навколо себе, вона замислилася, наскільки важко буде йти по піску на високих підборах, але не хотіла руйнувати цю мить, тому трохи завагалася, перш ніж ступити на пісок.

Зупинившись на мить, вона, здавалося, поправляла діадему, якщо дивитися здалеку, але обоє знали, що вона просто насолоджувалася моментом. Її серце було настільки повним, що вона думала, що воно ось-ось переповниться всією любов'ю і красою, що оточували її.

Не дивно, що він так запізнився, подумала вона.

Вона побачила, як Вінсент на мить ворухнувся. Він збільшив гучність музики. Він знову посміхнувся їй.

Вона зійшла на пісок, щоб зустріти свого нареченого.

РОЗДІЛ 35

Вінсенте створив для неї прохід, нанизавши гірлянди та свічки, які потім переплелися навколо сухих трояндових кущів. Це було неймовірно красиво. Вона вбирала все це в себе, йдучи до нього, скорочуючи відстань.

Вінсенте був одягнений у білий смокінг без сорочки під ним і чорні джинси Levi's. Він нервово заламував руки і прочісував пальцями волосся, весь час посміхаючись їй.

Він був такий прекрасний, що їй хотілося з'їсти його.

Але вона застигла в цьому моменті, бажаючи насолодитися і розсмакувати цей образ, коли гірлянди, свічки і зірки над ними мерехтіли в унісон: природа приєдналася до святкування їхньої любові.

Грейс крокувала обережно, намагаючись зберегти витончену красу, елегантність і гідність, яких очікували від нареченої в її особливий день. Але врешті-решт вона не могла більше чекати, щоб дістатися до Вінсента, тож скинула обидва черевики, схопила шлейф і побігла до нього. Здалеку здавалося, ніби вона летить, але насправді вона не відривалася від землі.

Їхні погляди були прикуті одне до одного, коли відстань між ними ставала все меншою, і незабаром вони стояли поруч, тримаючись за руки, загубившись одне в одному. Загубившись у миті. Загубившись у своїй любові.

Вінсенте заговорив першим: «Настав час мені одружитися з найпрекраснішою жінкою у світі».

«Дякую», — сказала Грейс, — «Це більше, ніж я могла собі уявити! Це ідеально!»

«О, але ще одне, перш ніж ми почнемо. Е-е, будь ласка, підніми сукню», — сором'язливо сказав Вінсенте.

«Вибач?»

«Я маю на увазі, що у мене є щось для тебе», — пояснив Вінсенте. Коли Грейс підняла сукню, Вінсенте сказав: «Вище, вище», поки її стегно не стало повністю оголеним, і, мабуть, навіть Альберт Ейнштейн почервонів би.

Потім Вінсенте дістав із кишені джинсів синю підв'язку і провів нею по нозі Грейс аж до стегна. Його дотик викликав тремтіння в її нозі, а коли він поцілував її внутрішню частину стегна, тремтіння охопило все її тіло.

Він відступив, і заграла пісня. Пісня, яка була дуже знайома Грейс.

Це була та любовна пісня, і вона лунала з її скриньки для коштовностей.

Він повернувся до будинку, щоб її взяти. Ось чому...
Наречений і наречена були загублені одне в одному.
Вони взялися за руки.

РОЗДІЛ 36

 Ти пам'ятаєш!» — вигукнула Грейс.

«Звичайно, я пам'ятаю».

У пісні повторювалися слова приспіву про любов, яка триває вічно.

Коли все затихло, і було чутно лише природний шум хвиль, що розбивалися об берег, Вінсент глибоко зазирнув Грейс в очі.

«Грейс, ти найпрекрасніша жінка, яку я коли-небудь зустрічав. Ти прекрасна і зовні, і внутрішньо, але сьогодні ти для мене прекрасніша, ніж будь-коли. Я кохаю тебе з кожним днем все більше і хочу, щоб ми прожили решту життя разом. Я хочу зробити тебе щасливою. Я хочу, щоб наше кохання було вічним».

Сльози текли по щоках Грейс, коли вона сказала: «Вінсенте, я полюбила тебе з першого погляду, але тоді це було лише здалеку. Ти був достатньо близько, щоб поговорити, але занадто далеко, щоб дотягнутися. Відстань між нами була занадто великою. Але щось привело тебе до мене, щось більше, ніж я могла мріяти, і за це я вічно вдячна. Я обіцяю кохати тебе до останнього подиху, і навіть тоді моя пам'ять буде кохати тебе ще більше».

Вінсенте нахилився і надів обручку на палець Грейс. Він ніжно поцілував її палець, коли знімав обручку, від чого Грейс знову затремтіла, але їхні погляди не відривалися одне від одного.

Грейс наділа іншу обручку на палець Вінсенте і, наслідуючи його приклад, ніжно поцілувала його палець. Він простягнув їй інші пальці, і вона теж ніжно поцілувала їх, весь час спостерігаючи, як волосся на його руках і руках стоїть дибки.

Захоплені моментом, вони наблизилися один до одного настільки, наскільки це було можливо, і поцілувалися найглибшим і найпристраснішим поцілунком: поцілунком подружжя, який закріпив їхній союз.

«Посміхніться!» — сказав Вінсенте. Він встановив камеру на штатив, і вони з Грейс посміхнулися. Він перемістив камеру, щоб вони були зняті на тлі пляжу. Потім він сфотографував Грейс одну, яка тримала троянди, а вона сфотографувала його.

Далі Вінсент підійшов до стереосистеми і включив нову пісню. Це була дуже романтична пісня. Вони почали танцювати разом. Це був їхній перший танець як подружжя. Це був їхній перший спільний танець і її перший танець у житті. З'єднавшись, вони рухалися як одне ціле, тримаючись один за одного так близько, як тільки можуть дві людини.

Вінсенте простягнув руку і зняв з Грейс тіару, і вони почали роздягати один одного, шматок за шматком. Коли вони обоє були повністю оголені, і єдине, що на них було, — це їхні нові обручки, вони цілувалися, поки не впали на пісок, залишивши на ньому відбиток свого шлюбу.

Поки хвилі продовжували битися об берег, вони вперше кохалися як подружжя, а потім, виснажені, заснули глибоким, глибоким сном.

Грейс снилося, що вона падає з неба, але вона не падала. Вона зависла в повітрі, широко розкинувши руки.

РОЗДІЛ 37

Грейс! ГРЕЙС! ГРЕЙС!» — кричав Вінсент.

Коли вона прокинулася, половина її тіла була занурена у воду. Все, що було пов'язано з їхнім весіллям, зникло.

«ГРЕЙС!» — знову закричав Вінсент, коли хвилі штовхали і кидали його, наче він був легким, як буй.

Грейс також почала рухатися у воду, коли зрозуміла, що Вінсент намагається врятувати їхні речі. Вона побачила, як він пішов під воду, і закричала його ім'я, чекаючи, поки він знову спливе.

«Забудь про речі!» — крикнула Грейс. «Просто повертайся, все можна замінити!»

Він не чув її або не слухав, тож вона почала плисти до нього. Коли вона боролася з хвилями, хвильова сила течії затягнула її під воду, і незабаром пекуче відчуття солоної води заполонило її легені.

Грейс згадала день свого весілля, найпрекрасніший день у її житті. Вона згадала обітниці, які вона і Вінсент обмінялися, коли вона боролася з усіх сил, щоб вижити.

«Грейс, ти найпрекрасніша жінка, яку я коли-небудь зустрічав. Ти прекрасна і зовні, і всередині, але сьогодні ти для мене прекрасніша, ніж будь-коли. Я кохаю тебе з кожним днем все більше і хочу, щоб ми прожили решту життя разом. Я хочу зробити тебе щасливою. Я хочу, щоб наше кохання було вічним», — сказав він.

Сльози текли по щоках Грейс, коли вона сказала: «Вінсенте, я кохала тебе з першого погляду, але тоді це було лише здалеку. Ти був достатньо близько, щоб поговорити, але занадто далеко, щоб дотягнутися. Відстань між нами була занадто великою. Але щось привело тебе до мене, щось більше, ніж я могла мріяти, і за це я вічно вдячна. Я обіцяю кохати тебе до останнього подиху, і навіть тоді моя пам'ять буде кохати тебе ще більше».

Вінсенте нахилився і надів кільце на палець Грейс. Він ніжно поцілував її палець, коли знімав кільце, від чого Грейс знову затремтіла, але їхні погляди не розривали любовного зв'язку.

РОЗДІЛ 38

Грейс пішла до води. Вона не озиралася. Коли вона підійшла до берега, вона зняла обручку і каблучку, і увійшла у воду. Коли вода досягла її талії, вона поцілувала каблучки на прощання і приготувалася кинути їх у небуття.

Вінсенте спостерігав і чекав, не впевнений, що робити. Коли він зрозумів, що вона збирається зробити, він вистрілив, як ракета, і крикнув: «Грейс, НІ!»

Вона завмерла, проклинаючи себе за вагання, все ще міцно стискаючи обручки в кулаці.

«Повернися, — сказав він. — Не роби цього!»

Вона хотіла бути голою, голою від усього, так само, як Вінсент. Їй не потрібні були обручки, якщо він не мав своїх.

«Ми повернемося до антикварної крамниці, я куплю тобі іншу обручку!» — крикнув він.

«Будь ласка, повернися!»

Вона все ще думала про те, щоб розлучитися з кільцями, але тоді до них досягли яскраві промені сонця. Це було як знак від Матері-Природи, і вона захисно стиснула їх у долоні.

Грейс вибралася з води, відчуваючи трохи злість на Вінсенте за те, що він зняв свої кільця. Вона ніколи раніше не бачила, щоб він знімав сімейну реліквію, то чому ж він зробив це зараз?

Коли вона підійшла до Вінсента, він повернув їй обручки на палець, а потім поцілував його. «Ну, це унікальний початок нашого медового місяця!»

«Так, справді незабутній — я маю на увазі, про що ми зможемо розповісти нашим дітям і онукам!»

Вони посміхнулися одне одному, обійняли одне одного за талію і повернулися до готелю.

А по дорозі вони вирішили, що настав час рухатися далі.

РОЗДІЛ 39

«Спочатку ми зупинимося в місті і купимо тобі нове кільце. А потім...»

«Знаєш, коханий, я б краще почекала, якщо ти не проти, і ще трохи подивилася. Я не хочу купувати своє друге кільце в тому самому магазині — це буде дивно і навіть нещасливо. Давай пошукаємо щось зовсім інше. А щодо мого сімейного кільця, то це вже вирішене питання».

Разом вони спакували свої нечисленні речі в готельному номері.

«Давайте, пані Маріно», — сказав Вінсенте, посміхаючись Грейс, — «Час починати наш медовий місяць!»

«Повторіть це ще раз», — сказала вона.

«Пані Маріно, пані Вінсенте Маріно, пан і пані Вінсенте Маріно, Грейс і Вінсенте Маріно», — промовив він. Вона зачарувалася, ніби ці титули були музикою, і вони зібрали свої валізи та вийшли. Вони щільно зачинили за собою двері, спустилися ліфтом у вестибюль, вийшли через обертові двері і сіли в автомобіль, що чекав на них.

Несподівано Грейс запитала: «Що означає ваше прізвище?»

«Е-е, якщо вам воно не подобається, ви попросите повернути вам прізвище Грінвей?» — запитав він, посміхаючись.

«Нізащо! Грінвей — нудне прізвище. Воно означає «зелений шлях» — велика несподіванка. А Маріно звучить іноземно, екзотично — цікаво».

«Дякую, пані Маріно», — сказав Вінсенте. «Це означає «морське узбережжя». Думаю, саме тому я завжди любив приїжджати сюди. Шум океану для мене — як музика. Це в моїй крові».

«Після того, що щойно сталося, я не проти деякий час побути подалі від води», — зізналася Грейс.

«Без жартів!» — сказав Вінсенте. «Але ми повернемося».

РОЗДІЛ 40

Коли вони їхали вздовж узбережжя, проїжджаючи повз автосалони з новими та вживаними автомобілями, Вінсент задумливо сказав: «Знаєш, я завжди мріяв мати двомісний Ferrari яскраво-червоного кольору».

Коли вона побачила саме той автомобіль, який описав Вінсенте, на одному з майданчиків, вона сказала: «Весільний подарунок? Я думаю, це було б чудово, але в цьому автомобілі більше місця для зберігання необхідних речей, таких як зброя, ножі та інше».

«Так, ти права», — сказав Вінсенте, але він не міг повністю відмовитися від цієї можливості, тому заїхав на майданчик з автомобілями Ferrari. «Це як ніби я помер і потрапив до раю Ferrari!»

«Спокійно, містере Маріно», — попередила Грейс, вдаючи, що стримує його.

«Ось ця», — сказав він, гладячи її, — «це саме та крихітка, яку я хочу!»

Грейс спостерігала, як він провів пальцями по вигнутих бамперах, торкнувся і з любов'ю подивився на м'яку білу шкіряну оббивку салону, ніжно погладив кермо, а потім відкрив капот і мало не заліз туди, щоб зайнятися з ним коханням.

«Мені слід ревнувати?» — запитала вона з посмішкою.

Він засміявся, але продовжував гладити фари.

«Серйозно, — сказала Грейс, — чи не краще нам піти і пошукати нормальний автомобіль, знаєш, з достатньою кількістю місця, щоб перевозити наші речі?»

«Ні, — насміхався він. — Життя занадто коротке. Давай, сідай!»

Після того, як вони кілька разів промчали вгору і вниз по Принцес-Хайвей, Грейс повернулася до Land Rover. Вона посміхнулася, дивлячись, як Вінсенте прощається з червоною Ferrari.

Через кілька хвилин він повернувся до Грейс і вимагав, щоб вона «відкрила вікно».

«Чому?» — запитала вона.

«Просто зроби це!»

«Ні, сідай».

«Відкрий, Грейс».

«Скажи мені, чому!»

«Давай!»

Вона опустила вікно, і Вінсенте просунув голову у відкритий простір, обхопив її обличчя обома руками і сильно поцілував, прокочуючи язиком по її губах і кружляючи ним у її роті, поки вона повністю забула дихати.

«Ось що ти отримуєш за те, що думала, ніби я збирався поцілувати Ferrari!» — сказав Вінсенте, стрибаючи в Land Rover і змушуючи шини вискрикувати.

Грейс сиділа мовчки, все ще намагаючись віддихатися, поки червона Феррарі ставала все меншою і меншою в її бічному дзеркалі, і весь час згадувала губи Вінсенте на своїх.

«Пам'ятаєш, я розповідав тобі, що моя мама була художницею?» Грейс кивнула, і Вінсент продовжив. «Моя мама була художницею, і досить талановитою. Мій тато працював у комунікаційній компанії, і його відправляли по всій країні на роботу. Тому, коли я був дитиною, ми часто переїжджали. Мама любила переїзди, бо це було добре для неї — у художньому сенсі, тобто. Вона завжди мала нові пейзажі, свіжі краєвиди, нові дерева...»

Він різко зупинив машину, натиснувши на гальма. Потім зробив широкий розворот.

«Що сталося? Мені подобається слухати про твою родину. Розкажи мені більше».

«Я не буду просто розповідати тобі, — сказав Вінсент, трохи задихаючись. — Я покажу тобі! Я маю на увазі, що я повністю про це забув, аж до цього моменту. Думаю, я навіть витіснив це зі своєї пам'яті».

«Розкажи мені, — перервала його Грейс, але Вінсент продовжував говорити.

«Після того, що сталося в будинку моїх дідуся і бабусі, а потім у твоїх батьків, це занадто великий збіг».

«Що саме? Який збіг?»

«Це занадто дивно, щоб я міг пояснити, але я покажу тобі, і скоро», — він здригнувся і міцніше стиснув кермо. «Тримайся, добре? Коли ти це побачиш, ти зрозумієш, чому».

«Добре», — сказала Грейс, затиснувшись у сидінні. Вона хотіла задати ще питання, але знала, що Вінсент зараз на них не відповість. Вона змінила тему. «У тебе були проблеми, коли ти був дитиною і так часто переїжджав?»

«У мене не було жодних проблем», — сказав Вінсенте, — «Мабуть, тому що я був досить хороший у спорті. Я пробував себе в різних видах спорту, потрапив у команду і «воля» — миттєві друзі».

«Б'юся об заклад, дівчата завжди кидалися на тебе!»

«О, подивіться, хто трохи заздрить? Ви заздрите, пані Маріно?»

Грейс відповіла лише мовчазною посмішкою.

РОЗДІЛ 41

Залишилося всього кілька хвилин», — сказав Вінсент.

«Схоже, сьогодні може піти дощ», — зауважила Грейс, і її тіло пробіг дриж.

«Я б із задоволенням послухав справжню грозу», — сказав Вінсент. «Я сумую за співом птахів, особливо кукабар».

Грейс подивилася у бічне вікно, а потім знову на лобове скло.

Вінсенте увімкнув склоочисники, коли з неба впало кілька крапель. Цього разу це були звичайні краплі, а не чорні, як раніше.

«Я пам'ятаю, що в школі завжди говорили, що після ядерної війни деякі істоти виживуть, наприклад, грифи, таргани та акули», — сказав Вінсенте.

«Жодна з них не потрібна в нашому світі».

«Ні, але якщо ця річ забрала і їх, що це означає для нас? Грифи і акули харчуються людськими трупами або іншими трупами. Отже, оскільки трупів немає, вони теж би померли з голоду. Таргани їдять все — тварин, овочі, папір — все, що завгодно. З цих трьох, і оскільки вони літають тут, у старій добрій ОЗ, ми б уже мали побачити хоча б одного з них».

Грейс знову затремтіла: «Чому таргани їдять папір?»

«Вони не так папір шукають. Вони шукають клей, який виготовляється з побічних продуктів тваринного походження».

«Можу сказати одне: я не сумую за комахами», — сказала Грейс, і все її тіло знову затремтіло. Цього разу навіть Вінсенте це помітив.

«Хочеш купити худі в найближчому торговому центрі, чи мені увімкнути опалення? Ти останнім часом дуже тремтиш. Сподіваюся, ти не захворіла».

«Мені насправді не холодно. Просто відчуваю себе трохи дивно. Не можу це пояснити», — сказала Грейс.

«Розкажи, як ти себе почуваєш», — попросив Вінсенте. «Ти відчуваєш, ніби хтось за тобою стежить? Або ніби щось погане ось-ось станеться?»

«Можливо, і те, і інше; а може, тільки одне. Я справді не знаю. Тому й важко пояснити», — сказала Грейс, і на її передпліччях з'явилася гусяча шкіра.

«Ми вже майже приїхали», — сказав він. «Потерпи, можливо, гарячий душ допоможе».

«Так, або приємна довга ванна», — сказала Грейс. «Ти можеш зробити мені масаж».

«Я зроблю тобі, якщо ти зробиш мені», — сказав Вінсенте з хлоп'ячою посмішкою.

Грейс мимоволі знову здригнулася, коли машина повернула за поворотом. Вінсенте зупинився перед двоповерховим будинком, потім заїхав на під'їзну дорогу і припаркувався.

«Ласкаво прошу до мого скромного помешкання», — сказав Вінсенте, розмахуючи рукою і вклоняючись, як джентльмен.

Грейс засміялася, а потім оглянула сад. Усе в ньому було мертве, але деякі квіти все ще зберігали свої кольори. Вінсенте відчинив їй двері, і вона підійшла до нього.

«Цей сад був гордістю і радістю моєї мами, — сказав він, — а погляньте на нього зараз».

«Я впевнена, що тоді він був захоплюючим, — сказала Грейс. — Навіть зараз, у такому стані, я все одно бачу, що не так давно його любили і доглядали».

«Коли я вперше пішов до школи, — сказав Вінсенте, — мама почала садити рослини.

Вона хвилювалася, як заповнювати свої дні без мене. Живопис — її пристрасть, але іноді їй потрібні були невеликі розваги для натхнення. Тоді вона відкрила в собі талант до вирощування рослин, і це стало для неї справжньою терапією. Мама була художницею в багатьох сенсах», — сказав він, взявши Грейс за руку і ведучи її на передній ганок. Вона пішла за ним, і вони зупинилися біля перевернутого мольберта.

«Коли я пішов до школи в той останній день, мама була тут і малювала. А тепер...» — він зупинився, прикривши рот рукою.

«Що таке?»

«Її картина, — вигукнув він. — Вона все ще тут! І поглянь, вона не закрила кришки від фарб, а її пензель зовсім висох». Він не зміг стриматися і з гучним стуком впав на стілець.

«Мама б не залишила ці речі тут так просто. Тепер я впевнений, і мушу змиритися з тим, що моя мама померла».

Грейс взяла його руку в свою і підійшла до нього, щоб теж побачити картину. «Твоя мама — справді особлива».

«Була. Вона була справді особлива».

Грейс розглянула картину, нахилившись через плече Вінсента, і сказала: «Чудова».

«Але вона ніколи не встигла її закінчити!» Вінсенте нахилився. Він обережно накрив кришками відкриті баночки з фарбою. Потім він вилив трохи скипидару з пляшки і опустив у неї пензель, щоб почистити. Він підняв незакінчену картину з землі, передав пляшки Грейс, і вона пішла за ним у будинок.

Перше, що Грейс помітила зовні, були залишки саду. Всередині перше, що вона помітила, були квіти — всілякі квіти, розставлені у вазах. Сині. Червоні. Фіолетові, будь-які. Квіти стояли в кавниках і порожніх банках. Квіти були всюди. Тепер вони всі висохли, як і ті, що зовні, але багато з них зберегли свої кольори і аромати.

Мама Вінсента наповнила свій будинок природою і любов'ю. Грейс була впевнена в цьому, дивлячись на кожну вільну ділянку. Тепер, коли вона про це подумала, вона ще більше хотіла б зустріти її. Вона шкодувала, що не зможе зустріти її зараз. Сльоза котилася по її щоці, коли вона підняла пару блакитних садових рукавичок з бічного столика. Грейс тримала їх у руці, майже так, ніби тримала руку мами Вінсента, і несла їх із собою, слідуючи за Вінсентом.

«Зачекай тут, Грейс, — сказав він. — Я принесу те, що хочу тобі показати».

Вона сіла на стілець, милуючись великою картиною, що висіла над каміном. У ній було щось дуже знайоме, майже заспокійливе. Вона встала і підійшла ближче.

Не можу повірити! Воно зникло!» — вигукнув Вінсент, підходячи до Грейс, яка не звернула на нього уваги. Насправді, вона навіть не поворухнулася — ніби не почула його.

Грейс не помічала його присутності і не рухалася. Ніби його там взагалі не було. Він подивився на свою дружину, яка стояла, тримаючи в тремтячій руці пару рукавичок своєї матері, а потім прослідкував за її поглядом.

Коли він зрозумів, на що вона дивиться, він прикрив рот рукою. Над каміном висіла картина, яку він шукав. Саме та картина, яку він привіз Грейс до будинку, щоб вона її побачила.

«Ось вона!» — вигукнув він і торкнувся її руки.

Грейс здригнулася від раптового дотику, але не могла відірвати погляду від картини. Вона здавалася загіпнотизованою нею.

У своїй голові Грейс милувалася реалістичністю картини. Вона відчувала запах трави і чула мукання корів. Вона відчувала себе частиною картини. Якимось чином.

Вінсенте спробував повернути Грейс до себе, але вона чинила опір. Він став перед нею, а вона відштовхнула його.

«Подивись на мене!» — вигукнув він.

«Не можу. Вона просто надто прекрасна! Мені здається, що я була там».

«Подивись на мене!» — наказав він.

Грейс подивилася на свого чоловіка, який стояв поруч, заламуючи руки, а піт стікав по його обличчю.

«Що таке, Вінсенте?» — запитала Грейс, намагаючись не дивитися на картину.

«Ця картина, — сказав він, повертаючи її до себе і закриваючи їй вид на картину, — це та сама. Та, яку я привів тебе сюди подивитися».

«Добре, — сказала Грейс, — і я повністю розумію, чому. Це найдивовижніша картина, яку я коли-небудь бачила».

«Ні, Грейс», — сказав Вінсенте, — «Подивись на дерево. Подивись на дерево, Грейс!» Потім він здригнувся, засунувши тремтячі кулаки в кишені, а потім знову витягнув їх. Він провів пальцями по волоссі і не міг стояти на місці.

Вона ще раз подивилася на картину і відчула незрозумілий внутрішній спокій. Вона посміхнулася.

«Ти не бачиш цього, Грейс? Ти не бачиш цього?»

«Звичайно, я бачу. Тут є краса, спокій і умиротворення. Я бачу серце твоєї мами в цій картині. Це як... ніби я зустрічала її раніше. Ніби я знала її».

«Гаразд, можливо, ти не бачиш цього. Можливо, я повинен вказати тобі. Дивись ось тут», — він підійшов до картини, і вона теж наблизилася. «Дивись ось тут, на дереві? Ось тут».

«Скажи мені, що ти бачиш, Вінсенте», — попросила Грейс.

«Це обличчя».

Вона наблизилася, але не могла побачити те, що бачив він.

«Я бачу лише поле, засіяне соняшниками, і звичайне дерево, під яким пасеться корова», — сказала Грейс.

«Ні!» — вигукнув він, роздратований. «Дивись уважніше. Дивись на дерево!» Він повернувся до неї, благаючи її поглядом побачити те, що бачив він, але вона не могла.

Вона повернулася до нього. «Там немає обличчя, Вінсенте. Коханий, ти бачиш те, чого немає».

Вінсенте розвів руками в розпачі, розвернувся і побіг.

Спочатку Грейс хотіла піти за ним, але знову її притягнуло до картини. Вона підійшла ближче, посміхнулася і загубилася в ній.

Зачекай хвилинку, подумала Грейс, Вінсенте був наляканий, а він не з тих, хто легко лякається.

Вона заплющила очі, а потім знову їх розплющила. Вона все ще не бачила обличчя. Навпаки, цього разу промені сонця ніби тягнулися до неї. Притягували її. Змушували її дивитися на картину.

Коли вона дивилася на картину, кімната ніби стала теплішою. Їй здавалося, ніби художник увічнив у картині частинку сонця, яка тепер дарувала їй тепло. Вона хотіла увійти в картину і стати її частиною — обійняти світло. І коли вона підійшла ближче, їй здалося, що вона відчуває запах свіжого сіна на полях і чує мукання корів. Її серце забилося швидше, дихання стало поверхневим.

Вона на мить піддалася цьому відчуттю, забувши дихати. Незабаром вона задихалася і відчула неабиякий страх.

Грейс швидко відступила назад. Вона побігла, кличучи Вінсента.

РОЗДІЛ 42

Грейс знайшла Вінсента в його кімнаті на ліжку. Хоча минуло кілька хвилин, він все ще тремтів, схрестивши руки перед обличчям. Вона уявила, як він, мабуть, виглядав, коли був маленьким хлопчиком.

«Розкажи мені про це. Про картину», — попросила вона, ходячи туди-сюди, намагаючись розвіяти почуття та енергію, які тимчасово охопили її. Вона не хотіла згадувати про те, що відчула, принаймні доти, доки Вінсент не розповів їй, що його налякало.

«Ти нарешті побачила це? Тобто обличчя?» — запитав він, і в той момент, сповнений очікувань, його тремтіння припинилося.

Грейс не намагалася брехати, коли похитала головою. Вона просто намагалася оцінити ситуацію.

Вінсент одразу здригнувся.

«Розкажи мені, Вінсенте. Неважливо, що я бачу, але я бачу, що ти наляканий, коханий. Розкажи мені все, будь ласка. Ти ж знаєш, що мені можна розповісти все, правда?»

Він затремтів, завагавшись на секунду, а потім глибоко вдихнув і почав розповідати історію.

«Коли я був дитиною, мама намалювала цей пейзаж і з великою гордістю показала його мені. Вона відсунула завісу, сподіваючись, що мені сподобається, але я був абсолютно наляканий і, як дитина, не мав слів, щоб це висловити. Мама не розуміла, як і мій тато.

Ми спробували ще раз, але для мене все було так само. Один погляд на нього, і я прокидався вночі з криками. Кошмари говорили за мене. Тож мої батьки сховали його, і я більше його не бачив. Насправді я про нього зовсім забув — аж до сьогоднішнього ранку. Як я вже сказав, думаю, я витіснив це з пам'яті». «Тоді чому ти привів мене, привів нас сюди?

Ти хотів щось довести мені чи собі? Ти хотів зіткнутися зі своїми страхами?» — запитала Грейс.

«Я думав, що, можливо, там є підказка для мене — для нас. Але ти бачила, як я змінився, коли ти не могла цього побачити. Я знову став дитиною і мусив тікати з кімнати! Що ти тепер думаєш про свого сильного чоловіка?» — він здригнувся від того, що вважав нечоловічим проявом боягузтва.

«Я люблю його так само сильно — ні — навіть ще більше!» — сказала Грейс, притулившись до нього.

Після кількох хвилин мовчання Грейс зізналася: «Я не бачила обличчя, але відчувала щось у картині, Вінсенте. Щось неземне і незрозуміле».

Вінсенте сів, прибрав руки з обличчя і сказав: «Коли я був дитиною, коли я дивився на неї уважно, мені хотілося увійти в картину. Ніби я хотів втекти з цього життя. Я відчував запах сіна і чув корів. Ніби світло тягнуло мене всередину, заколисувало. Я знав, що якщо я дозволю собі піти за ним, увійти в картину, то те обличчя на дереві, воно, воно, воно мене скривдить — я мав втекти, я мав втекти від нього!»

«Я теж відчувала, що щось дивне тягне мене всередину, Вінсенте, але я не бачила обличчя. Воно було зовсім не таким, як те, що ми бачили, знаєш. Те, що з'їло ворона».

Вони обійнялися на ліжку, втішаючи одне одного, і думали про картину, водночас відчайдушно намагаючись не думати про неї.

Через деякий час вони кохалися.

Коли Грейс прокинулася першою, вона розмірковувала над своїми відчуттями щодо картини. Це був чудовий пейзаж — без сумніву. Однак світло і його тяга були чимось унікальним і, можливо, навіть, якщо вона наважиться це сказати, злим. Так, саме так. Це був контраст спокою і безтурботності з ноткою чогось темного, невідомого, можливо, навіть небезпечного.

Вона поглянула на Вінсента, який все ще мирно спав. Він час від часу ворушився і бурмотів. Вона замислилася, чи не сниться йому дерево, дерево з обличчям, яке він уявив собі частиною того самого пейзажу. Грейс тихо встала з ліжка, а Вінсент посунувся, заповнивши її ще тепле місце.

Він все ще міцно спав і був спокійний.

Вона оглянула його кімнату, милуючись його дивовижними досягненнями, про які свідчили трофеї: найкращий спортсмен, найкращий бетсмен і гравець року — він вигравав у цій номінації кілька років поспіль.

Потім її погляд зупинився на кількох полицях, заповнених різьбленнями по дереву. Заінтригована, вона підійшла до них, захоплена складними деталями. Кожна з них мала свою окрему індивідуальність. Там була балерина, яка виконувала піруети з витонченістю і технікою, там був гравець у крикет з битою, ковбой з ременем з пістолетами на талії, який саме готувався витягнути зброю, альпініст, який, судячи з його виразу обличчя, щойно досяг своєї кінцевої мети, а також безліч інших.

Грейс оглянула всю колекцію, зупинившись на різьбленій фігурці аборигена. Він дивився вперед загубленим поглядом. Вона підняла його і тримала в руці. Її шкіра, торкнувшись дерев'яної фігурки, змусила її пульсувати, дуже ніжно. Або це їй здалося?

Вона відступила і відвела погляд уліво. Вона стояла перед дзеркалом у дерев'яній рамі, і її відображення настільки злякало її, що дерев'яна фігурка в її руці впала на підлогу і відскочила на килимі. Вона нахилилася, підняла її і розглянула уважніше, якраз вчасно, щоб побачити, як з очей дерев'яної фігурки випала сльоза. Вона витерла її кінчиком пальця і спробувала на смак. Вона була солоною, як людська сльоза. Вона стояла і дивилася їй в очі. Вона відчувала страх і трохи більше, ніж цікавість. Вона замислилася, чи не вплинули на неї надмірно розмови про картину.

«Що ти про них думаєш?» — запитав Вінсенте, позіхнувши, потягнувшись, а потім перетнувши кімнату, щоб приєднатися до неї.

Грейс злякалася і спочатку трохи підскочила. Вона притиснула аборигена до грудей. «Я мусила придивитися, бо їхні обличчя такі реалістичні! Де ти їх знайшов?»

«Я їх зробив», — сором'язливо зізнався він. «Кожен з них вирізаний від голови до ніг цими двома руками».

«Ти справжній художник, Вінсенте! Чому ти мені не сказав?»

«Я нікому про них не розповідав, крім мами, тата і дідуся з бабусею. Тобі вони справді подобаються?»

«Я вважаю їх неймовірними!»

«Я хотів би витесати фігурку тебе, Грейс».

«Це було б чудово, Вінсенте», — вона закружляла, уявивши себе балериною. «Я помітила, що кожна фігурка відрізняється не тільки персонажами, а й типом дерева. Як ти їх вибираєш?»

«Кожна скульптура вимагає певного виду дерева, щоб все склалося воєдино. Я проходжуся між деревами, вирішую, що створити, і чекаю, яке дерево заговорить до мене духовно. Потім я створюю скульптуру з наміром зробити її якомога реалістичнішою і, що найважливіше, правдивою».

«Скільки часу займає кожна скульптура?»

«Як тільки я знаходжу деревину — а це займає найбільше часу — я можу виготовити фігурку за два-три дні. Найбільше часу завжди займає обличчя, і я роблю його останнім. Якщо обличчя не виходить, я викидаю все і починаю спочатку.

Іноді це відбувається тому, що деревина не підходить, і тоді я повертаюся до дерев, шукаючи знову і знову те саме дерево. Здебільшого дерево підходить, просто я ще не вловив суть об'єкта».

«У вас є спеціальний набір інструментів для цього? Бо якщо є, то ви повинні взяти їх з собою. І я думаю, ви повинні взяти з собою і картину вашої мами. Навіть якщо нам доведеться її прикрити».

«А, знову картина. Я хочу повернутися вниз і ще раз подивитися на неї. Я хочу зіткнутися зі своїми страхами. Ти підеш зі мною?»

«Звичайно, Вінсенте». Вона пішла за ним, простягнувши руку, щоб покласти аборигена назад на полицю, але він знову запульсував. Вона поклала його в кишеню і сказала: «Але я мушу нагадати тобі, що я відчувала, як картина тягне мене до себе — і це тяжіння було надзвичайно сильним. Навіть моторошним».

«Ми триматимемося за руки і разом зіткнемося з цим».

«Гаразд, ходімо».

«Можемо спочатку випити кави, Вінсенте?»

«Домовилися».

РОЗДІЛ 43

Закінчивши пити чай і повернувшись до вітальні, Грейс і Вінсенте взялися за руки і підійшли до картини.

Вінсенте переконував себе, що насправді не бачить обличчя на стовбурі дерева, а Грейс переконувала себе, що не відчуває сили картини, яка тягне її вперед.

Їхні ноги залишалися міцно стояти на тому самому місці, а вони міцніше стискали руки одне одного.

Грейс поклала іншу руку в кишеню, де тримала вирізану Вінсентом фігурку аборигена. Коли вона знову запульсувала, вона дістала її і підняла, щоб її очі також дивилися на картину.

Абориген почав конвульсивно тремтіти в її долоні. Потім він перекотився з боку на бік. Вона подивилася вниз, і його рот скривився в крику, і він піднявся з її руки і потрапив у картину.

Стоячи на тому самому місці, все ще тримаючись за руки, Грейс тепер бачила різьблення аборигена, що сидів на дереві. Над ним на гілці сидів ворон.

Вінсенте продовжував дивитись на картину, але вже не тремтів, як раніше. Він стиснув руку Грейс, щоб заспокоїти її.

«Ти помічаєш щось незвичне?» — запитала Грейс.

«Незвичайне? Як?»

«Щось нове або не на своєму місці?»

«Ні, все виглядає так само, але сьогодні рот мене не так лякає. Можливо, це тому, що ми тримаємося за руки».

Вони разом відійшли від картини і зачинили за собою двері.

Абориген миттєво запульсував. Він повернувся до кишені Грейс. Вона відкрила рота, щоб розповісти Вінсенту, що сталося, але він здавався менш наляканим, і вона не могла знайти слів, щоб пояснити.

«Я піду спакую кілька речей», — сказав Вінсенте. «Я думаю, я залишуся тут, якщо ти не проти?» — запитала Грейс. Вона дивилася, як Вінсенте зникає за рогом, а потім підняла руку і зняла картину зі стіни. Вона загорнула її в ковдру і поклала в багажник автомобіля. Потім вона повернулася в будинок, взяла кілька ковдр і подушок і надійно поклала їх поверх картини.

Весь час, поки вона завантажувала речі, різьблення продовжувало давати про себе знати, пульсуючи в її кишені. Тепер вона попрямувала до кімнати Вінсента. Абориген застиг.

Вінсент спакував свої різьблення у велику сумку. Він також додав свої інструменти. Завантажившись, вони разом спустилися вниз. Потім Вінсент спакував художній набір своєї мами, включаючи мольберт і полотно, і вони завантажили все в машину.

«Гаразд, поїхали», — сказав він.

«Ти впевнений, що все взяв?» — запитала Грейс.

«Я не хочу брати цю річ із собою. Я вже змирився з нею, і все, чого я хочу, — це виїхати звідси. Зараз я не думаю, що колись захочу повернутися сюди».

Вони підійшли до вхідних дверей, Вінсенте відчинив їх і запросив Грейс вийти першою. Потім він щільно зачинив за собою двері і замкнув їх.

Коли вони знову сіли в «Ленд Ровер» і рушили в дорогу, Грейс порушила мовчанку. «Нам дійсно треба про це поговорити».

«Я сказав», — крикнув він, а потім знизив голос, — «Я сказав, що не хочу про це говорити. Ні зараз, ні коли-небудь. Якщо я буду про це говорити, я буду змушений думати про те, як моя мама, моя власна мама, могла створити таку картину. Мама була наймилішою, найдобрішою жінкою на цій землі, і вона ніколи б не створила нічого настільки жахливого, як ця річ».

Грейс тихо спостерігала, як світ пролітає повз неї. Насувалася буря. Вона це відчувала. Все навколо неї тремтіло, пульсувало і вібрувало, включаючи аборигена в її кишені. Вона обійняла себе руками і вирішила не продовжувати розмову з Вінсентом на цей раз. Він поговорить з нею, коли буде готовий. А поки що картина була в безпеці і не могла їм зашкодити.

Вони продовжили шлях у мовчанні.

РОЗДІЛ 44

Вінсенте дивився вперед, зосередивши свою енергію на дорозі. Він намагався забути про картину і про свою маму, але що б він не робив, він не міг відокремити ці дві речі у своїй свідомості.

Він подивився через салон автомобіля на свою кохану дружину. Вона сиділа тихо, занурившись у думки, обіймаючи себе руками. Вона, здавалося, не помічала, що він дивиться на неї. Він знову зосередився на дорозі.

Грейс також думала про іншу пані Маріно і картину. Їй здавалося дивним, що Вінсент міг бути так засмучений тим, що створила його мама. Їй спала на думку ідея: вони могли б спалити картину. Зробити з цього ритуал зцілення.

Вона дала волю своїм думкам, шукаючи в своїй свідомості будь-які ознаки оригінальних спогадів, але нічого не знайшла. Вона вірила, як і Вінсенте, що все ще зберігає десь у своєму мозку і що одного дня все це спливе на поверхню, і вона буде сміятися з цього проміжку часу. Спалення цієї картини створило б прогалину в спогадах Вінсенте. Чи краще не мати спогадів взагалі, ніж мати погані спогади?

Тим часом Вінсент думав про те, як пощастило йому і Грейс, що вони змогли втекти від минулого і жити тільки сьогоденням. Залишити все позаду і почати все спочатку. Створити нові спогади — разом. Створити свіжі враження з усього, що вони бачили. Кожне нове місце, яке вони відвідували, ставало частиною них. Життя завжди буде наповнене такою новизною.

Подумавши про те, щоб спалити картину, Грейс вирішила, що знищити спогади Вінсента — це найгірше, що вона могла б йому зробити. Вона хотіла, щоб він мав те, чого вона вже не мала.

Ці думки і спогади були занадто дорогоцінними, щоб їх втратити — не тому, що Вінсент втратив би їх, знищивши предмет, якого боявся, а тому, що з часом він би їх забув. Вона хотіла, щоб він мав найкращий шанс зберегти своє минуле назавжди. Гарне, погане і потворне.

Грейс нарешті порушила мовчанку, сказавши: «Я думаю, нам слід повернутися до Менлі». Вона знала, що у Вінсента там було багато спогадів, старих і нових. У Менлі вони могли почати все заново, з чистого аркуша, але з зв'язками з минулим.

«Нехай буде так», — сказав Вінсент, розвертаючи машину. «Ми можемо вибрати будь-який будинок, який нам сподобається, і зробити його нашим».

«Ми не хочемо будинок, — сказала Грейс, — ми хочемо дім».

Молодята посміхнулися, щасливі від свого рішення і від спільного майбутнього.

КНИГА 2

ФІНАЛЬНА ФУЗІЯ

ПРОЛОГ

У голові Грейс пазл був неповним. Це було ніби величезний порив вітру пронісся крізь неї, перевернувши все з ніг на голову.

Вона не могла зосередитися на чомусь одному: ні на чому не можна було зосередитися.

Кольори кружляли: червоні, чорні та сині змішувалися, оберталися, кидалися, атакували соняшниково-жовтим, кружляли, вивергалися в глибокий трав'яно-зелений.

Потім усі кольори перевернули її шлунок у повітря і повернули його назад, туди, де він був, коли вона судорожно намагалася подолати страх, який не давав їй рухатися. Все відбувалося в її голові, але іноді її тіло здригалося в цьому потоці.

Вона вхопилася за свою середину і спробувала перегрупуватися, щоб зупинити кружляння і обертання. Але спалахи блискавок пульсували в її голові, розриваючи її на бузок, фіалки і дзвіночки.

Помаранчевий колір розбризкався по полотну її розуму.

Грейс втратила все.

«Нам потрібно негайно відвезти її на операцію!» — вигукнув високий чоловік у білому халаті. Він стояв серед інших людей у білих халатах, розкиданих по коридору лікарні.

Усі бігли, наче там сталася пожежа. Деякі з них розчищали шлях. Деякі штовхали. Деякі тримали крапельницю. Деякі тримали інші апарати. Деякі стояли з відкритими ротами, порожніми руками і стиснутими кулаками. Інші молилися, коли Грейс Грінвей мчала на каталці.

Вона була без свідомості.

Мертва для світу.

Але не повністю мертва.

Принаймні, ще не повністю.

У лікарняній палаті Ґрейс сиділа жінка, яка плакала і заламувала руки. Це була Гелен Ґрінвей, мама Ґрейс. Вона не могла повірити в те, що сталося.

Її дочка почувалася так добре. Вже кілька тижнів вона одужувала. Потім Ґрейс почала тремтіти, трястися і конвульсувати, аж поки не втратила свідомість.

Медичний персонал повернув її з того світу. Коли вона повернулася, вона вже не була Ґрейс Ґрінвей. Натомість вона слинилася і говорила незрозумілою мовою. Розривала себе зсередини.

Здавалося, ніхто не знав, що робити, як це зупинити. Навіть голки в її руці не заспокоювали її. Ніщо не допомагало. Вони прив'язали її.

Гелен заридала, згадавши все. Особливо те, як безпорадною вона почувалася тоді, а тепер ще більше. Вона кинулася на порожнє ліжко дочки.

Відчайдушні ридання Гелен лунали ехом у коридорах.

***

Коли медсестра Бернс повернулася до кімнати Грейс, вона знайшла Гелен, згорнуту в ембріональній позі на ліжку.

Вона виглядала спокійно, коли спала там. Медсестра вирішила, що краще не турбувати її. До того ж, не було ніяких новин, а якщо хтось і потребував відпочинку, то це була мати Грейс Грінвей.

Медсестра Бернс прибрала нічний столик Грейс і переклала її підручники. Дивлячись на них, вона відчувала неймовірну смуток. Грейс Грінвей ще навіть не знайшла свого шляху. Їй було лише шістнадцять років.

Медсестра Бернс подивилася на сплячу матір Грейс.

Вона накрила Хелен ковдрою, а потім вимкнула світло.

***

Кілька годин по тому медсестра Бернс готувалася закінчити свою зміну. Вона подивилася крізь кругле віконце в дверях і помітила, що Гелен більше не лежала в ліжку. Вона натиснула на двері, але нічого не сталося. Вона натиснула ще раз, сильніше, від чого Гелен Грінвей впала вперед.

Гелен спіткнулася і почала заламувати руки. Вона тихо плакала.

Медсестра Бернс підійшла до неї і неймовірно м'яким і лагідним голосом запитала, чи не хоче вона чашку чаю.

«Моя дочка!» — вигукнула Гелен. «Є якісь новини? Я повинна знати, як вона! Ніхто мені нічого не сказав!»

«Ви спали», — сказала медсестра Бернс, погладжуючи Гелен руку. «Якщо ви обіцяєте сісти, я піду і подивлюся, що я можу для вас дізнатися».

Гелен сіла і чекала новин.

РОЗДІЛ 1

У кінці коридору медсестра Бернс зустріла доктора Крістіанссона, який знімав хірургічну маску, поспішаючи до дверей операційної.

«Мені потрібно подихати свіжим повітрям», — сказав він. Він пройшов до кінця коридору і відчинив двері на дах.

Медсестра Бернс пішла за ним.

Він запалив сигарету. Запитав її, чи не хоче вона. Вона відмовилася.

Затягнувшись, він сказав: «Грейс, дівчина з Грінвея, почувалася так добре. Але тепер, коли тромби розірвалися, її стан критичний».

«Я впевнена, що вона в найкращих руках».

«Зараз так!» — сказав Крістіанссон. «Тепер, коли прибула команда експертів і взяла ситуацію під контроль! Я був там з самого початку.

Це був важкий вечір. Ми думали, що майже втратили її».

Медсестра Бернс ахнула. «Я візьму одну», — сказала вона. Зрештою, вона вирішила прийняти сигарету. Вона запалила її, зробила довгий затяг і закашлялася.

«Але ми ще не здалися. Вона знову втратила свідомість. Це, мабуть, добре. Нам потрібно зупинити кровотечу. Ми сподіваємося зберегти її розум неушкодженим».

Медсестра Бернс і доктор Крістіанссон почали ходити по даху. Під ними ревіли сирени і блимали вогні.

«Її мама, Гелен, погано справляється з ситуацією».

«Все, що я можу вам сказати, — він затоптав недопалок, а потім відкрив двері. — Її дочка в найкращих руках».

«І більше нічого?»

«Наразі ні, медсестро Бернс. Я не хочу, щоб ви перебільшували».

«Але це небагато, що їй сказати. Це взагалі небагато, що їй сказати».

«Скажіть їй, щоб вона молилася тому, у кого вірить, якщо вона дотримується такої системи вірувань. А якщо ні, то скажіть їй, щоб вона вислала всю позитивну енергію, яка є в її серці. Нехай відправить її у Всесвіт. Нехай думає позитивно і без сумнівів. Нехай вірить, що її дочка виживе», — сказав Крістіанссон.

Вони спустилися сходами.

«Дякую, докторе».

«Тепер мені потрібно повернутися туди». Двері операційної зачинилися за ним.

РОЗДІЛ 2

Медсестра Бернс повернулася до кімнати Грейс і побачила, що Гелен сидить саме на тому місці, де вона її залишила. Вона наповнила склянку водою і присіла біля Гелен.

«Я щойно бачила доктора Крістіанссона, і він сказав, що Грейс почувається добре. Вона тримається».

«Моя дочка тримається?»

«Так».

«Він розповів вам, що сталося?»

«Так, все так, як вони і передбачали. Згустки розірвалися».

Гелен прикрила рот рукою. Вона заридала.

«Доктор Крістіанссон сказав, що найкраще, що ви можете зробити для своєї дочки, — це молитися, якщо ви вірите в молитву. А також дбати про себе. Відпочиньте. Це була дуже довга ніч. А тепер чому б вам не піднятися сюди, на ліжко Грейс, і трохи подрімати? Я розбуджу вас, якщо щось зміниться, обіцяю».

«Я виснажена», — зізналася Гелен.

Гелен загорнулася в ліжку доньки. Їй здавалося, що вона все ще відчуває теплий слід, який нещодавно залишила там донька. Вона обійняла себе руками і заплакала. Спочатку сльози текли повільно, але потім їх стало все більше. Ридання і сльози, все швидше і швидше — майже як перейми.

Лише шістнадцять років тому дочка Гелен народилася саме тут, у цій лікарні. Грейс була її другою дитиною, єдиною дівчинкою. Грейс була її гордістю і радістю.

Її перша дитина, Даріл, змусив її мучитися в пологах сорок шість годин. Іноді їй здавалося, що він ніколи не з'явиться на світ. А Грейс — ні. Вона вискочила і увійшла у світ вперше, ніби не хотіла пропустити жодної миті.

Гелен згадувала, що Грейс не спала багато, навіть коли була маленькою. Її дочка боялася пропустити щось у житті. З самого початку вона була в захваті від усього: світла, кольорів. Однак Грейс не знайшла своє справжнє призначення, поки не почала вивчати цифри. Коли вона відкрила для себе симетрію в навколишньому природному світі, її пристрасть справді розквітла.

Гелен думала про сім'ю, яку колись мала. Люблячого чоловіка, Бенджаміна. Сміливого і відважного сина, Деріла. Дуже дорогоцінну дочку, Грейс. Вона згадала хороші часи, які вони провели разом, відвідуючи зоопарк Таронга. Відвідуючи музей Powerhouse. Дивлячись фільми з попкорном. Їдячи разом вечерю. Прості, але щасливі дні. Як Хелен сумувала за ними.

Вона наспівувала собі під ніс і намагалася знову заснути, але спогади були занадто свіжими, занадто живими і занадто болючими.

Вона сіла і згадала, як того дня вона і її дочка сміялися і розмовляли.

Було так, ніби щось вимкнулося в голові Грейс. Ніби у неї перегорів запобіжник. Однією миттю вона була жвавою, повною життя, а наступної — кататонічною, і здавалося, ніби вона вже не була Грейс. Все сталося так швидко.

Таке життя, в одну мить у тебе є сім'я, а потім приїжджають двоє чоловіків у синіх уніформах. Вони сказали, що п'яний водій вбив мого чоловіка і сина.

У ту жахливу ніч Гелен згадала, як запитала двох чоловіків, у чому ж полягає кульмінація. Вона була впевнена, що вона має бути. Це мала бути жарт. Але це не був жарт. Це підтвердилося, коли дві труни несли по проходу в церкві. Потім поховали під землею. Це дійсно не був жарт.

То було тоді, а зараз є зараз. Зараз її дочка лежала там, борючись за життя, а вона де була? У ліжку, намагаючись заснути!

Гелен відкинула ковдру і почала ходити по кімнаті. Вона думала про те, хто в цьому винен: Вінсент Маріно.

Гелен згадувала його егоїзм, його зарозумілість. Це була його вина і тільки його вина, і якщо її дочка помре через це, то одного дня вона змусить його заплатити.

Настав ранок, і медсестра Бернс знову була на роботі. Спочатку вона зайнялася пацієнтами, які потребували негайної допомоги. Потім вона зайшла в палату Грейс Грінвей, щоб перевірити, як там мама Грейс, Гелен.

У палаті було дуже тихо, хоча жалюзі були відкриті. Вона обережно увійшла, помітивши, що Гелен стоїть на колінах на стільці і дивиться у вікно.

Коли вона повернулася до медсестри, чорна туш стікала по її обличчю. Вона виглядала як Мерилін Менсон.

Гелен одразу ж знову звернула увагу на те, що відбувалося за вікном. Вона дивилася на дерево вдалині. А саме на чорного ворона, який сидів на гілці і відкривав та закривав дзьоб, ніби розмовляючи з уявним другом.

Гелен заздрила птаху. Птаху, яка могла вільно відлетіти. Злетіти, коли забажає, але залишилася за власним вибором. Вона також заздрила його відсутності емоційної прив'язаності. Прив'язаність означала біль, зрештою. Ти завжди втрачав тих, кого любив найбільше.

Вона знову повернулася до медсестри Бернс. Вона запитала тихим, віддаленим голосом: «Є якісь новини?»

Доктор Акерман не приходив до вас сьогодні вранці?» — запитала медсестра Бернс. Доктор Акерман, новий фахівець, який займався справою Грейс, обіцяв відвідати Гелен Грінвей з самого ранку, щоб повідомити їй останні новини.

Порожній вираз обличчя Гелен говорив сам за себе.

«Я впевнена, що фахівець доктор Акерман незабаром завітає до вас. Може, я піду і запитаю його?»

«Було б дуже мило з вашого боку»,

сказала Гелен, обіймаючи себе руками. Вона знову звернула увагу на ворона. Він перестрибнув на кілька гілок вище на дереві.

Медсестра Бернс повернулася, щоб піти. Вона зупинилася і запитала Гелен, чи є хтось, кому вона хотіла б, щоб вона зателефонувала — хтось, хто міг би посидіти з нею. Можливо, друг, капелан або священик. Гелен похитала головою, а потім продовжила дивитися у вікно на рухи ворона.

Коли за нею зачинилися двері, медсестра Бернс почула, як Гелен Грінвей тихо плаче.

Гелен думала про чоловіка і сина, яких вона втратила. А також про дочку, яку, як вона боялася, може втратити. Вона ридала і прикривала обличчя руками, як дитина, яка грає в гру «ти мене бачиш, ти мене не бачиш».

Тільки ворон помітив, що вона грає.

Коли медсестра Бернс підійшла до дверей операційної і спробувала увійти, їй заблокували шлях. Конкретні вказівки від головних хірургів, докторів Еша та Акермана, свідчили про те, що стан Грейс може погіршитися.

Вона повернулася до Гелен Грінвей без жодних конкретних новин. Вона спробувала заспокоїти її, сказавши, що все буде добре. Потім вона змінила тему.

«Хочете щось поїсти?» — запитала медсестра Бернс, наливши Гелен чашку гарячого чаю з щойно принесеного підноса. Чай був призначений для сніданку Грейс. Очевидно, лікарі ще не оновили її карту. Медсестра Бернс мала б перевірити, хто допустив цю помилку, з метою бюджетування, але на даний момент це було невеликим заохоченням для Гелен Грінвей, щоб вона щось поїла.

«Я не голодна і не спрагла», — наполягала вона. «Я хочу побачити свою дочку. Я хочу побачити Грейс». Вона випустила пронизливий ридкі.

Медсестра Бернс прибирала кімнату, коли лікар Сміт, найновіший хірург лікарні, увійшов із збентеженим виразом обличчя. Він був високим, темноволосим і привабливим, настільки, що навіть збентежений вираз обличчя робив його ще більш привабливим для більшості жінок; однак Гелен Грінвей цього не помітила.

Гелен згадувала Грейс. Як вона колись сиділа під великим парасольковим деревом і читала про теорію відносності Ейнштейна або «Liber Abaci» Фібоначчі. Вона уявляла свою дочку на м'якому ліжку з плюшевої трави, в тіні і під захистом дерев.

Доктор Сміт обережно підійшов до неї, спочатку поглянувши на медсестру Бернс, а потім знову на Гелен Грінвей. Гелен не ворухнулася і навіть не помітила його присутності.

«Можна з вами поговорити, на хвилинку, назовні?» — запитав доктор Сміт.

«Так, докторе», — відповіла вона.

Вони вийшли з кімнати. Гелен Грінвей навіть не помітила цього.

✳✳✳

«Що з нею?» — запитав доктор Сміт. Медсестра Бернс розповіла йому про ситуацію.

«Вона повинна заспокоїтися, — сказав він, — бо вона заважає іншим пацієнтам. Я щойно прийшов на чергування, і вже було кілька скарг. Це потрібно припинити. Або ми попросимо одного з лікарів призначити їй заспокійливе, або запропонуємо їй на деякий час переїхати з палати».

«Я роблю все, що можу», — сказала медсестра Бернс, трохи занадто захищаючись.

Доктор Сміт взяв її за руку і подивився їй в очі. Він навчився цьому руху, дивлячись повтори серіалу «Швидка допомога». Серця співробітників і пацієнтів завжди танули під час перегляду серіалу, що забезпечувало популярність Джорджа Клуні.

«Я знаю, — дорікнув він, — і я ціную все, що ви зробили. Все, що ви зробите, щоб допомогти мені та іншим пацієнтам у палаті».

Вона посміхнулася йому у відповідь, але про себе подумала, що він такий же фальшивий, як дводоларова купюра.

Вона повернулася і попрямувала назад до палати Гелен Грінвей.

На жаль, Гелен там уже не було.

РОЗДІЛ 3

«Мені потрібно вийти з цієї кімнати, на свіже повітря», — прошепотіла собі під ніс Гелен, прокрадаючись повз лікарів і медсестер. Вона зайшла в ліфт, впевнена, що ніхто її не помітить.

Коли двері зачинилися, Гелен спостерігала, як ноші штовхають, тягнуть або супроводжують коридорами. Вона закрила вуха, коли почула, як їхні скрипучі або шурхотливі колеса набирають швидкість. Вона здригнулася, коли одна з них була неправильно направлена і зачепила стіну. Персонал лікарні, здавалося, не помічав цього галасу.

Вона відчула полегшення, коли двері за нею щільно зачинилися. Єдине, що відволікало її увагу, була музика в ліфті. Знайома мелодія з мюзиклу пригадала їй спогади про те, як вона і Грейс зблизилися як мати і дочка. Це було на початку, до того, як математична прірва і підлітковий вік розділили їх.

Добравшись до першого поверху, Гелен вийшла з ліфта з гострим почуттям мети і долі. Вона хотіла відчути вітерець на обличчі. Вона хотіла бути на вулиці, в спокійному, свіжому повітрі з ароматом евкаліпта.

Ніхто її не зупиняв, не розпитував і навіть не помічав. Вона увійшла в обертові двері і попливла за потоком людей на вулицю.

У той самий момент поруч із нею зупинилася швидка допомога з виючим сиреною і миготливими вогнями.

Шум був оглушливим, зовсім не таким, як спокій і самотність, які уявляла собі Гелен. Вона хотіла втекти, врятуватися від цього. Але звук ніби виривав її, забираючи енергію. Її ноги ніби приклеїлися до бетону.

Не маючи змоги рухатися чи бігти, вона притулилася до стіни і закрила вуха. Навколо неї панував хаос, штовханина, тяганина і шурхіт замість спокою і тиші, яких вона так прагнула.

Переповнена емоціями, Гелен знепритомніла і впала на землю.

РОЗДІЛ 4

Вінсенте?» — заридала Грейс. «Вінсенте, ти тут?»

Грейс широко розплющила очі і шукала його в холодній металевій кімнаті, але його ніде не було.

Чоловіки і жінки в масках поглядали на неї.

Яскраве світло над нею пульсувало теплом і енергією, змушуючи її знову заплющити очі.

«Вінсенте?» — повторювала вона пошепки.

Одинока зірка яскраво світила. Вона танцювала перед її очима. Спочатку м'яка і ніжно тепла, вона незабаром впала їй на шкіру.

Потім все знову поринуло в темряву.

РОЗДІЛ 5

«Ми приїхали до лікарні з одним пацієнтом і знайшли ще одного на тротуарі!» — вигукнув водій швидкої допомоги, поки команда оцінювала ситуацію.

«Два за ціною одного», — сказав його колега з посмішкою.

«Перший — наш хлопець у швидкій», — сказав перший чоловік. Він і його колега потягнули ноші по тротуару. «Приймаємо», — сказали вони, прориваючись крізь двері.

«Там ще один», — сказав другий чоловік до реєстратора.

На цей час Гелен вже прийшла до тями і намагалася встати. Маленькі білі зірочки мерехтіли і блимали в її голові. Це було ніби вона опинилася в одному з мультфільмів про Віля Койота. Після того, як Дорожній бігун вбив кувалдою в голову волохатого звіра. Вона спробувала втримати рівновагу, але ноги під нею підкосилися, і вона знову впала на землю.

«Хто-небудь знає, хто вона?» — запитала жінка. Відвідувачі та персонал лікарні, який щойно прийшов на зміну, зібралися навколо Гелен. Один із співробітників поговорив по рації і попросив негайно привезти ноші та травматолога до відділення швидкої допомоги.

Гелен відкрила очі і подивилася вгору. Група незнайомців дивилася на неї. Вона спробувала знову встати, але незнайомці закликали її залишитися лежати.

«Ви можете сказати нам, хто ви? Ви пам'ятаєте своє ім'я?» — запитала жінка, яка говорила по рації.

«Так, мене звати Гелен, Гелен Грінвей».

Жінка знову заговорила в рацію. «Тут, на підлозі у вестибюлі, лежить жінка європейської зовнішності. Вік приблизно шістдесят років, ім'я: Гелен, Гелен Грінвей. Хтось її знає? Вона пацієнтка? Втекла з психіатричного відділення? Вона в повсякденному одязі, повторюю, вона в повсякденному одязі».

Прийшов молодий лікар зі своєю медичною сумкою. Він присів біля Гелен і запитав, чи вона не поранена. Коли вона похитала головою, він почав перевіряти її життєві показники.

«Я в порядку», — сказала Гелен. «Це моя дочка хвора!» Вона знову спробувала встати.

«Гелен», — сказав лікар, — «ви повинні залишитися сидіти, поки я не переконаюся, що ваші життєві показники в нормі».

Гелен покірно кивнула, як дитина, яку сварили.

Після того, як життєві показники Гелен були визнані прийнятними, її заохотили встати. Принесли інвалідний візок.

«Тепер, — сказав лікар, — сідайте, і ми підемо шукати вашу дочку».

«Я можу йти», — заперечила вона.

«Я буду штовхати», — наполягав він.

Коли вони прибули на поверх, де лежала Грейс, до них підбігла медсестра Бернс. «Слава Богу, ти в порядку, Гелен!»

«Ви її знаєте?» — запитав лікар.

«Так, ми давні друзі», — посміхнулася медсестра Бернс.

«Ну, вона знепритомніла біля будівлі, тому її привезли на інвалідному візку. Я перевірила її життєві показники. Вона здається в порядку, хоча, можливо, трохи недоспала. Крім того, вона голодна і зневоднена».

«Так, вона так зосередилася на здоров'ї своєї дочки, що важко було її нагодувати».

«Тоді поговоріть з її лікарем. Можливо, якщо потрібно, поставте їй крапельницю, але ми не можемо дозволити їй ходити в такому стані. Їй потрібна їжа і вода, і це потрібно негайно. Хто лікар її дочки?»

«У її дочки є команда лікарів — Крістіанссон, Еш і Акерман».

Лікар завагався. Він чув про операцію, про те, що хірургів викликали в екстреному порядку. Одного з них доставили літаком вночі. Ситуація була дійсно жахлива. Тепер він ще більше співчував жінці в інвалідному візку.

«У такому разі, подивіться, що ви можете зробити», — сказав він медсестрі Бернс. Потім до Гелен: «Вам потрібно поїсти, попити, а потім відпочити, щоб бути готовою, коли ваша дочка прокинеться. Вам потрібно бути надзвичайно сильною для неї».

Його слова не дійшли до Гелен, бо вона вже міцно заснула в інвалідному візку.

РОЗДІЛ 6

Хелен прокинулася через п'ятнадцять хвилин, знову в ліжку Грейс. Вона не пам'ятала, як туди потрапила. Вона натиснула кнопку на ліжку. За кілька хвилин прийшла медсестра Бернс з підносом, на якому стояла гаряча їжа і свіжа кава.

«Боюся, я нічого не можу їсти», — сказала Хелен.

«Або так, або внутрішньовенно. Вирішуйте самі, Гелен. Я незабаром закінчую чергування і пообіцяла лікарю-травматологу, що перед тим, як піти додому, подбаю, щоб ви поїли. Якщо ви не погодитеся, він домовиться з вашим лікарем, щоб вам поставили крапельницю і годували та поїли таким чином».

«Я відмовляюся від обох варіантів. Насправді я боюся лікарняної їжі. Я хочу вийти звідси і з'їсти щось інше. Далеко звідси».

«Так, це зрозуміло. Я думаю, ми можемо це зробити», — сказала медсестра Бернс, повернувшись і виходячи.

За мить вона повернулася в пальто, і вони з Гелен разом покинули лікарню. Вони йшли до маленького кафе, що було трохи далі по вулиці.

Це буде приємна перерва для обох.

РОЗДІЛ 7

«Її артеріальний тиск падає. Він за межами норми! Якщо ми не зробимо щось зараз, якщо не зупинимо кровотечу, то ми її втратимо», — сказав доктор Еш.

Усі присутні в операційній кинулися до неї і наблизилися.

«Зупиніть кровотечу, чорт забирай!» — наказав доктор Акерман.

Кров текла дуже сильно. Навіть всім разом вони не встигали робити все достатньо швидко. Кардіологічний апарат показав рівну лінію.

Він завивав.

«Ми мусимо її повернути! Ми просто мусимо!» — вигукнув доктор Крістіанссон.

РОЗДІЛ 8

У кафе Гелен Грінвей копала виделкою в купі картопляного пюре. Вона відрізала шматок стейка і засунула його між зубами. Вона жувала і жувала, намагаючись проковтнути, але їжа не хотіла спускатися.

«Так, — сказала медсестра Бернс, — ви скоро почуватиметеся краще».

Гелен відчула, як холод пробіг по її тілу, ніби хтось відчинив двері в холодний зимовий день. Двері залишилися зачиненими, але на її руках з'явилася гусяча шкіра. Вона згорнулася калачиком, намагаючись зігрітися. Звідкись невідомо звідки вона почула, як Грейс кличе її ім'я. За кілька секунд задзвонив телефон медсестри.

«Це доктор Крістіанссон. Я дзвоню, бо, як я розумію, ви там з мамою Грейс Грінвей, Гелен. Це правильно?»

Медсестра Бернс кивнула, але нічого не сказала, зберігаючи байдужий вираз обличчя.

«Грейс знову втратила свідомість. Я не впевнений...» Він замовк, не закінчивши свою страшну фразу. Він був виснажений.

«Я розумію», — сказала вона. «Ми одразу повернемося».

Гелен Грінвей впустила виделку, і сльози потекли з її очей. Гелен побігла до лікарні, а в вухах лунав голос її дочки.

РОЗДІЛ 9

«Грейс, ти повинна триматися!» — пролунав голос.

Грейс впізнала голос Вінсента. Він пішов. Він залишив її, а тепер повернувся.

«Де ти був?» — запитала вона, шукаючи його поглядом по кімнаті. Шукаючи його кобальтово-блакитні очі.

«Я тут», — сказав він, беручи її за руку. «Я завжди був тут».

«Але чому я не бачу тебе? Я так злякалася». Вона замовкла, відчуваючи, як його рука стискає її. «А потім згасло світло». Вона замовкла. «Я не думаю, що зможу триматися, Вінсенте. Я не думаю, що в мене вийде».

«Зможеш», — сказав він, і сльози потекли по його щоках на їхні сплетені руки. «Я тільки що знайшов тебе! Ми молодята, і ти обіцяла кохати мене вічно».

«Я завжди кохатиму тебе, Вінсенте. Вічно».

« Тоді ти повинна знайти спосіб залишитися, — сказав він. — Без тебе я ніщо, ніщо! Він впав на коліна, ніби його в серце влучила блискавка.

«Я намагаюся, коханий, — сказала вона. — Але тут так темно, так темно. Мені потрібно бачити тебе!

«Я тут, — сказав Вінсенте і міцно стиснув її руку.

«Я чую тебе. Я відчуваю тебе. Але де ти?»

Він вийшов у світло.

«Я не бачу тебе! Чому я не бачу тебе?»

«Зараз ніч, кохана, — сказав він. — І світло може пошкодити твої очі. Але повір мені, я тут. Я завжди був тут. Я обіцяв, що ніколи не покину тебе, і я завжди дотримуюся своїх обіцянок».

«Заспівай мені щось».

Він заспівав пісню з її скриньки для коштовностей, пісню, яка стала їхньою піснею.

В операційній панувала метушня: медичне обладнання та медичний персонал бігали туди-сюди, зіштовхуючись один з одним. Коли звук плоскої лінії закінчився і відновився нормальний ритм її серцебиття, в операційній пролунав невеликий вигук радості.

«Ми зробили це!» — вигукнув доктор Еш.

«Нам ще багато роботи», — нагадав йому доктор Акерман. «Грейс втратила багато крові. Їй може знадобитися кілька переливань, і ми все ще боремося з часом, щоб зупинити кровотечу».

«Я поговорю з її матір'ю», — сказав доктор Крістіанссон. «Можливо, вона зможе здати ще трохи крові. Завжди краще, коли кров здає член сім'ї».

Він легенько поплескав по спині обох головних хірургів і подивився на Грейс. Він кілька секунд дивився на монітор серцевого ритму, намагаючись все усвідомити. Все здавалося нормальним, або настільки нормальним, наскільки це можливо для молодої дівчини, яка двічі за останні 24 години втрачала свідомість.

МАТЕМАТИЧНИЙ СТАН ГРЕЙС КНИГА 1 І 2 ПОВНА...

монітор серцевого ритму, намагаючись все усвідомити. Все здавалося нормальним, або настільки нормальним, наскільки це можливо для молодої дівчини, яка двічі за останні 24 години втрачала свідомість.

«Ти чудово справляєшся», — сказав Вінсенте, гладячи її по лобі.

«Я хочу залишитися, але я така втомлена».

«Пам'ятаєш день нашого весілля? Пам'ятаєш наш будинок у Менлі? Як ми разом його прикрашали? Пам'ятаєш, як ти обіцяла мені вічність, пані Маріно?»

«Я пам'ятаю», — сказала вона. Потім вона підняла погляд, і світло, яке колись було далеко над нею, здавалося, наблизилося до неї. Воно було схоже на зірку, яка тягнула її, водночас борючись за власне життя. Грейс була дуже втомлена і прагнула відпочити, знайти спокій. Вона прагнула потрапити в сяйво зірки.

Це була куля зоряного світла. Вона крутилася і оберталася, штовхаючи всередину і назовні, весь час закликаючи Грейс приєднатися до неї. Це була зірка Фібоначчі; частина Чумацького Шляху і єдина річ, яка заважала їй приєднатися до неї, як її власна Золота середина, Вінсенте.

«Грейс», — сказав Вінсенте.

Його голос здавався таким далеким, і вона відчувала сильний холод і самотність. Пекуче тепло в ядрі зірки дихало на неї і зігрівало її на відстані. Приєднатися до неї було б так просто. Це було б так легко.

«О ні!» — вигукнув доктор Еш. «Тільки не знову! Не так скоро! Ми її втрачаємо!»

«Вона втратила занадто багато крові!»

— вигукнув доктор Акерман. — Де доктор Крістіанссон з новинами про переливання крові? Нам потрібно негайно перелити їй більше крові! Ми не можемо чекати на її маму. Почніть переливання зараз.

За кілька секунд чужа кров почала надходити в безсиле тіло Грейс.

Спочатку її тіло, здавалося, прийняло її. Жадібно випило. Однак незабаром нова кров відторгнула стару.

Тоді почалася справжня битва.

«Вінсенте?»

«Так, кохана».

«Я боюся померти».

«Ще не твій час», — сказав він. «Це не може бути твій час».

«Звідки ти знаєш?» — запитала вона, коли в її тілі запалала спека. Вона то горіла, то мерзла. А весь цей час її вабило світло зірок.

«Тому що я живу тільки для тебе».

«Але мені дуже погано, дуже погано, Вінсенте».

«Як ти себе почуваєш, кохана? Скажи мені».

«Мені здається, що я перебуваю над землею і дивлюся на себе на операційному столі. Я бачу, як вони мене тикають, штурхають і метушаться навколо».

«Вони тобі допомагають, кохана».

«Так, але мені так боляче».

«Ти можеш залишитися? Ти мусиш залишитися. Будь ласка. Зроби це для мене. Для свого чоловіка».

«Я не можу витримати біль. Я хочу... Я хочу...»

«Я знаю, чого ти хочеш, Грейс, — сказав він. — Я впевнений, ти хотіла б побачити свою маму».

«Але Вінсенте, моя мама померла».

«Ні, вона жива і зараз їде до тебе. Тримайся».

«Як це можливо? Ще хвилину тому ми були в Менлі, і в світі не було нікого, крім нас з тобою, а тепер... стільки людей навколо. І страшенний біль, нестерпний біль».

«Пам'ятаєш згустки, Грейс?»

«Згустки, так».

«Їх було більше ніж один. Вони лопнули. Ми всі боремося за тебе. Не відпускай, Грейс. Ти теж повинна боротися. Я люблю тебе. Я не можу відпустити тебе. Будь ласка, не відпускай!»

«Вінсенте, я така втомлена! Можливо, настав час — тобі відпустити мене».

«Ніколи!» — викрикнув він. Він дивився, як її повіки тремтіли і закривалися. Нарешті він прошепотів їй на вухо: «Тоді відпочинь, кохана. Так, закрий очі і відпочинь. Я заспіваю тобі колискову, але, будь ласка, не залишай мене».

Вона продовжувала дихати. Вінсенте співав їхню особливу пісню, а сльози текли по його щоках.

РОЗДІЛ 10

Гелен і медсестра Бернс повернулися до лікарні, де на них чекав доктор Крістіанссон. «Як ви себе почуваєте, Гелен?» — запитав він, ведучи її до операційної.

«Я в порядку, я турбуюся про свою дочку!»

«Я розумію, що раніше ви почувалися зле і знепритомніли? Це так?» Він подивився на медсестру Бернс, і вона кивнула.

«Я знепритомніла, але яке це має значення? Що відбувається з моєю дочкою?»

«Я побоююся, що нам може знадобитися ваша кров для переливання. Найкраще, коли вона походить від когось, хто має прямий стосунок до пацієнта».

Гелен кивнула, а потім прикрила обличчя руками. Вона відчувала неймовірну втому, але хотіла допомогти. Вона мусила допомогти.

«Давайте підемо нагору до кімнати для забору крові для спостереження». Потім до медсестри Бернс: «Гелен нещодавно щось їла?»

Медсестра Бернс кивнула і показала йому, скільки. Цього не вистачило б навіть, щоб прогодувати пташку.

«Ось так, ось так», — сказала медсестра Бернс до Гелен, коли вони йшли коридором.

Задзвонив пейджер доктора Крістіанссона. «Одну хвилинку, будь ласка», — сказав він. Він відійшов від них. «Зміна планів. Я повинен відвести вас до вашої дочки — зараз. Ходіть, мийте руки».

Медсестра Бернс зробила рух, щоб повернутися на своє місце, але доктор Крістіанссон попросив її залишитися.

«Перш ніж ми зайдемо, — попередив він, — я мушу сказати вам, місіс Грінвей, Гелен, що ми вже кілька разів втрачали вашу дочку».

«Втрачали?»

«Так. Тобто у неї була зупинка серця. Її серце зупинилося, але лише на кілька хвилин».

Гелен стримала ридання.

Вони увійшли в операційну.

Грейс лежала без свідомості на операційному столі.

«Мамо!» — вигукнула Грейс.

Гелен підійшла до неї і взяла її за руку. Вона подивилася дочці в очі.

«Це мама Грейс, Гелен», — пояснив доктор Акерман іншим членам медичної команди.

«Дякую, що так швидко приїхали», — сказав доктор Еш.

«Приємно познайомитися. Грейс — дуже хоробра дівчинка».

«Як вона, насправді?» — запитала Гелен.

«Було непевно, але її життєві показники стабілізувалися. Ми стежимо за нею, і вона тримається».

«Дякую», — сказала Гелен. «Дякую всім!» — і вона відчула великий ком у горлі.

«Вибачте, докторе Еш», — звернулася до нього одна з медсестер, яка стежила за життєвими показниками Грейс. «Чи не могли б ви підійти сюди на хвилинку, будь ласка?»

Він підійшов до неї і відразу ж зосередився на екрані.

«Мамо! Це я, Грейс, мамо!»

«Вона тебе не чує», — сказав Вінсенте.

«Що? Як це вона мене не чує? Вона ж стоїть прямо тут! Звичайно, вона мене чує! Мамо, це я, Грейс... Вінсент і я. Ми одружилися і кохаємо одне одного, мамо. Мамо!»

«Кохана, вона тебе не чує», — повторив Вінсент, гладячи її руку. Він нахилився і поцілував її в чоло.

«Вона не чує мене, але бачить. Ось — вона тримає мене за руку. Зачекай хвилинку — вона не бачить тебе, правда? Чому вона не бачить і не чує тебе, Вінсенте?»

«Я не знаю».

«Вінсенте, ти помер?»

Вінсенте засміявся, провів пальцями по волоссю: «Звичайно, я не помер. Я тут, поруч із тобою, тримаю тебе за руку».

«Але інші тебе не бачать, ні лікарі, ні моя мама. Вони рухаються навколо тебе, крізь тебе. Чому вони не можуть тебе бачити чи чути? Чому я єдина, хто знає, що ти тут? Я мертва? Ми обоє мертві?»

«Ми завжди разом, бо кохаємо одне одного. Наше кохання сильніше за всіх і все».

Дух Грейс раніше блукав по кімнаті, але тепер вона знову увійшла в своє тіло.

Спочатку вона намагалася боротися з болем. Потім вона намагалася прийняти біль, змиритися з ним, але це було для неї занадто важко. Вона не витримала. Вона розпалася на частини.

«Її життєві показники падають! Ми знову її втрачаємо!» — крикнув доктор Еш. Усі підійшли ближче до Грейс, відштовхуючи Гелен.

«Кровотеча повністю зупинилася», — підтвердив доктор Акерман. «Вона почувалася так добре. Я не можу знайти жодної причини для цього раптового рецидиву, окрім...» Він завагався і поглянув на Гелен Грінвей, яка стояла подалі від столу, заламуючи руки, як леді Макбет.

«Виведіть її звідси!» — крикнув доктор Еш.

«Що вони зараз кажуть, Вінсенте?» — запитала Грейс.

«Вони звинувачують твою маму в твоєму рецидиві. Коли ти повернулася до свого тіла і знову вийшла з нього, щось сталося. Вони думають, що ти вмираєш».

«Але я не вмираю! Я хочу жити!»

«Ми її втрачаємо!» — крикнув доктор Акерман. «Звільніть простір!» — вигукнув він, підійшовши і почавши серцеву реанімацію.

«Ні, я не залишу її!» — крикнула Гелен, коли її виштовхнули через розсувні двері в коридор.

«Мамо!» — крикнула Грейс, «Мамо!»

«Вона знову кровоточить», — підтвердив доктор Еш. «Тут ще більше згустків. Я не можу порахувати, скільки їх. Не знаю, скільки вона ще протримається!»

«Ми робимо для неї все, що можемо».

Дух Грейс повернувся в її тіло. Вона спробувала підвестися. У її голові почав кружляти і крутитися калейдоскоп кольорів, поки вона більше не могла бачити і чути Вінсента.

«Вінсенте, не залишай мене!» — кричала вона.

$$\textbf{\Huge ✳✳✳}$$

«Вінсенте?» — запитав доктор Еш. «Хто такий Вінсенте?»

«Це хлопець, який відправив її до лікарні», — відповів доктор Крістіанссон.

«Може, нам варто зв'язатися з ним і попросити його приїхати до лікарні?»

«Зараз середина ночі. Можливо, його не вдасться сюди привезти».

«Просто зробіть це!» — вигукнув доктор Еш. «Нам потрібна будь-яка допомога!»

«Грейс, послухай мене», — сказав доктор Еш, нахилившись до неї ближче. «Ми робимо для тебе все, що можемо. Сподіваюся, ти мене чуєш. Ми тебе чуємо. Ми дзвонимо Вінсенту. Він скоро буде тут, поруч із тобою. Тож, будь ласка, тримайся. Будь сильною».

Грейс не чула його. Вона була десь у темряві, зовсім сама.

РОЗДІЛ 11

У фойє Хелен Грінвей прошепотіла в телефон: «Привіт, Вінсенте, вибач, що турбую тебе так пізно».

«Хто це?»

«Вибач», — вона завагалася, а потім продовжила, представившись. «Це Грейс. Грейс — причина, через яку я дзвоню тобі так пізно. Це її мама, Хелен Грінвей, говорить».

«З нею все гаразд? Вона не...?» — він зупинився, і його голос стих. Він боявся почути те, що буде далі. Чи він її вбив? Він не зміг би цього витримати, якби це було так, хоча знав, що це не його провина. Він не міг цього знати. Його розум повернувся до сьогодення. Він був майже впевнений, що Гелен Грінвей вже відповіла. На іншому кінці дроту запала повна т иша.

«Ви там, Вінсенте?» — запитала вона, чекаючи на його відповідь. Вона все пояснила, виклала свою позицію. Він мовчав. Не хоче приїхати до лікарні? Напевно, ні. Ні, мабуть, він просто ще не прокинувся. Коли відповіді так і не було, вона підштовхнула: «Грейс, моя Грейс, потребує вас, Вінсенте».

Він з полегшенням відкинув голову назад, дізнавшись, що вона ще жива і дихає: «Я буду там зранку».

«Ні, будь ласка, приїжджай негайно. Грейс зараз потребує тебе. Вона кличе тебе. Лікарі кажуть, що ти повинен приїхати до лікарні зараз, поки не стало запізно».

Вінсенте крутилася голова від того, що його розбудили серед ночі, і від думок про те, як він дістанеться до лікарні. Йому доведеться розбудити маму і попросити її відвезти його туди, а тоді вона буде задавати йому безліч питань. Не кажучи вже про те, як він дістанеться додому?

«Будь ласка, скажи «так», і я вишлю тобі таксі. Зачекайте хвилинку», — Гелен прикрила рукою телефон. Медсестра підтвердила, що до будинку Вінсента приїде машина, щоб забрати його і відвезти додому. «До вас приїде машина, Вінсенте. Будь ласка, підтвердьте, що ви приїдете до лікарні, щоб побачити мою дочку. Вона просить вас. Будь ласка».

«Гаразд, але дайте мені кілька хвилин, щоб одягнутися і залишити записку мамі».

«Мені потрібно підтвердити вашу адресу», — запитала секретарка на тому кінці дроту, перевіривши записи лікарні.

«Так, все правильно», — відповів Вінсент.

«Машина вже їде, будь ласка, чекайте».

«Буду», — сказав Вінсент, поклавши слухавку і почавши одягати чорні джинси та білу футболку.

Він причесав волосся, а потім накинув на голову червону кофту з капюшоном, яка знову все розтріпала.

Далі він спустився по сходах, роблячи по два кроки за раз. Він написав короткий лист мамі і приклеїв його до холодильника. За кілька секунд машина приїхала.

Він сидів у машині, пристебнутий ременем безпеки, і їхав до лікарні. Він поклав голову на руку і дивився, як пролітає темрява.

Час від часу обличчя на Місяці ніби махало йому рукою. Чоловік на Місяці здавався дивно знайомим, схожим на щось середнє між Марком Твеном і Альбертом Ейнштейном.

Він зосередився на Місяці і зірках, намагаючись не заснути.

Він хотів бути повністю прокинутим. Він хотів…

Гелен пишалася собою, бо переконала Вінсента прийти до лікарні.

Хоча Хелен була дещо здивована, чому її дочка кликала його ім'я. Який вплив він мав на її серце, що вона так кликала його? Можливо, вона недооцінювала його. Або, може, він означав для її дочки більше, ніж Хелен усвідомлювала? Він був лише старшокласником, однокласником, об'єктом закоханості. З іншого боку, хіба вона сама не вийшла заміж за свого шкільного коханого?

Гелен ходила коридором туди-сюди. Коли вийшла медсестра Бернс, вона сказала: «Я не можу цього витримати! Не знати, що там відбувається з моєю дочкою! Це занадто!»

Медсестра Бернс розуміла, під яким тиском перебувала Гелен Грінвей, але її надмірна реакція та загальна схильність до паніки мали ефект доміно на інших пацієнтів та членів сімей, які чекали новин про своїх близьких.

Медсестра Бернс міцно взяла Гелен за спину і відвела її в тихий куточок, де прошепотіла їй: «Ваша дочка в найкращих руках. Я знаю, що це важко, але ви повинні намагатися зберігати спокій».

«Якби я тільки могла залишитися з нею, щоб підтримати її», — сказала Гелен.

«Грейс тримається, а лікарі думають тільки про неї — про те, чого вона хоче і що їй потрібно. Виживання вашої дочки — головний пріоритет лікарні».

«Так, але я її мама! Хіба я не маю права на пояснення? Хіба я не маю тут ніяких прав?»

«Звісно, ви маєте права, але вам доручили важливе завдання — привезти сюди Вінсенте. Я розумію, що він уже в дорозі?»

«Так, він уже в дорозі. Але я могла б допомогти своїй дочці, якби ви не виштовхнули мене з палати».

«Гелен, — дещо роздратовано сказала медсестра Бернс, — стан вашої дочки змінився, коли ви були з нею. Ви, здається, тільки додавали їй стресу в ті моменти». Вона завагалася. «Лікарі помітили цю зміну в стабільності вашої дочки. Тому вони вивели вас з операційної. Це було заради Грейс».

«Але немає жодної причини, щоб Грейс погіршився стан через мене. Я люблю її. Вона — моє життя».

«Ну, факти говорять самі за себе».

«Якщо я тут не потрібна, — сказала вона, надувши губи, — то я можу спуститися вниз і почекати на хлопчика Маріно. Мені потрібно чимось зайнятися».

«Звучить як дуже гарна ідея», — сказала медсестра Бернс. Вона поплескала Хелен по тильній стороні долоні, але цього разу Хелен відсунула руку. Вона засунула обидві руки в кишені і повільно пішла коридором. Звук її підборів лунав, коли вона йшла.

«Будь ласка, попросіть на рецепції повідомити нас, коли він приїде», — крикнула медсестра Бернс, коли двері ліфта зачинилися.

«Зроблю», — відповіла Хелен.

Коли двері ліфта відчинилися на першому поверсі, Гелен вийшла у вестибюль. Вона одразу помітила Вінсента. Він рухався у обертових дверях, засунувши руки в кишені джинсів і згорбивши плечі.

Гелен на мить застигла, розглядаючи хлопця, через якого її дочка потрапила до лікарні. Він виглядав розпатланим і не в своїй тарілці. Проте в червоній кофті з капюшоном, яка робила його блакитні очі ще блакитнішими, він був дуже привабливий. Він був схожий на поєднання Джеймса Діна і Роберта Редфорда.

Вона підійшла до нього. Він її ще не помітив.

Коли він раптово поглянув у її бік, вона була зненацька. На мить вона не могла дихати. Він не був звичайним хлопцем. У ньому було щось, щось зовсім інше.

«Привіт, Вінсенте», — сказала Гелен, простягаючи руку, щоб потиснути йому руку. Вона була трохи приголомшена, тому представилася йому, ніби вони раніше не зустрічалися.

Вінсенте подумав, що це було трохи дивно, адже вони зустрілися зовсім недавно. Він пробачив їй це, оскільки вона мала великі мішки під очима і виглядала так, ніби спала в одязі.

Він прийняв її руку і міцно потиснув її. Він дозволив їй взяти його під руку і провести до стійки реєстрації. Гелен попросила адміністратора підтвердити його приїзд і повідомити про це на восьмий поверх.

Потім Гелен повела його до ліфта. Вони стояли пліч-о-пліч перед дверима, обійнявшись, але все ще як незнайомці, піднімаючись нагору.

Через кілька поверхів Вінсенте відчув потребу запитати про Грейс, про те, як вона себе почуває, і він це зробив. Гелен пояснила, що її не поінформували про стан дочки. Однак вона могла підтвердити, що Грейс питала про Вінсенте.

«Я радий допомогти їй у будь-який спосіб», — сказав Вінсенте. Це була правда — він був радий допомогти їй — але все ще не міг зрозуміти, чому вона викликала його до лікарні посеред ночі. Йому було її трохи шкода, якщо вона мала таке сумне і самотнє життя, що не мала нікого іншого, до кого могла б звернутися по допомогу.

Вінсенте дивився прямо на своє відображення у дверях ліфта. Він провів пальцями по розпатланому волоссю, сподіваючись приборкати його, але його спроба була невдалою.

«Ви маєте якесь уявлення, Вінсенте, чому моя дочка так просить про вас?»

«Чесно кажучи, для мене це загадка. Можливо, вона введена в оману...»

«Введена в оману чим?»

«Я не знаю. Ми майже не знаємо один одного. До того ж, вона просто не в моєму типі».

«Ти маєш на увазі, що моя дочка недостатньо популярна або недостатньо вродлива для тебе?» — запитала Гелен з неприємним відтінком у голосі, який не пройшов повз увагу Вінсента.

Він був у пастці в ліфті з жінкою, яка обіймала його за руку. Її нігті тепер впивалися в його рукави, наче кігті.

«Ой. Ні, я не мав на увазі цього»,

сказав Вінсенте, коли пролунав дзвінок, що сповіщав про прибуття на восьмий поверх. Двері відчинилися. Вінсенте відсунувся від Гелен, вийшов і попрямував до рецепції. Там були інші люди, а головне — свідки, на випадок, якщо Гелен Грінвей раптом зірветься.

Гелен залишилася стояти біля ліфта, але все ще прикувала Вінсенте до місця своїм поглядом.

Вінсенте поглянув на Гелен і зрозумів, що не справив на неї гарного враження. Але ж була середина ночі, він ще напівспав і не мав уявлення, чому він тут. Звісно, він знав, що Грейс Грінвей закохана в нього, але так само, як і половина дівчат у школі. Коли тебе проголошують зіркою спорту, це нормально.

За мить Вінсенте вже йшов коридором у супроводі одного з лікарів. Гелен йшла за ними, не відриваючи погляду від потилиці Вінсенте.

Акерман представився. Він розповів Вінсенте про подробиці, потім вони вимили руки і одягли необхідний медичний одяг.

— Я так розумію, ви дуже хороший друг Грейс?

— Ну, так, можна сказати.

Доктор Акерман проігнорував ухильну відповідь. «Грейс вже досить давно просить про вас. Вона буде неймовірно щаслива, дізнавшись, що ви тут для неї».

«Е-е, радий, що можу бути корисним».

«Сину, — продовжив доктор Акерман, — стан Грейс зараз стабільний. Їй було дуже важко, дуже важко. І, ну...»

« Наскільки важкий?»

«Це, е-е, конфіденційна інформація, але скажімо так, все було на межі».

«Ви хочете сказати, що вона ледь не померла?»

«Я маю на увазі, що все було не дуже добре. І, будь ласка, не кажіть і не робіть нічого, що могло б її засмутити або засмутити. Сьогодні тільки радісні думки, добре?»

«Радісні думки?»

«Так», — сказав доктор Акерман. «А тепер йдіть за мною».

$$***$$

Вони увійшли в операційну поруч через розпашні двері. Медичний персонал розступився перед Вінсентом, наче він був рок-зіркою.

Він одразу ж зосередився на Грейс. Вона лежала посередині столу, до якого було підключено кілька апаратів, наче щупальця.

Він глибоко вдихнув і підійшов ближче до столу. Він боявся, хоча й не знав, чому саме. Можливо, це було через те, що на нього дивилися пари пронизливих очей. Чого вони від нього чекали — дива?

Він подивився на безсиле тіло Грейс. Він бачив, як її груди піднімаються і опускаються.

Грейс дихала. Вона була жива. Він бачив її каштанове волосся, що спадало на плечі. Він бачив, як її повіки тремтіли, наче від нервового тику. Вона була жива десь там, за заплющеними повіками.

Він підійшов ближче, і його тіло зіткнулося з її рукою. Вона лежала біля неї, відкрита.

Він взяв руку Грейс у свою.

Він промовив її ім'я.

Її рука була холодною і не реагувала на його дотик. Він обійняв її руку і промовив: «Грейс». Він чекав, але нічого не сталося. Вона була без свідомості. Вона не могла його відчути чи почути, тож що він тут робив? Що він мав робити тепер? Він оглянув кімнату, подивився на порожні обличчя. Вони не могли допомогти. Зовсім не могли.

Але всі погляди все ще були прикуті до нього. Що він мав сказати? Що він мав робити? Він хотів втекти з кімнати.

Він хотів лише одного — повернутися до тепла своєї ліжка.

РОЗДІЛ 12

Грейс повернулася у своє тіло, але її почуття були приглушені. Вона не відчувала, як Вінсент тримає її за руку, хоча бачила, що він це робить.

«Грейс, це я, Вінсент», — сказав він, сподіваючись, що вона якимось чином відреагує на його присутність.

Грейс чула його, але його голос звучав інакше. Віддалено.

«Поговоріть з нею», — підказав доктор Еш. «Поговоріть з нею про що завгодно!»

Медичний персонал підійшов ближче. Чути було лише звуки апаратів.

На лобі Вінсента виступили краплі поту. Він сказав: «Ми сумуємо за тобою, Грейс. Ми сумуємо за тобою в школі. Ти занадто довго не приходиш». Вінсент усвідомлював, що цей діалог був невдалим, але просто плив за течією. Він намагався налагодити нормальну розмову, але, на жаль, вона була односторонньою.

Грейс засумнівалася в його особі. Хто був цей дивний хлопчик з коротким блондинистим волоссям, темними очима і червоною кофтою? Якби це був її Вінсент, він не розмовляв би з нею про школу. Школа!? Там вони зіткнулися з деревом, яке їсть ворон!

«Ми виграли матч з крикету днями!» — сказав Вінсент, надто захоплено.

Він знову провів пальцями по волоссі. Він намагався засунути кулаки в кишені, але через хірургічний одяг це було неможливо. Однак сама спроба застосувати свій звичайний механізм адаптації допомогла йому розслабитися.

Грейс замислилася, чи хтось не грає з нею в жарти. Вона подивилася на всі незнайомі обличчя, на всі ці пильні погляди. Вона не знала більшість із них, але вони бачили цього Вінсента. Вони спостерігали за ним.

Грейс вийшла зі свого тіла і почала літати по кімнаті.

Зверху вона спостерігала за цим Вінсентом. Він зовсім не був схожий на себе. Він був холодним. Вона не могла відчути його дотик, але так хотіла цього. Коли вона помітила, що він тримає її за руку, її серце почало битися і стукати. Занадто швидко вона стрибнула назад у своє тіло.

Серцевий апарат відреагував ще однією рівною лінією.

***

Грейс дивилася на світло, а сльози текли по її обличчю. Під нею медичний персонал бігав навколо операційної, ніби наставав кінець світу. Вона знала, що єдине, що закінчувалося, — це її власне життя.

Вона боролася зі світлом зірок, яке манило її. Кликало її.

Тепер воно блимало і кивало, і вона зрозуміла, що настав її час. Час рухатися до нього. Нарешті настав час згоріти разом із зіркою Фібоначчі.

«Скажи їй, що ти її кохаєш!» — крикнув хтось.

«Але я не кохаю!» — тихо відповів Вінсент.

Незабаром світло зірки ставало дедалі гарячішим і гарячішим. Воно вже не чекало, поки вона підійде до нього. Воно йшло за нею.

«Я кохаю тебе, Грейс!» — крикнув він.

Занадто пізно.

***

Коли вони виводили Вінсенте з кімнати, він все ще кричав ці слова. Правда, для нього вони були безглуздими, неправдивими почуттями. Словами, які він говорив лише з доброти, щоб врятувати її від краю прірви.

Він знову викрикнув їх. Цього разу його голос відлунював коридорами і виходив у космос: «Я кохаю тебе, Грейс Грінвей!»

«Я теж кохаю тебе, Вінсенте!» — викрикнула вона у відповідь. Через хаос і галас, що супроводжували спроби врятувати їй життя, він її не почув.

Раптом гаряча зірка почала обертатися і крутитися. Незабаром вона вже не наближалася до неї і не палила її своїм теплом. Натомість вона випромінювала пульсуючі хвилі і перетворилася на нейтронну зірку.

Втративши контроль над собою, Грейс Грінвей промовила до себе: «Я хочу жити. Я хочу жити».

РОЗДІЛ 13

Через два дні Грейс Грінвей прокинулася без тромбів і вже не перебувала в небезпеці. Її потрібно було б деякий час пильно спостерігати, але незабаром вона змогла б повернутися додому.

«Вінсенте, мамо», — сказала вона сонним голосом, а сльози текли по її щоках. Це були сльози чистого щастя від того, що вона жива. Сльози вдячності за те, що вона може розділити цю мить з двома людьми, яких вона любить найбільше у світі.

Вона простягнула руки, щоб обійняти їх обох разом. Вони притиснулися до неї. Вона відчувала тепло і силу їхніх тіл, ніби отримувала енергію від їхньої спільної сили.

Вінсенте і Гелен дивилися один на одного, чекаючи, поки Грейс відпустить їх.

«Ти відчуваєш біль?» — запитала Гелен.

«Я просто втомилася, мамо».

«Я радий, що тобі краще», — сказав Вінсенте. «Я піду по лікарів — повідомлю їм, що ти прокинулася».

Він повернувся і вийшов з кімнати. Він стояв там хвилину, відчуваючи вдячність за те, що вона повністю одужала. Думаючи, що тепер, можливо, він виконав свій обов'язок і може йти додому. Він сподівався, що вона забула або не чула того, що він був змушений сказати їй в операційній. Він був радий, що Гелен Грінвей не була там, щоб почути його вимушену і неправдиву заяву.

Він прийняв той факт, що вчинив правильно, щоб допомогти їй. Тепер його єдина надія полягала в тому, що на цьому все закінчиться. Він хотів повернути своє колишнє життя. І в тому житті не було місця для Грейс Грінвей.

***

— То, мамо, він тобі подобається? — запитала Грейс.

— Він хороший хлопець, — сказала Гелен. — Я розумію, чому він тобі подобається.

— Подобається? — вигукнула Грейс. — Він мені не просто подобається, мамо. Ми одружені! Дивись! — сказала вона, підносячи до матері безперстний палець. На ньому не було обручки.

«Все гаразд, Грейс», — заспокоїла її Гелен, помітивши занепокоєння дочки. «Нічого страшного, якщо ти трохи розгублена. Ти багато пережила за останні кілька днів».

«Мамо, це правда! Ти мені не віриш, так?»

«Не хвилюйся, люба», — сказала Гелен, погладжуючи дочку по руці.

«Ми одружилися, мамо. Одружилися!» — повторила Грейс. Двері відчинилися, і Гелен вибігла в коридор, залишивши дочку в розпачі і самотній.

Дивно, подумала Грейс. Дуже дивно. Де мої обручки?

***

У коридорі Гелен Грінвей зіткнулася з доктором Акерманом. Він саме йшов, почувши від Вінсента добру новину, що вона прокинулася і притомна.

«О, докторе Акерман!» — вигукнула Гелен.

«Ой, що сталося? Мені зайти? У неї рецидив? Вінсент казав, що вона почувається добре. Прокинулася і розмовляє. Повністю притомна».

«Так, докторе Акерман. Вона прокинулася і розмовляє, але, здається, вона вважає, що одружилася з Вінсентом Маріно!»

«Ой, як це можливо?»

«Вона сказала мені, що вони одружилися. Вона і Вінсенте. Крім того, вона намагалася показати мені свої обручки. Вона була дуже засмучена, коли виявила, що їх немає».

Вінсенте вийшов з відкритого ліфта, несучи піднос з капучино. Він підійшов до них.

Доктор Акерман подивився на Вінсенте і зупинив його жестом руки. Потім він повів Вінсенте до зони відпочинку, де попросив його залишитися. Акерман повернувся до Гелен.

Вінсенте сів і почав потягувати каву з однієї з чашок.

«Я хотів би поговорити з Грейс — наодинці — кілька хвилин», — сказав доктор Акерман. «Будь ласка, зачекайте тут з Вінсенте, Гелен, я потім поговорю з вами обома».

Гелен сіла поруч із Вінсенте. Він запропонував їй чашку кави. Вона ввічливо відмовилася, а потім обійняла себе руками.

Вінсенте знав, що щось сталося, але не мав уявлення, що саме. Він випив ще один ковток кави і сподівався, що його скоро відпустять додому. Він був виснажений і майже впевнений, що Гелен хоче побути з дочкою наодинці.

Зрештою, на його думку, це була сімейна справа.

***

Коли доктор Акерман вийшов із кімнати Грейс, стурбований вираз його обличчя говорив сам за себе.

Гелен одразу встала і підійшла до нього.

Вінсенте також одразу помітив похмурий вираз обличчя лікаря. Що б не відбувалося в палаті Грейс, це точно не були хороші новини. Він замислився, чи повернеться він коли-небудь додому.

— Гелен, — сказав доктор Акерман, — нам потрібно поговорити наодинці. Будь ласка, пройдіть до мого кабінету.

«Про що?» Гелен відвела погляд від місця, де сидів Вінсенте.

«Він буде в порядку там, де є, доки ми не повернемося», — сказав доктор Акерман. Потім до Вінсенте: «Будь ласка, зачекайте, ми незабаром все вам пояснимо».

Вінсенте кивнув, а потім почав потягувати другий капучино — напій Гелен. Зрештою, вона його не хотіла, а він за нього заплатив. Навіщо давати йому охолонути? До того ж, йому потрібна була кофеїн, щоб не заснути. Він дістав телефон і пограв у Bejeweled Blitz, а потім переглянув Facebook. У нього було одне повідомлення від Міссі Малоун. Вона хотіла зустрітися пізніше. Він сподівався, що не буде занадто втомленим від усієї цієї справи з Грейс Грінвей.

З цікавістю він підійшов до дверей Грейс і зазирнув крізь скло. Грейс міцно спала. Дивно, подумав він, адже вона щойно прокинулася. Вінсент повернувся на своє місце. Думаючи про Грейс, він зробив ще один ковток кави Гелен. Він випив і чашку Грейс, перш ніж вони повернулися за ним.

РОЗДІЛ 14

«Гелен, ми сподівалися, що втрата пам'яті Грейс буде виправлена. Однак, здається, тепер у нас з'явилися додаткові проблеми».

«То вона тобі теж розповіла? Що вона одружена з Вінсентом?»

«Так, і вона не тільки розповіла мені, що вони одружені, але й описала все дуже детально. Це було майже так, ніби вона знову переживала це. Це було так реально, така повна картина. Я майже чула, як у фоні грала та романтична пісня».

«Яка романтична пісня?» — запитала Гелен.

«Вона сказала, що це пісня зі старої шкатулки для коштовностей».

«Так, я пам'ятаю її. Батько Грейс і я подарували їй її на Різдво, коли вона була маленькою дівчинкою».

«А, дитячий подарунок, який вона тепер уявила собі як свою весільну пісню. Ваша дочка, безперечно, має дуже багату уяву», сказав доктор Акерман.

«То що нам робити, докторе? Сказати їй правду? Ми мусимо сказати їй правду».

«Розум — дуже тендітна річ. Можливо, коли Грейс боролася за своє життя, вона створила цю ситуацію як механізм виживання. Щоб дати собі щось, заради чого варто жити, за що варто боротися. Це первинна техніка. Коли ми стоїмо на порозі смерті, ми іноді створюємо або вигадуємо альтернативну реальність».

«Але моя дочка вже мала стільки причин жити!» — сказала Гелен.

«Так, ви так думаєте, і я так думаю, але чи погодилася б Грейс?»

«То що ви кажете, докторе? Що нам робити?»

У двері постукали. Доктор Крістіанссон заглянув у кімнату. «Вибачте, що перериваю. Докторе Акерман, ви хотіли поговорити?»

«Так, якщо ви можете дати нам хвилинку, Гелен», — сказав Акерман. Він жестом запросив її сісти, а потім він і доктор Крістіанссон вийшли.

Гелен бездумно гортала журнал чи два. Лікарі приватно обговорювали непевну ситуацію Грейс.

«Боюся, що в цьому питанні у нас немає вибору», — сказав доктор Крістіанссон. «Ми мусимо погодитися з фантазією Грейс. Вона не достатньо сильна, щоб зараз зіткнутися з правдою. Якщо надто на неї тиснути, наслідки можуть бути досить згубними». «Я згоден», — підтримав доктор Акерман. «Найкраще, що ми можемо зробити для Грейс, поки вона не буде готова почути правду, — це підкріпити її власні ілюзії. Річ у тім, що ми маємо переконатися, що Вінсент згоден на це. Ми маємо розповісти йому все, що Грейс нам розповіла.

Ми повинні переконати його погодитися на цю хитрість, поки Грейс не буде готова, тобто достатньо сильна як психічно, так і фізично, щоб сприйняти правду».

«Так, хлопчик Маріно вже допомагав Грейс раніше, і я сподіваюся, що він зможе допомогти їй знову», — сказав Крістіанссон.

«А коли вона буде достатньо здорова і сильна, ми розповімо їй правду», — підтвердив доктор Акерман.

«Мені це не подобається», — сказала Гелен, коли лікарі розповіли їй про свій план. «Ми будемо підживлювати її уяву і поширювати брехню та ще більше брехні».

«Але для Грейс це не брехня. Вона вірить кожному слову, і саме її інтереси ми маємо ставити на перше місце», — сказав доктор Акерман.

«А що, якщо хлопець не погодиться на це?» — запитала Гелен.

«Він мусить погодитися, — сказав Акерман. — Іншого виходу немає. Грейс пройшла такий довгий шлях і вже майже одужала фізично. Її тіло може не витримати ще одного рецидиву. Наразі психічна стабільність Грейс є надзвичайно важливою».

«Грейс створила цей сон, і Вінсент є його важливою частиною. Він повинен погодитися допомогти їй. Ми маємо переконати його в його важливості для неї», — сказав доктор Крістіанссон.

«Як довго ми всі будемо грати в цю гру?» — запитала Гелен.

«Ми будемо грати, доки вона не буде готова, — сказав доктор Крістіанссон, — і ні хвилиною довше».

«Що ж тоді сказати хлопцеві?» — запитала Гелен. «Як я можу змусити його зрозуміти, якщо сама не можу до кінця цього зрозуміти? Мені не подобається думка обманювати власну дочку».

«Він повинен довіряти нам, довіряти Грейс. Коли вона буде готова зіткнутися з реальністю — почути правду — тоді і тільки тоді все повернеться на свої місця», — сказав Акерман.

«Я зроблю все, щоб переконати його».

«Удачі», — сказав доктор Акерман.

«Якщо вам потрібна моя допомога...», — втрутився доктор Крістіанссон, «...якщо ви хочете, щоб я поговорив з ним, щоб щось пояснив, то надішліть хлопчика до мене».

«Дякую», — сказала Гелен.

РОЗДІЛ 15

Гелен зайшла до жіночого туалету і вмила руки. Перебування в лікарні 24 години на добу, 7 днів на тиждень, здавалося, вимагало параної щодо мікробів.

Вона простягнула праву руку і помітила, що вона тремтить. Вона не мала уявлення, як переконати хлопця погодитися на таку дивну брехню. Будь-хто, хто має життєвий досвід, напевно розуміє, що правда завжди найкраща. Але тут вона була змушена переконати Вінсента стати спільником у підтримці марення Грейс.

Вона занурила руку в сумочку, помацала її і дістала дві помади. Вона нанесла одну, і це якось трохи поліпшило її самопочуття. Знову зануривши руку в сумочку, вона дістала парфуми і нанесла невелику кількість за вухами. Тепер вона була готова вийти і поговорити з Вінсентом.

Гелен зачинила за собою двері і вийшла в залючений коридор. Її на кілька секунд притиснуло до стіни, коли персонал лікарні протаранив її каталкою. Вона глибоко вдихнула, зібралася з думками і почала йти до зали очікування.

Вона побачила Вінсента, а він побачив її. Вона помахала йому рукою, а потім замислилася, чи не була вона занадто фамільярною. Вона стримала себе, поклавши руку на шкіряний ремінець сумочки. Тепер вона виглядала як людина, яка боїться, що її пограбують.

Вінсент побачив, як Гелен Грінвей швидко рухається до нього. Він подивився на неї секунду, а потім подивився на свої ноги. Він одразу помітив, що вона причепурилася, і замислився, чому. Можливо, вона зацікавилася одним із лікарів? Чи не зарано це після смерті її чоловіка? Він не був упевнений, але не був тим, хто судить про те, що люди говорять або роблять.

Гелен сіла навпроти Вінсента і назвала його ім'я. Він підвів погляд і чекав, що вона скаже ще щось, але вона мовчала. Він знову опустив погляд на свої ноги. Він був дуже втомлений, смертельно втомлений, але три великі чашки кави пробудили його розум.

Вона знову назвала його ім'я і нахилилася вперед, поклавши лікті на коліна.

Він сів у кріслі і вдавав, що йому потрібно розім'ятися і позіхнути. Тиша ставала все більш незручною.

Хелен дочекалася, поки він закінчить рухатися, і відразу перейшла до справи. «Вінсенте, мені потрібна твоя допомога в одній справі, досить особистій».

Він завагався і нахилився, тепер вже зацікавлений.

«Можу я говорити з тобою відверто і відкрито?» — прошепотіла вона.

Він справді зацікавився. До нього раніше залицялися старші жінки — але зазвичай не такі старі — і не жінки, які були матерями його однокласників.

Раптом він відчув себе незручно. Його першою реакцією було перервати її і бути з нею абсолютно відвертим. Але з іншого боку, хоча він не був зацікавлений анітрохи, йому було цікаво, що вона збиралася сказати. Як вона збиралася це зробити. І він замислився, чи, можливо, шок від того, що пережила Грейс, також позначився на ній. Тож замість того, щоб щось сказати, він сидів нерухомо і чекав.

Гелен нахилилася ближче: «Те, про що я хочу тебе попросити, досить незручне», — вона завагалася і нервово захихикала. «Я маю на увазі, це смішно! Але я сподіваюся, що ти все одно скажеш «так» і погодишся мені допомогти».

Гелен кліпнула віями і завагалася. Вона випрямилася, а потім знову нахилилася. Цього разу ще ближче до Вінсента, настільки, що їхні коліна майже торкалися. Потім вона ніби махнула рукою, створивши простір між ними, і дозволила своїй руці ледь торкнутися його коліна.

Вона була так близько, що він відчував її подих на своєму обличчі.

Вінсенте незграбно відсунувся на стільці. Підтягнув ноги під сидіння. Схрестив руки на грудях. Він зосередив свою увагу на підлозі. Він боровся з бажанням дістати телефон, щоб відволіктися від цього божевільного сценарію.

«Це Грейс, Вінсенте. Схоже, що так. Ну, мені важко це сказати. Особливо такому молодому хлопцю, як ти, який, як я уявляю, вже має дівчину. А може, навіть більше ніж одну?» Гелен завагалася, перш ніж кинути бомбу, і подивилася йому прямо в очі. Вона намагалася знайти з ним спільну мову, налагодити зв'язок на його умовах. Якщо їй вдасться подолати різницю у віці між ними, то, можливо, він зрозуміє. Можливо, він погодиться.

Вінсенте вважав, що це стає незручним. Він хотів позбавити її страждань: «У мене є дівчина, е-е-е, місіс Грінвей. Ми не живемо разом, хоча між нами є взаєморозуміння, якщо ви розумієте, про що я?»

Він щойно підморгнув? Гелен була впевнена, що бачила, як він підморгнув! І їй це не сподобалося, анітрохи.

Вінсенте хотів, щоб вона пішла. Він був дуже втомлений і хотів тільки одного — піти додому. Нетерплячий і обурений, він встав.

«Так, я розумію, що ви маєте на увазі, Вінсенте, — незручно сказала Гелен. — Будь ласка, сідайте».

Вінсенте сів. Він знову схрестив руки, створивши фізичний бар'єр між ними.

«Вінсенте, моя дочка закохалася в вас. Ти це знаєш, правда?»

«Так, я знаю, що я їй подобаюся. Грейс — чудова! Вона врятувала мені життя, допомагаючи з математикою. Без неї мене б уже вигнали з команди».

«Справді? Я цього не знала. То ти її знав особисто?»

«Не особисто, як хлопець і дівчина, ні. Але ми були товаришами. Друзями».

«Але ти зірка крикету, і ти гарний. Я розумію, чому вона, е-е, закохалася в тебе. Але я хочу тебе запитати...» Вона зупинилася і заїкалася, не знаючи, як перейти до суті.

«Вибачте, пані Грінвей, але я мушу перейти до суті. Це була надзвичайно довга ніч, і я втомився. Я повинен сказати, що мені лестить ваша... е-е-е... увага, яку ви мені виявляєте, але, як я вже казав, у мене з моєю дівчиною Міссі є певна домовленість».

«Я впевнена, що вона не буде проти, зважаючи на обставини, адже ви допомагаєте комусь — людині, яка цього потребує. Зрештою, це питання життя і смерті», — сказала Гелен.

«Ви трохи драматизуєте, чи не так, місіс Грінвей?» Вінсенте розвів руки і наблизився до неї. «Я втішений і все таке, але, знаєте, чи не можете ви знайти когось, хто більше, ну, ближче до вашого віку? Наприклад, когось із лікарів?»

«Що!» — вигукнула Гелен, відсунувшись від Вінсента Маріно настільки, наскільки це було можливо, сидячи навпроти нього. Потім вона встала і відсунулася ще далі, повернувшись до нього спиною. Вона глибоко вдихнула, відновивши самовладання, коли Вінсент ніжно поплескав її по попі. Вона підскочила, борючись із бажанням дати йому ляпаса.

«До твого відома, — виправила вона, тепер вже розлючена, — я не вважаю тебе ані трохи привабливим, ти дурний, дурний хлопчику!»

«Звісно, звісно, я відкидаю тебе, а ти стаєш неприємною — я бачу, в що ти граєш. Але не грайся зі мною занадто, бо мені це може сподобатися», — він наблизився до неї ще ближче.

«Припини це!» — сказала Хелен тремтячим голосом, коли Вінсенте Маріно наблизився до неї ще ближче. Вона тепер міцно притиснулася до спинки стільця — і була змушена сісти. Її обличчя почервоніло, а все тіло тремтіло.

«Я маю достатньо цієї нісенітниці», — сказав Вінсенте. «Я прийшов сюди посеред ночі, щоб допомогти твоїй дочці... добре.

Але вона вже повернулася в палату, а я тут що, просто так сиджу? Не знаю. Тільки не для того, щоб її мама до мене залицялася!»

Обличчя Гелен стало червоним, як буряк. «Вінсенте, мені потрібна твоя допомога, тому я проігnorую це непорозуміння і скажу прямо. Не було розумно ходити навколо да навколо!»

Вінсенте нетерпляче кивнув, але продовжував слухати.

«Грейс перебуває в ілюзії, що ви з нею одружені».

«Що?»

«Це правда. Вона прокинулася і зациклилася на цій ідеї про вас двох. Вона створила у своїй уяві фантазію».

«Одружені? Грейс Грінвей і я, одружені?»

«Так, вона так вважає».

«Тоді скажи їй правду. Чому ви мені це розповідаєте?»

«Тому що лікарі вважають, що ми повинні погодитися з цим, принаймні на даний момент».

«Під «ми» ви маєте на увазі мене, так? Ви очікуєте, що я буду грати роль чоловіка Грейс?»

«Я знаю, що це занадто велике прохання, Вінсенте. Але якщо ви зможете знайти в своєму серці сили, щоб допомогти їй, це може бути питанням життя і смерті для неї».

«Це занадто велике прохання», — сказав Вінсенте, встав і почав виходити з приймальні, «занадто велике».

Гелен зупинила його, схопивши за руку.

«Це найменше, що ти можеш зробити! Ти привів її сюди, з ударом по голові. Ти це зробив! Напевно, десь у тебе є моральний компас, совість. Грейс не була б тут, якби не ти! І, як ти сам сказав, Грейс допомогла тобі забезпечити собі місце в команді з крикету».

Вінсенте знав, що все це правда, хоча удар був випадковим. «Що саме ти хочеш, щоб я зробив?»

«Поводься як чоловік. Будь поруч з нею. Говори з нею. Тримай її за руку. Моя дочка розумна дівчина, вона сама скаже тобі, що їй потрібно».

«А що, якщо вона захоче, щоб ми робили те, що роблять одружені люди?» Він посміхнувся. «Тоді що?»

«Я впевнена, що до того, як ми дійдемо до цього, вона або почне згадувати правду, або я їй скажу».

«Чому б не уникнути цієї драми і не сказати їй правду зараз?»

«Звичайно, я б хотіла це зробити, але лікарі не радять», — сказала Гелен.

«Вони вважають, що Грейс перебуває в занадто делікатному стані, щоб шокувати її такою реальністю в цей час».

Вінсент відчував, що не має вибору в цьому питанні, він мусив погодитися. Хоча він абсолютно не погоджувався з лікарями, він вирішив погодитися. «А як щодо школи?» — запитав він. «У мене завтра — тобто сьогодні — гра».

«Грейс пам'ятатиме, що ти в школі. А тим часом, можливо, ти можеш запросити інших учнів зі школи відвідати її. Знайомі обличчя можуть пробудити її пам'ять».

«Я не можу згадати нікого, з ким вона дружить, але я спробую. А тепер я можу йти додому?»

«Ні, поки не поговориш з нею. І пам'ятай, вона щойно розповіла мені новину — що ви нещодавно одружилися — і я їй не повірила. Я вибігла з кімнати і знайшла її лікаря. Тож я сподіваюся, що моя дочка буде дуже рада бачити тебе і досить сердита, бачачи мене. Вона також може захотіти представити тебе мені як свого чоловіка».

«Я зроблю все, що зможу, але я не дуже хороший актор і ніколи не був хорошим брехуном».

«Тоді давайте зробимо це виступом, гідним нагороди!» — підказала Гелен, коли вони йшли до кімнати Грейс.

«Ось і ми!» — сказав Вінсент, відчиняючи двері і тримаючи їх для своєї нової вигаданої тещі.

РОЗДІЛ 16

Грейс підняла голову і побачила, як її мама увійшла до кімнати, а за нею – Вінсент! Вона сіла, посміхаючись від вуха до вуха, і розкинула руки, щоб обійняти його. Він рухався до неї так повільно, що вона інтуїтивно зрозуміла, що щось не так.

«Кохана», — сказала Гелен веселим тоном, що здивувало Вінсента. «Я поговорила з Вінсентом, і він мені все розповів. Все про ваше весілля. Правда, Вінсенте?»

Вінсенте спочатку подивився на Грейс, а потім на Гелен. Вона кидала його на поталу, змушуючи брехати. У нього не було іншого вибору. «Так, я розповів твоїй мамі про нас», — сказав він. Він трохи наблизився до Грейс, яка обійняла його щиро.

Обіймаючи його, Грейс відчула дистанцію, якої раніше ніколи не відчувала. Їй здалося, ніби вона обіймає дерев'яну дошку.

Вони розійшлися, і Грейс глибоко подивилася Вінсенту в очі. Він щось приховував. А може, просто соромився?

Можливо, це було саме те, що вона була надто ніжною перед іншою людиною. Раніше вони були наодинці, тож їм доведеться звикнути до того, що інші люди будуть свідками їхнього кохання.

Грейс простягнула руку, взяла його руку в свою і сказала: «Я цілком розумію, як ти себе почуваєш, зважаючи на обставини. Ми не звикли бути такими ніжними — в присутності інших».

Вінсенте почувався як лайно. Його змушували це робити, і йому було шкода Грейс, яка не мала уявлення, що він лише грає роль. Але, судячи з усього, його гра залишала бажати кращого. «Так, саме так», — сказав Вінсенте. «Ти завжди була дуже чуйною до моїх, е-е, почуттів».

Грейс продовжувала спостерігати за його незручністю. Вінсент, відчуваючи, що вона пильно за ним стежить, і побоюючись, що вона може засмутитися, підніс її руку до своїх губ і поцілував її. Коли він підвів погляд, він дивився прямо в очі своїй нібито дружині. Нібито з її боку, але з його боку він бачив лише Грейс Грінвей — непримітну дівчину з математичними здібностями, що перевищували середній рівень і межували з геніальністю. Вони були повними протилежностями. Він ніколи не одружився б з нею, навіть якби вони були останніми двома людьми на планеті.

Грейс звернула увагу на свою маму, яка стояла в тлі і спостерігала за ними. Так, саме так. Її мама тепер мала підтвердження, але вона не погоджувалася з їхнім вибором. Зрештою, їм було лише шістнадцять років, і без дозволу батьків, можливо, в її розумінні їхнє одруження не було законним. Не кажучи вже про те, що ні міністр, ні священик, ні навіть мировий суддя не зробили його офіційним. Вони обмінялися обітницями та обручками. Це не було справжнє весілля, і все, що мала зробити її мама, — це анулювати його. Можливо, саме тому Вінсент виглядав таким переляканим?

Грейс подивилася на Гелен, яка стояла там зі сльозами на очах.

«Ти не радієш за нас, мамо?» — запитала Грейс.

«Звичайно, я дуже рада за вас обох, люба», — сказала Гелен, обіймаючи їх обох.

Тепер, коли все було так близько, Грейс подивилася Вінсенту в очі, а він відвернув погляд. Вона сказала: «Я знаю, що, мабуть, виглядаю жахливо», — і сльоза котилася по її щоці. «Це було таке довге випробування, операція і все інше». Вона глибоко вдихнула і зібралася з думками. Вінсенте спробував підбадьорити її посмішкою, і вона продовжила: «Я не можу дочекатися, коли ми зможемо повернутися до нормального життя. Коли ми зможемо повернутися до нашого будинку і плавати на пляжі, як раніше».

Вінсенте знову відвернув погляд. Як щур у клітці, його очі нервово бігали з боку в бік.

«Я впевнена, що Вінсент не може дочекатися цього моменту, коханий», — підштовхнула його Гелен.

Вінсент випустив «Хм», яке мало бути лише відлунням у його власній голові. На жаль, цей звук почули і помітили всі присутні. Гелен грізно поглянула на Вінсента, ніби він щойно скоїв вбивство. Грейс виглядала настільки ображеною, що з її очей потекли ще більше сльози.

«Ти не хочеш повернутися туди? До Менлі? Щоб знову бути щасливим?» Грейс була впевнена, що Вінсент змінився. Щось у ньому змінило його любов до неї, і це усвідомлення розбивало її серце на дві частини.

Гелен встромила лікоть у бік Вінсента. Він голосно розсміявся і ковтнув повітря, перш ніж сказати: «Ні, доки ти не одужаєш, Грейсі».

«Ти знаєш, як я це ненавиджу!»

«Що? Що ти ненавидиш?» — запитав Вінсент. Він був повністю збентежений і, безумовно, не справлявся з цією акторською роботою. Він попередив Гелен, що не вміє добре брехати, і тепер він все зіпсував. Зіпсував Грейс. Бідна дівчина.

«Ти знаєш, що я маю на увазі!» — крикнула Грейс. «Ти знаєш, що я ненавиджу. Як це викликає у мене мурашки по шкірі».

«О», — сказав Вінсенте, нарешті згадавши. Так, він уже раз назвав її «Грейсі», і вона на нього розлютилася. Тепер він повторив це. Який же він ідіот! «Вибач, Грейсі, я зовсім забув. Я такий втомлений, я не спав. Моя провина — це просто мозковий пробіл».

Тріо засміялося, і сміх тривав, поки Грейс не перервала його: «Якщо ти втомився, любий, йди додому. Ми можемо поговорити завтра».

Вінсенте подумав над цим. Його втеча була так близько, що він вже відчував її смак. Він відчайдушно хотів вибратися звідти, покінчити з цією жалюгідною комедією. «У мене сьогодні ввечері гра, тому я не зможу повернутися до вас до вечора».

«Нічого страшного. Тобі потрібно відпочити перед важливою грою», — сказала Грейс.

«Вінсенте, — сказала Гелен, — Грейс і я вдячні тобі за все, що ти зробив, щоб допомогти. Ми розуміємо, якщо тобі потрібно йти додому. Я замовлю тобі таксі».

«Не потрібно, — сказав Вінсенте, — мама дзвонила трохи раніше і сказала, що чекатиме на мене зовні.

Вона побачила записку, яку я залишив, і занепокоїлася».

«Я б хотіла колись з нею познайомитися», — сказала Гелен.

«Так, я теж!» — погодилася Грейс. «Мені здається, що я вже її знаю, оскільки ти показав мені її картини. Особливо той пейзаж з деревом і коровами став для нас обох темою для розмов».

«Той, що з... чим?» — заїкнувся Вінсенте. Він був абсолютно збентежений тим, що щойно сказала Грейс. Він не показував цю картину Грейс — нікому, крім своїх батьків і дідуся з бабусею. Насправді вона лежала в коморі з дитинства. «Коли я показував тобі мамину картину?» — запитав він.

«Вона висіла над каміном у будинку твоїх батьків».

Вінсенте похитнувся назад. Гелен підхопила його. Вона не мала уявлення, про що йшла мова, але Вінсенте, здавалося, був цим більш стурбований, ніж Грейс.

«Ти в порядку?» — запитала Гелен, щиро турбуючись.

«Я в порядку», — відповів він, але, звичайно, він не був у порядку. Він хотів втекти, але водночас мав переконатися, що вони говорять про одну й ту саму картину. Можливо, Грейс просто заплуталася. «А було щось особливе в цій картині? Щось особливе, про що я тобі розповідала?» «Так», — сказала Грейс діловим тоном. «Ти розповідав мені, що в дитинстві боявся цієї картини, бо думав, що дерево має обличчя. Тому твої батьки сховали її в комору.

Але коли ми відвідали будинок твоїх батьків, вона висіла прямо над каміном».

Вінсенте був більше ніж вражений. Це була правда про картину, але не про те, що вона висіла над каміном. Такого ніколи не могло бути. Він дивувався, як вона могла знати про цю картину.

Вона продовжила: «Але зараз картина знаходиться в нашому будинку, нашому будинку в Менлі. Вона все ще в сховищі. Ми обоє вирішили, що краще її прибрати. Ти повинен запитати маму, чи вона хоче її повернути».

Вінсенте перетнув кімнату до Грейс і пробурмотів щось про те, що так, він це зробить. Відволікаючись, він прошепотів щось собі, а потім Гелен. Він не мав уявлення, звідки Грейс могла знати те, що, здавалося, вона знала.

«Мамо, — сказала Грейс, — я думаю, ти б дуже добре порозумілася з мамою Вінсента, бо ви обидві любите одні й ті самі речі, наприклад, соняшники. У більшості картин мами Вінсента є соняшники, а у тебе соняшники по всьому будинку».

«Це чудово, люба, — сказала Гелен.

— І ти б мала побачити дивовижні фігури, які вирізає Вінсент!

Вінсенте важко опустився на стілець. Його обличчя стало блідим, як у привида.

Грейс продовжила: «Він набагато талановитіший, ніж здається, не тільки в спорті. Він сам по собі дивовижний художник. Мабуть, це у нього в крові».

«Як, як ти могла про це дізнатися?» — запитав Вінсенте. «Вони в моїй спальні».

«У твоїй спальні!» — викрикнула Гелен.

«І ніхто їх не бачив — ніхто, крім моїх батьків і дідуся з бабусею».

«Ти показав їх мені, дурнику, і ми привезли їх із собою до нашого будинку в Менлі. Ого! Ти, мабуть, дуже-дуже втомився, якщо так багато забув. Тобі справді слід піти додому і трохи поспати, Вінсенте».

Вінсенте відчував, ніби з його тіла витекла вся кров, і так він і виглядав.

«Хочеш, я проводжу тебе до машини твоєї мами?» — запитала Гелен. Вона була щиро стурбована, бо він виглядав так, ніби ось-ось знепритомніє. «Тобі потрібно до лікаря?»

Вінсенте хотілося розвернутися і втекти, але частина його також хотіла простягнути руку і поцілувати Грейс Грінвей.

Поцілувати Грейс Грінвей?

Це була потреба, бажання, з яким він боровся останні кілька хвилин. Він стримував свої емоції. Він думав, що, можливо, відчував потяг до неї, потребу від неї. Можливо, тому що вона хотіла, щоб він її поцілував?

Вінсенте встав і підійшов до ліжка. Грейс дивилася на нього, але її очі були спокійними, сповненими кохання. Кохання до нього.

Він нахилився і спокійно поцілував її в чоло.

Але Грейс мала інші плани.

Вона повернула голову, відчувши його збентеження перед її мамою, так що він поцілував її прямо в губи. Потім вона притягнула його до себе, притиснулася до нього, і він розслабився в її обіймах. Вона тримала його так міцно, що він не міг відпустити, і незабаром він уже не хотів цього.

Якимось чином вона проникла глибоко в нього. Він був загублений, загублений в ній. Коли він відновив дихання і відступив, він стояв і дивився, ніби в його серці щойно відкрилося вікно.

Він не знав, звідки вона знала те, що знала. Він нічого їй не розповідав, а вона все одно знала, якимось чином. Він був збуджений і водночас наляканий. Він хотів і мусив вибратися звідти.

І все ж частина його хотіла цілувати її знову і знову. А ще одна частина хотіла бігти, бігти і бігти без зупинки.

«Коханий, — сказала Гелен, — я думаю, Вінсенту дійсно пора йти». Вона помітила його механічну поведінку. Він був ніби зачарований.

«Доброї ночі, містере Маріно», — додала Грейс.

«Е-е, доброї ночі, місіс Маріно», — імпульсивно сказав Вінсент.

Вона посміхнулася найширшою посмішкою, ніби небо розчинилося і вилило на нього золоте сонячне світло. Він провів пальцями по волоссі, а потім вислизнув звідти.

Як тільки він вийшов за двері, він почав бігти.

Він пробіг вісім поверхів сходами.

І вибіг на вулицю.

Він би продовжував бігти аж додому, якби його мама не зупинила його першою.

РОЗДІЛ 17

«Все гаразд, Вінсенте?» — запитала Елен Маріно свого сина. Вінсенте мав червоні щоки і щось бурмотів собі під ніс, коли вона підійшла до нього. Вона розкинула руки, і він кинувся в них із чутним зітханням. Вона погладила його по голові, як робила це, коли він був маленьким хлопчиком. Цей емоційний зв'язок змусив його нестримно ридати.

«Ну-ну», — сказала вона.

Хоча Вінсент відчував тепло і безпеку, він не міг перестати думати про Грейс. Він намагався жити моментом, але навіть заспокійливі слова матері не могли заспокоїти його розум.

Поки він тулився до мами, його мозок знову і знову відтворював дитячу пісню: «Вінсент і Грейс, сидять на дереві і цілуються».

Він не міг пояснити мамі, що відчуває. Він навіть сам не міг цього зрозуміти.

Але все одно не міг вигнати з голови той поцілунок. І це був прекрасний поцілунок. Глибший, незабутніший, ніж будь-який інший поцілунок, який він коли-небудь відчував, і все ж — чому він плакав, як дитина?

Він відсунувся від мами. Він намагався взяти себе в руки.

Еллен подивилася синові в очі і обійняла його підборіддя пальцями. Вона поцілувала його в чоло. Він втратив контроль і знову почав ридати!

«Скажи мені, Вінсенте, що сталося? Твоя подруга... Вона померла?»

«Вінсенте викрикнув «Ні!» голосніше, ніж очікував. Він відступив і твердо притиснувся спиною до стіни. Його кулаки були стиснуті, і він відчував гнів, смуток і радість, ніби всі можливі емоції нахлинули на нього, як цунамі.

«Поговори зі мною!» — закликала Еллен.

«Я хочу додому, мамо. Я просто хочу додому», — сказав Вінсенте, стримуючи сльози. Він відчував себе таким дурнем.

Еллен взяла руку сина в свою, як завжди робила, коли він був маленьким хлопчиком. До того дня, коли йому виповнилося дев'ять і він більше не дозволяв їй тримати його за руку. Але сьогодні він не сперечався, коли її пальці обхопили його руку і міцно стиснули. Що б не турбувало її сина, це було щось серйозне. Настільки серйозне, що він не міг контролювати свої емоції.

Вінсенте Маріно не був хлопчиком, який плакав, навіть коли він травмувався в дитинстві. Він завжди намагався виглядати хоробрим. Особливо коли інші дивилися на нього. Зазвичай, коли вони були наодинці, все було інакше. Або так було до сьогодні.

Коли вони пристебнулися, Вінсенте знову почав думати про Грейс. Цього разу не про поцілунок. Натомість він думав про те, звідки вона знала те, що знала. Наприклад, про картину — як вона могла знати про цю конкретну картину? Вона не могла вигадати або вгадати те, про що, здавалося, знала.

— Вгадай, що сталося вчора? — запитала Еллен.

— Не знаю, мамо.

«Ну, я продала ще одну картину!»

«Чудова новина, мамо! Яку саме цього разу?»

«Я навіть не впевнена, що ти її пам'ятаєш. Я намалювала її дуже-дуже давно».

«Я впевнений, що пам'ятаю, мамо. Можу навіть вгадати, яка саме. Мабуть, та, на якій поле, повне польових квітів, такі реалістичні, що їх майже можна відчути запахом!»

« О, ти такий чудовий син, дякую. Але ні, це була та, яку я намалювала кілька років тому, коли ти був ще маленьким хлопчиком. Я поклала її в комору, бо щось у ній тебе лякало».

Вінсенте випрямився. Тепер він слухав уважно. Це не могло бути.

Вона продовжувала, не помічаючи зростаючої напруги Вінсенте: «На ній поле, велике дерево і корова».

Це була та сама картина. Точно та сама картина, про яку він раніше говорив з Грейс Грінвей. Можливо, про продаж було оголошено публічно? Це пояснювало, чому Грейс про нього знала. Він вдарив себе по лобі. Так, це все пояснювало!

«Це сталося тільки вчора ввечері. Приватний дилер почув про неї і прийшов подивитися, а потім одразу ж купив її для свого клієнта. Зараз він у Європі і забере її, коли повернеться».

«Тож про продаж ніяк не було оголошено?»

«Ні, я навіть вашому батькові ще не сказав!»

Грейс не могла про це чути, хіба що вона знала того чоловіка. Ні, з її станом і всім іншим, це було неможливо.

Поки вони їхали міськими вулицями, Вінсенте був рішуче налаштований ні про що не думати. Ні про картину. Ні про Грейс. Ні про поцілунок. Особливо про поцілунок.

РОЗДІЛ 18

Коли вони повернулися додому, Еллен запитала Вінсента, чи він почувається краще. Він відповів невиразним бурмотінням, що означало, що він знову почувався як раніше. Вона запропонувала йому їжу, але він сказав, що не голодний.

«Я виснажений, мамо, — зізнався він. — Я хочу поспати».

«Я мушу запитати тебе, перш ніж ти підеш — та дівчина, до якої ти ходив...»

«Грейс?»

«Так, Грейс, їй краще?»

«Так, їй, е-е, краще», — сказав Вінсенте, повертаючи за ріг і ставлячи ногу на сходинку. Він обернувся і подивився на Еллен: «Але мені б дуже знадобилася твоя допомога».

«Хочеш, щоб я заїхала до Грейс?»

«Ні, але дякую. Я б хотів, щоб ти зателефонувала тренеру. Скажи йому, що я погано почуваюся, щоб я міг відпочити ще кілька годин перед грою».

«Вінсенте, ти знаєш, що ми — твій батько і я — думаємо про спорт. Ти повинен піти до школи, провести звичайний день у школі, інакше не зможеш грати».

«Але це не був звичайний день, мамо!» — заперечив він. «Я всю ніч провів у лікарні і дуже втомився».

«Гаразд, любий, — сказала вона. — Цього разу я пробачу. А тепер іди спати!»

Нагорі, у своїй кімнаті, Вінсенте марно шукав піжаму. Занадто втомлений, він ліг у ліжко, одягнений лише в чорну білизну.

Вінсенте крутився з боку на бік і швидко зрозумів, що він занадто втомлений, щоб заснути. Він також був досить збуджений від кави і від того, що раніше не отримав премію «Оскар».

Проблема була в тому, що Грейс не грала. Вона вірила в кожне своє слово, і він відчував це в її поцілунку. Вона вкладала в нього все своє серце і душу.

Він відкинув штори і дивився на дерево за вікном, яке гойдалося туди-сюди під поривами вітру. Краплі падали на вікно і стікали по склу, наче перлинні сльози.

Краплі падали одна за одною, дерево гойдалося, а звуки і рухи здавалися Вінсенту колисковою. За кілька хвилин він міцно заснув.

РОЗДІЛ 19

«Грейс? Грейс, де ти?» — кричав Вінсент, піднімаючись сходами до Сіднейського оперного театру. Майже діставшись до місця, він продовжував кликати її, ніби сподіваючись знайти її сидячою на вершині гігантських білих вітрил, схожих на безе.

Оглянувши район Рокс, він почав бігти Джордж-стріт у напрямку Параматта-роуд. Він повторював ім'я Грейс знову і знову, поки не виснажився від спекотного сонця Сіднея, і чайки, какаду та ворони здавалися йому такими ж кричущими.

Він мусив знайти Грейс. Просто мусив.

На Параматта-роуд, на стоянці нових автомобілів, його увагу привернула червона Феррарі. Це був кабріолет із опущеним верхом, і він сів у нього. Шини заскрипіли, коли він виїжджав з майданчика. Де ж була Грейс? Він натиснув на клаксон. Де ти, Грейс?

Він увімкнув стереосистему, і заграла пісня, якої він не знав, солодка любовна пісня. Спочатку він хотів змінити трек, але щось у цій пісні змусило його залишити її.

Коли пісня закінчилася, на дисплеї стереосистеми з'явилася інформація, що це дует двох поп-співаків. Пісня почала грати знову. Вінсент одразу змінив трек, але виявив, що грає та сама пісня, тільки цього разу її виконували два співаки ритм-н-блюзу. Він знову натиснув на перемикач, але знову виявив ту саму пісню, тільки цього разу її виконували два співаки кантрі. Що це за компакт-диск? Кожен трек грав ту саму пісню! Він спробував витягнути диск, але іконка показувала, що слот порожній. Що за...?

Вінсенте різко натиснув на гальма, через що автомобіль зробив поворот на 180 градусів, а потім повністю зупинився. «Грейс, — викрикнув він, — Грейс Маріно, де ти, чорт забирай?» Він з розпачем схилив голову на кермо, коли голоси двох поп-співачок знову заповнили нічне повітря. Грейс все ще ніде не було.

Вінсенте був зовсім сам у спортивному автомобілі, автомобілі своєї мрії — автомобілі своєї мрії — але без Грейс поруч це нічого для нього не означало. «Вона навіть не в моєму типі!» — вигукнув він, різко рушаючи з місця. Цього разу він вимкнув стерео, але та клята пісня все одно продовжувала грати в його голові.

Коли колеса влетіли в кругове перехрестя, Вінсенте втратив контроль над машиною і — бам! — врізався прямо в дерево.

Капот машини був вм'ятий, але він був живий. Він важко дихав. З-під капота валив дим, а він шепотів у повітря: «Грейс».

Його шепіт був почутий: «Вінсенте?».

«Грейс!» — повторив він. Вінсенте сів, тепер вже в повній готовності, і сказав у повітря: «Грейс, де ти, чорт забирай?».

У кулаці він тримав щось. Це був згорнутий шматок його сорочки. Тепер він був червоним, червоним від його густої теплої крові. І коли він розтиснув кулак, він набув форми: форми серця.

А коли він стиснув кулак і голосно заспівав приспів тієї романтичної пісні, а потім знову розтиснув кулак, вона знову набула форми серця.

Тоді біль почав мучити його, і він помітив плями. Великі краплі крові капали на підлогу, і вони також повільно покривали сидіння і підлогу. Краплі висіли на дзеркалі заднього виду і вздовж внутрішньої сторони лобового скла.

Кров була всюди: на підлозі, стінах, стелі. «Грейс!» — востаннє вигукнув він, перш ніж закрити очі і зникнути в темряві.

РОЗДІЛ 20

Коли Вінсент прокинувся, сонце заглядало в його кімнату крізь щілину в шторах. Спочатку він не міг згадати, де знаходиться. Дійсно, він лежав на своєму ліжку, але без ковдри. Він був у безпеці. Все це було божевільним сном! Він посміхнувся, уявивши, що це могло бути чимось іншим.

Він на мить поглянув на свої спортивні нагороди, а потім на різьблені фігурки. Він помітив, що одна з них зникла. Перша, яку він коли-небудь створив: абориген. Він шукав її всюди, але вона зникла.

Кукабарра закричала, і його сміх заповнив повітря, поки Вінсент розмірковував над зниклою фігуркою. Навколо нього дзижчала муха, яку він відмахнув.

Вінсенте подивився на годинник і зрозумів, що запізнився. Він проспав весь шкільний день, і тепер запізниться на гру, якщо не почне рухатися. Він не міг підвести команду.

Вінсенте кинувся до ванної, вмив обличчя, почистив зуби і висунув язика. Він виглядав так, ніби не спав кілька тижнів.

Він відчув щетину на підборідді і знову подивився на годинник. У нього не було часу поголитися, тому він наніс трохи лосьйону після гоління і спрею-дезодоранту. Потім він накинув чорні джинси і футболку і стрибнув вниз по сходах одним махом.

Вінсенте не почувався краще, знаючи, як сильно команда його потребує. Він не пишався тим, що це була абсолютна правда. Але інші гравці — його товариші по команді — ніколи не мали йому цього за зле. Вони знали, що він має талант, але іноді він хотів, щоб тиск лягав на плечі когось іншого, а не тільки на його.

Зійшовши вниз, він взяв пляшку води з холодильника і покликав маму. Коли вона не відповіла, він не занепокоївся. Він знав, де, найімовірніше, її знайти — на веранді, де вона малювала.

Звісно, вона була там, працюючи, занурена у свій світ творчості. Він стояв там, дивлячись на неї, вбираючи її творчий дух, поки вона не відчула його присутність. Коли вона це зробила, це було ніби нитка творчої думки обірвалася, але вона стала неймовірно щасливою, побачивши його.

«А, ти прокинувся, як ти себе почуваєш, коханий?» — запитала вона, коли Вінсенте нахилився, щоб поцілувати її в чоло. Потім Вінсенте перестрибнув через перила і приземлився, як кіт, у саду. «Стережи квіти!» — вигукнула вона. Потім, дивлячись на похмуре небо, вона сказала: «Зачекай, я принесу тобі парасольку».

«Не потрібно», — відповів Вінсенте. «Я побіжу, і жодна крапля дощу не зможе мене наздогнати!» Вінсенте почав бігти, швидко, лише раз обернувшись на кілька секунд, щоб помахати на прощання.

РОЗДІЛ 21

Повернувшись до лікарні, Грейс сумувала за Вінсентом. Вона хотіла бути наодинці — зі своїм чоловіком. Вона хотіла, щоб все було як раніше, коли вони були вдвох у цьому світі.

Вона заплющила очі і згадала їхній найпалкіший поцілунок. Він стримався — ні — він завагався.

Гелен застогнала уві сні, потім заворушилася і помітно позіхнула. Вона потягнулася і сіла, дивлячись прямо через кімнату, і побачила, що її дочка спостерігає за нею. «Вибач, що проспала», — сказала вона. «Як ти сьогодні?»

«Я в порядку. Я вже кілька годин не сплю. Думаю».

«Про що думаєш? Про Вінсента, я так думаю», — сказала Гелен.

«Так, я думаю про нього з самого пробудження».

Гелен знову потягнулася і позіхнула.

«Ти хропіла, мамо».

«Я не хроплю!» — сказала вона.

«Ти точно хропиш, і наступного разу я запишу це, щоб ти знала, як голосно!»

«Я мріяла про твого тата, я сумую за ним».

«Я теж сумую за ним, мамо», — сказала Грейс, розуміючи, що це ідеальний момент, щоб попросити її про допомогу.

Грейс глибоко вдихнула і схрестила пальці.

РОЗДІЛ 22

«Мамо, я сумую за тим, щоб проводити час зі своїм чоловіком».

«Я знаю, що ти його кохаєш, але Вінсент все ще має обов'язки перед своєю родиною, а також шкільні завдання і заняття спортом. Ви обоє молоді. У вас є багато часу».

«Але ми молодята, і ми повинні проводити більше часу разом».

«Спочатку ти повинна одужати», сказала Гелен, підвівшись, підійшовши до ліжка дочки і взявши її за руки. «Ти повинна зосередити свою енергію на одужанні, щоб ми могли повернутися додому».

«Я дійсно хочу повернутися додому, мамо, але я хочу повернутися до нашого дому».

«Так, я саме це маю на увазі, люба».

«Ні, не до твого дому, а до нашого дому — я маю на увазі мій і Вінсента».

Гелен глибоко вдихнула. Вона знала, що Грейс фантазує, і їй доводилося підігравати їй, але ця брехня ставала дедалі важчою. Гелен сказала: «Минуло менше ніж сімдесят дві години від твоєї операції. Ти, можливо, не усвідомлюєш, як близько ти була до катастрофи, але я знаю, як близько це було, і я не хочу ризикувати. Ти все ще перебуваєш під суворим наглядом. Це наказ лікаря».

«Тоді вони коли-небудь відпустять мене додому?» — запитала Грейс.

«Так, коли ти повністю одужаєш».

«Але скільки часу це займе? Скільки часу це займе?»

«Доктор Акерман сказав, що сьогодні потрібно взяти нові зразки крові. Можливо, доведеться змінити твої ліки. Тут ти отримуєш найкращий догляд».

«Я знаю, але я хочу бути зі своїм чоловіком».

Гелен спробувала змінити тему. «Розкажіть мені трохи про ваш будинок. Де він був?»

«Наш будинок у Менлі, прямо на пляжі».

«На пляжі, кажете?» Гелен знала, що нерухомість у цій місцевості коштує мільйони. Вона запитала, чи вони виграли в лотерею.

«Звичайно, ні, мамо. Гроші не мали значення. До того, як ми купили цей будинок, ми переїжджали з місця на місце і жили в готелях».

«А як ви заробляли на хліб? Ви працювали? Як ви заробляли на життя? Купували їжу та одяг для себе?»

«Оскільки гроші не мали значення, ми просто виходили у світ і брали все, що нам було потрібно. Тоді нас було тільки двоє, гроші не були потрібні. Ми виживали завдяки достатку всього, включаючи нашу любов одне до одного».

Це ні до чого не приводило. Гелен сказала: «Я йду додому переодягнутися і хотіла б дізнатися, чи не хочеш ти, щоб я принесла тобі ще щось — наприклад, твій ноутбук? Або якісь інші книги?»

«Все гаразд, мамо. Я не хочу нічого, крім свого чоловіка. До того ж, у мене є ця купа книг, які я читаю. Я все ще маю проблеми з концентрацією уваги протягом тривалого часу. Я не можу зосередитися. Мамо, мені насправді потрібна твоя допомога, щоб переконати лікарів дозволити Вінсенту провести ніч тут, зі мною. Це те, що мені потрібно більше за в се».

«Чесно кажучи, Грейс, можна подумати, що життя до Вінсента Маріно ніколи не існувало!»

«Мені здається, що ми були разом все життя, а тепер ми розлучені не з нашої вини», — сказала Грейс. «Я так за ним сумую. Коли ти тут або лікарі поруч, все інакше. Він не сам собою. Нам потрібно побути наодинці — як звичайним молодятам».

«Грейс, він скоро буде тут, після закінчення гри. Але тобі не варто так хвилюватися і засмучуватися. Спробуй зосередити свою енергію на одужанні. Довірся мені, і я подивлюся, що можу для тебе зробити, якщо ти будеш хорошою дівчинкою і закриєш очі».

Грейс відкинулася на подушку, а Гелен поцілувала її в обидва ока, як робила це, коли Грейс була маленькою дівчинкою.

Її повіки тремтіли під її дотиком, наче дві метелики. Вона сказала: «Вінсенте повернеться, перш ніж ти встигнеш змигнути оком».

«Мамо, будь ласка, запитай лікарів, чи може він провести ніч тут, у цій кімнаті, зі мною. Будь ласка! Одну ніч. Я прошу лише одну ніч».

«Я спитаю», — сказала Гелен, виходячи з кімнати. У глибині душі вона знала, що цього ніколи не станеться.

Вінсенте Маріно нізащо не проведе всю ніч у одній кімнаті з її дочкою наодинці. Тим більше, коли Грейс вважає їх чоловіком і дружиною.

«Тільки через мій труп!» — сказала Гелен собі, зачиняючи двері кімнати Грейс.

РОЗДІЛ 23

Двоє закоханих прогулювалися по пляжу, тримаючись за руки, повністю занурившись одне в одного. Час від часу вони зупинялися, щоб поцілуватися. Потім продовжували йти трохи далі, зупиняючись, щоб послухати шум хвиль, що розбиваються об берег.

«Я загубила свої каблучки!» — вигукнула Грейс.

Вінсенте сказав їй не хвилюватися. Він сказав, що вони їх знайдуть, а якщо не знайдуть, то він купить їй нові обручки. Він сказав, що хоча обручки мали сентиментальну цінність, їх можна було замінити. Обручки були порожніми колами, а їхнє кохання було повним і круглим і знаходилося глибоко в їхніх серцях.

«Вони були у мене, але тепер їх немає! Можливо, одна з медсестер їх вкрала? Можливо, вони зняли їх, коли я лягла на операцію?»

«Грейс, чому ти так хвилюєшся? Не хвилюйся. Ми їх знайдемо», — заспокоював її Вінсенте.

«Кільця зникли, а я утримуюся в цій лікарні як полонена. Мені здається, що я тут вже вічність».

« Ти можеш приходити і йти, коли забажаєш, кохана», — сказав Вінсенте.

Він пройшов перед нею, повернувшись спиною, а обличчям до Грейс. Він простягнув до неї відкриті долоні, і вона взяла його руки в свої. Знову з'єднавшись, вони продовжили йти вздовж пляжу. Вони підтримували зоровий контакт, обмінюючись безслівними думками.

«Навіть якщо ти скажеш мені, що я можу піти, я не можу. Вони не відпустять мене».

«Ти бачиш поганий сон, кохана?» — запитав Вінсенте. «Прокинься зараз, і все буде добре. Я обіцяю».

«Ні», — сказала Грейс. «Все навпаки. Все навпаки. Коли я прокидаюся, ти інший. Ми не однакові».

«Тоді хто ми, кохана?» — запитав Вінсенте.

Але відповіді не було.

РОЗДІЛ 24

Гелен вдалося розшукати доктора Акермана — або загнати його в кут — залежно від того, хто розповідав цю історію. Вона пояснила ситуацію, в якій Грейс хотіла провести ніч у своїй кімнаті наодинці зі своїм нібито чоловіком.

Доктор Акерман не відреагував так, ніби ця пропозиція була для нього несподіванкою. Насправді він передбачав таке прохання.

«Чому ви мене не попередили?» — запитала Гелен.

«Це могло б ніколи не статися, — пояснив доктор Акерман. — А ви б занепокоїлися, і ваша реакція на Грейс могла б здатися неприродною».

«То що ж нам робити? Ми не можемо залишити її на всю ніч у тій кімнаті з тим хлопцем! Він такий самовпевнений, що може скористатися нею і ситуацією».

«Гелен, ваша дочка ще перебуває на початку процесу одужання. Я мушу сказати, що найкраще буде продовжувати грати разом з цією ілюзією. Навіть довести її до межі, бо це може бути єдиним способом для Грейс звільнитися від фантазії — і вибрати реальність».

«То ти маєш на увазі, що він залишається там з нею, і вона усвідомлює, що він не той, ким вона його вважає?»

«Так, ти все правильно зрозуміла. Якщо він не той, ким вона його вважає, якщо його образ трісне в дзеркалі її свідомості, тільки тоді вона зможе прийняти реальність, відкинути вигадку і знову стати Грейс.

А хлопчик? Хто переконає його? Особливо, коли він не бачить Грейс так, як вона бачить його. Він нічого не ризикує, і вимагати від нього грати в сімейку, ніби вони справжня подружня пара, може бути занадто. »

«Вінсент нічого не ризикує, але може багато чого виграти. Коли цей епізод закінчиться, він зможе повернутися до свого колишнього життя. Йому більше не доведеться грати роль, приходити до лікарні, прикидатися кимось, ким він не є. Звичайно, це буде для нього достатнім стимулом, щоб допомогти нам?» — запропонував Акерман.

«Правда, я не думала про це саме так», — сказала Гелен. «Насправді, тепер, коли ви так сказали, я дуже хочу, щоб це сталося — і чим швидше, тим краще. Є тільки одна проблема. А що, якщо Грейс закохається у Вінсента і захоче, щоб він розділив з нею подружнє ложе?»

«Так, це може бути проблемою», — підтвердив доктор Акерман.

«Ну, хлопця потрібно попередити, що Грейс, у її нинішньому психічному стані, може мати певні очікування щодо вечора, на які він ні в якому разі не повинен відповідати», — сказала Гелен.

«Я впевнений, що ми зможемо переконати його «грати в гру», не заходячи занадто далеко».

«Але він же чоловік», — сказала Гелен. «Без образи. Він звик, що дівчата кидаються на нього, даючи йому все, що він хоче».

«Після розмови з ним надішліть хлопця до мене, щоб ми поговорили. Я поясню йому все як чоловік чоловікові».

«Яку причину я маю йому назвати? — запитала Гелен. — Яку причину, щоб ви з ним поговорили?»

«Просто надішліть його до мене після вашої розмови, Гелен. Я зроблю все інше».

Гелен подивилася на годинник. «Вінсенте має завітати до Грейс будь-якої миті. Я порушу це питання з ним, а потім відправлю його до вас».

«А як ви поясните свою приватну розмову з дочкою, не кажучи вже про його раптове зникнення?»

«Я затримаю Грейс. Вона попросила мене організувати йому ночівлю, і я скажу їй, що працюю над цим».

«Звучить як хороший план», — сказав доктор Акерман.

«Тоді ми відправимо Вінсента додому сьогодні ввечері, щоб він взяв одяг тощо, і велика ніч буде завтра ввечері».

«Так».

«Я покладаюся на вас, що ви захистите мою дочку».

«Не хвилюйтеся, я подбаю про це», — сказав доктор Акерман.

Гелен на мить затрималася біля кімнати дочки, збираючись з думками. Коли вона нарешті була готова, вона глибоко вдихнула і зазирнула у вікно, перш ніж відчинити двері.

РОЗДІЛ 25

Грейс відкривала шухляди і знову їх закривала. Коли Гелен увійшла до кімнати, Грейс сказала: «Слава Богу, ти тут, мамо! Слава Богу!»

«Я завжди поруч», — сказала Гелен, обіймаючи дочку за талію і ведя її назад до ліжка. Гелен дивилася на обличчя дочки. Одне вразило її — те, чого вона раніше не помічала: Грейс вже не була маленькою дівчинкою.

«Мамо, я не можу знайти свої обручки!»

«Люба, ти вже згадувала про них раніше, пам'ятаєш?» — повторила Гелен. «Вони ж не могли загубитися далеко, правда?» Тоді вона відчула неймовірну смуток. Її дочка все ще шукала речі, яких не існувало. Вона трохи похлипала, але потім знову опанувала себе, перш ніж Грейс встигла відчути зміну в її настрої.

«Я пообіцяла ніколи їх не знімати, а тепер вони зникли!» — вигукнула Грейс.

На мить Гелен уявила, як вона трусить доньку, змушуючи її схаменутися і подивитися правді в очі. Але це була битва, яку Гелен не могла вести сама. Їй потрібна була підтримка медичного персоналу, перш ніж вона могла б розвіяти фантазії доньки.

На іншому боці кімнати Грейс кричала: «Ти ж розумієш, ти просто мусиш мені допомогти, мамо! Може, вони впали, ось тут?» — запитала вона, нахилившись до підлоги і шукаючи під кожним куточком і в кожній щілині.

Коли вона була сама, Грейс перебрала всі можливі причини, через які Вінсент міг змінити своє ставлення до неї. Вона вирішила, що це сталося через те, що вона загубила кільця. У розпачі вона сіла на підлогу і почала плакати.

Хелен присіла поруч і взяла її руки в свої. Вона хотіла щось сказати, але Грейс першою відкрила рота і вигукнула: «Я обов'язково повинна їх знайти, перш ніж Вінсент повернеться. Коли я їх знайду, він буде таким, як раніше. Тоді він знову стане моїм Вінсентом».

«Люба», — сказала Гелен, піднявши підборіддя дочки, щоб їхні очі були на одному рівні. «Твої каблучки не можуть бути далеко. Можливо, їх зняли, коли ти лягала на операцію? Так, це все пояснює», — дорікнула Гелен, піднімаючи дочку. Побачивши іскру надії в її очах, вона продовжила: «Так, я впевнена, що вони чекають, коли тебе випишуть».

«Але хіба їх не можуть повернути мені зараз?» — запитала Грейс. «Я ж не в тюрмі!»

«Правда, ти не в тюрмі, але іноді в лікарнях є правила, щоб зберегти речі пацієнтів у безпеці», — сказала Гелен.

«Хочеш, щоб я поцікавилася про них? Запитала, чи можуть вони зробити для тебе виняток із правила?»

«Так, мамо! Так, будь ласка!»

Гелен подумала, як вона буде питати про каблучки, яких не існує. Очевидно, що її дочка не збиралася забувати про каблучки. Вона мала повернутися або з відповіддю, або з каблучками.

«Грейс, я тут подумала. Пам'ятаєш, коли ти вперше потрапила до лікарні? Ти тоді мала на собі каблучки?»

«Звичайно, ні!» — вигукнула Грейс. «Ми тоді не були одружені».

«Тож це було пізніше, після того, як ви одружилися, Вінсент привіз вас до лікарні?»

«Так», — сказала Грейс.

«Можливо, ти могла б описати їх мені, на випадок, якщо мені знадобиться їх ідентифікувати».

«Так, розумна ідея. Або, можливо, вони поклали їх у сховище під ім'ям іншої пацієнтки, і хтось інший має мої обручки! О, сподіваюся, що ні!»

«Не хвилюйся про це зараз, розкажи мені, як вони виглядають. Я впевнена, вони були прекрасні!» — заспокоїла її Гелен.

«Так, Вінсент має чудовий смак. Моє обручку має форму серця з діамантами по всьому периметру. Моє весільне кільце має золоті зірочки по всьому периметру, і в кожній зірочці є діамант. Я просто мушу їх знайти, мамо».

Гелен відступила на крок. Вона затрималася, перш ніж запитати: «А де ти купила ці каблучки? Звучить дорого. Мабуть, нам слід їх застрахувати».

«У маленькій ювелірній крамниці на Джордж-стріт, яка спеціалізується на унікальних, єдиних у своєму роді виробах».

«У якому кінці Джордж-стріт? Це дуже довга вулиця», — запитала Гелен.

«Близько до кінця Circular Quay, неподалік від The Rocks».

«Гаразд, Грейс, — сказала Гелен. — Я подивлюся, що можна зробити з твоїми каблучками. Тримай кулаки, щоб ти дуже скоро знову мала їх на пальцях».

Гелен не мала вибору, вона мусила піти до того ювелірного магазину і описати каблучки ювеліру. Вона мусила дізнатися, чи знає він про такі каблучки або чи має він щось подібне в магазині.

Гелен зачинила за собою двері. Вона стояла нерухомо, притулившись спиною до стіни, і думала. Гелен Грінвей тепер було зрозуміло декілька речей. По-перше, її дочка вважала, що вона пробула в лікарні досить довго, набагато довше, ніж насправді.

По-друге, Грейс вважала, що вона і Вінсент закохалися і разом покинули лікарню. Вони одружилися і повернулися дещо пізніше. Деякий час після того вони жили разом і мали достатньо часу, щоб облаштувати дім.

І нарешті, вона дізналася, що ці кільця були придбані в місцевій крамниці. У ювеліра, якого Гелен добре знала. У ювеліра, де тисячі доларів за один виріб вважалися скромною сумою. Якщо це дійсно був той самий ювелір, то як Грейс і Вінсент змогли оплатити такі дорогі кільця?

Гелен глибоко вдихнула, борючись із нервовим зривом. Вона хотіла втекти. Вона відчувала провину за те, що хотіла втекти, і відчувала провину за те, що не знала, що робити. Вона дозволила собі втекти.

«Таксі!» — покликала Гелен на вулиці, і одне під'їхало до неї біля бордюру. «Відвезіть мене до Рокс, десь поблизу Джордж-стріт», — сказала Гелен. «Я шукаю ювелірну крамницю, дуже ексклюзивну і дорогу. Я не знаю адреси, але він знаходиться на Джордж-стріт».

«Так, я знаю, який», — підтвердив водій, рушаючи з місця.

Гелен сиділа на задньому сидінні, задаючись питанням, чому вона дозволила собі так зануритися в щось, що, як вона знала, було неправдою.

Сидячи в заторі, слухаючи гудки клаксонів і сирени, вона ніяк не могла відповісти на своє питання.

РОЗДІЛ 26

Коли Вінсенте Маріно винесли з поля на плечах його товаришів по команді, пролунав радісний вигук. Вінсенте знову привів свою команду до перемоги. Щоб висловити свою вдячність, вони неодноразово скандували його ім'я.

Вінсенте був у захваті. Його виступ навіть перевершив його власні очікування.

Коли його підкинули в повітря, він на мить повернув голову і зустрів погляд Міссі Малоун. Вона стрибала вгору-вниз. Він милувався тим, як мило вона виглядала, коли все підстрибувало в унісон. Вона поцілувала його, а він кивнув у відповідь.

Коли він вперше вийшов на поле, Міссі підбігла до нього. Він бачив, як вона йшла до нього, стиснувши губи. Він дозволив їй обійняти себе. Він дозволив їй поцілувати себе з усією силою, але не відчував до неї нічого.

Поцілунок Грейс Грінвей перевершив усі поцілунки Міссі Малоун разом узяті. Вона ніколи в житті не повірила б у цю правду. Він сам ледве міг у це повірити.

Проте, незалежно від того, що він відчував до неї, Вінсент знав, що Міссі буде триматися за нього, навіть якщо він не відповість. Чому? Тому що Міссі Малоун вважала себе аксесуаром Вінсента. Вона думала, що вони пасують одне до одного, як ламінгтони і кокос, як вегемайт і тости, як пиріг і чіпси.

Якщо він хотів її відпустити, йому довелося б бути жорстоким. Він мав би прямо сказати їй, що більше її не хоче. Він мав би сказати їй, щоб вона пішла.

Він подивився на неї, на те, яка вона гарна. Яка мила і сповнена сподівань. Потім він подивився на своїх товаришів по команді, які все ще вигукували його ім'я і підкидали його в повітря, і всі думки про Міссі вилетіли з його голови. Вона нічого для нього не значила.

На мить думки Вінсента повернулися до лікарні, і він подивився на годинник. Час відвідувань закінчувався. Він мав побачити Грейс. Він обіцяв їй завітати.

Найгірше було те, що тепер він навіть мріяв про неї! Він замислився, чи не порушити обіцянку. Залишити її в біді. Тоді, можливо, він спробує забути її. Можливо, тоді вона теж спробує забути його.

Але це нічого не вирішило б, оскільки Грейс Грінвей була полонена романтичною фантазією. Вона застрягла в мрії, яку в цей момент вважала реальною. Сила її мрії розрослася в ньому з тим поцілунком. На мить він навіть повірив, що це було насправді. Що він кохав її, а вона кохала його. Це здавалося реальним. Лише на мить.

Вінсенте затремтів, і його товариші ледь не впустили його на асфальт. Вони підняли його вище і продовжили свою декламацію.

Набридло все це, Вінсенте повернувся до думок про Грейс, добре розуміючи, що нічого не вийде з таких міркувань. Незалежно від того, що сталося між ними, Грейс Грінвей просто не була для нього. Вона просто не була його типом.

Натовп приєднався до скандування і ринув вперед. Вінсенте відокремився від них і попросив поставити його на землю. Він сказав хлопцям, що мусить піти на кілька годин, щоб виконати обіцянку, дану другові.

Розчаровані цією новиною, вони ще голосніше скандували його ім'я. Вінсенте помахав рукою, пообіцявши, що повернеться пізніше.

Вони попросили його залишитися. Вони оточили його. Замкнули його. Захопили в пастку.

Міссі Малоун теж підійшла ближче. Вона та інші заблокували йому шлях.

Вінсенте відчував, що повинен пояснити Міссі, але зараз він не міг пояснити навіть собі. Він знав, що якщо Міссі дізнається про Грейс, це спричинить проблеми. Не те щоб вона ревнувала. Вона ніколи не повірила б, що він віддає перевагу Грейс перед нею. Не кажучи вже про хлопців — вони б подумали, що він зовсім з'їхав з глузду!

Вінсенте знову згадав поцілунок, який він і Грейс обмінялися.

Він затремтів. «Це все фантазія. І навіть я потрапив у її полон».

Він уявив, що станеться, якщо він розповість банді, що Грейс Грінвей вірить, що вони з нею одружені.

Вона стане посміховиськом, а він разом з нею. Вони ніколи не дадуть йому забути про цей математичний стан Грейс.

«До побачення!» — крикнув Вінсенте, продираючись крізь неохочу юрбу і виходячи зі шкільного подвір'я.

Пройшовши через ворота, він біг, біг і біг, не сповільнюючи кроку.

Міссі дивилася, як він відходить. Вона схрестила руки, повністю впевнена, що Вінсенте Маріно повернеться. Повернеться до неї — бо вона знала, що Вінсенте Маріно ніколи не зможе наситися нею.

РОЗДІЛ 27

Гелен повернулася до лікарні без обручки.

Грейс сиділа в ліжку, склавши руки, і дивилася на двері, чекаючи на повернення Гелен.

Коли Гелен поглянула на дочку крізь ілюмінатор, здалося, що та затамувала подих. Однак її шкіра не була синьою, тож вона, мабуть, дихала. Просто її дихання було дуже поверхневим.

Гелен прокрутила в голові те, що хотіла сказати Грейс, а саме — нічого. Вона мала намір відвернути увагу дочки на інші речі.

Ювелір був надзвичайно корисним. Коли Гелен описала кільця, він точно знав, про які саме вона говорить. Він сказав, що вони зникли кілька тижнів тому. Він і власник кілька разів переглянули записи з камер спостереження. Кільця були там в одну мить, а в наступну — зникли. ПУФ. Без жодного пояснення. Дуже дивно.

«Подивись на своє волосся, Грейс!» — вигукнула Гелен. «Вінсенте скоро приїде, і ти маєш виглядати красиво для свого чоловіка».

Грейс подивилася на себе в дзеркало. Вирішивши, що мати має рацію, вона сіла, а Гелен почала розчісувати і укладати волосся доньки, як робила це вже багато разів раніше.

Грейс розслабилася. Гелен дістала косметичку і нанесла легкий тональний крем, а потім трохи рум'ян. Грейс посміхнулася, щаслива розділити ці моменти з матір'ю.

Незабаром Вінсент дав про себе знати, шурхотінням взуття.

Він побачив Грейс, яка сиділа з Гелен, яка торкалася її волосся, і ця сцена змусила його посміхнутися. Він без вагань вирішив, що викарбує цей момент у дереві. Він променисто посміхнувся в бік Грейс.

Грейс підхопилася і відразу сховала руки. Вона не хотіла, щоб він її торкався. Вона не хотіла, щоб він помітив зниклі обручки.

Він зачарував її своєю посмішкою, притягуючи її до себе, як магніт. Опір був марним.

Коли їхні губи зустрілися для поцілунку на привітання, іскри полетіли — з обох боків. Грейс нахилилася, щоб перевести поцілунок на інший рівень, але Вінсенте відсунувся, побоюючись присутності Гелен Грінвей.

Вінсенте привітав Гелен, поцілувавши її в щоку. Він ніколи раніше не цілував Гелен в щоку на привітання. Він не мав уявлення, що робить. Це було ніби він був під чарами.

Все ще пам'ятаючи поштовх, який він отримав від Грейс, Вінсенте відійшов убік і засунув обидві руки глибоко в кишені джинсів. Він сперся спиною на стіну, лівою ногою стоячи на підлозі, а правою спираючись на стіну, майже як ніби позував для GQ.

— Мамо, ти не могла б залишити нас з Вінсентом на хвилинку наодинці?

Ти виганяєш мене?» — запитала Гелен, вдаючи, що вона ображена зовні, хоча насправді вона була ображена всередині. Насправді вона була ображена до глибини душі, але вона також хотіла поговорити з доктором Акерманом, і це була б ідеальна нагода, щоб його знайти.

Вона була стурбована тим, як вони цілувалися — як іскри, здавалося, летіли. Навіть Гелен метафорично ухилялася від них і відчувала, як температура в кімнаті підвищується. Або це було лише її уявою?

Ні, це здавалося реальним. Це вплинуло на рішення дозволити їм обом залишитися в кімнаті на ніч. Якось ця фантазія не здавалася однобічною.

Однак Вінсент неодноразово повторював, що її дочка не в його смаку.

Гелен вирішила, що вона, мабуть, уявила собі цей зв'язок — дозволила своїй уяві занестися разом з уявою дочки. Можливо, цей стан був заразним.

«Я піду прогуляюся», — сказала Гелен, а потім повернулася і прошепотіла так, щоб тільки Вінсент міг почути: «Я можу тобі довіряти?» Він кивнув, і його обличчя випромінювало щирість. Гелен не довіряла йому ані трохи. «Я скоро повернуся», — сказала вона.

Вийшовши з кімнати, Гелен залишилася стояти за дверима. Вінсенте бачив, як вона заглядає крізь кругле вікно, стежачи за ними. Він намагався бути спокійним, поводитися природно.

Грейс не помітила, що її мати підслуховує. Вона підійшла до нічого не підозрюючого Вінсенте і припала до його губ гарячим поцілунком.

Останнє, що побачив Вінсенте, — це обличчя Гелен, яке набуло червоного відтінку, якого він ніколи раніше не бачив. Потім він на мить загубився в поцілунку, дозволив собі розслабитися.

Грейс раптово припинила поцілунок, відступила і сказала: «Ти більше мене не кохаєш. Правда, Вінсенте?»

У голові Вінсенте лунав його власний голос, який повторював: ВАУ-ВАУ-ВАУ-ВАУ-ВАУ-ВАУ-ВАУ.

Його руки все ще були засунуті глибоко в кишені джинсів, і тепер вони були стиснуті в кулаки. Він не міг почути, що вона сказала, про що вона запитала. Все, на чому він міг зосередитися, це враження від того поцілунку.

«Що? Що ти сказала?» — запитав він, повільно повертаючи свідомість.

«Тобі потрібно, щоб я повторила?» — запитала вона, коли сльоза скотилася по її щоці.

«ВАУ! ВАУ! ВАУ!» у голові Вінсента розбилися об далеку стіну його свідомості і розлетілися на друзки, а потім перетворилися на слова, які вона сказала. Він їх чув, але повідомлення ще не дійшло до його мозку. Тепер її слова лунали: «Ти мене більше не кохаєш». Його шлунок здригнувся.

Вінсенте подивився в її карі очі і заглибився в них. Це було ніби стрибок у басейн, такий привабливий, такий живий.

Але чомусь вона виглядала загубленою, і найгірше було те, що він змусив її почуватися так, хоч і ненавмисно.

Бачачи її такою, він захотів її втішити, повернути до себе. Прагнучи цього, він наблизився, так що їхні тіла торкнулися, і він поцілував її.

Цього разу поцілунок був ще сильнішим. Настільки сильним, що він хотів, щоб час зупинився. Він хотів, щоб все зупинилося, і водночас хотів, щоб це тривало. Він хотів всього з цією дівчиною, хотів ділитися з нею всім — і водночас вона навіть не була в його типі. Він хотів подарувати їй світ і зробити її щасливою. Ділитися з нею собою. Стати її світом.

І він хотів цього всього зараз.

Вінсенте мовчав. Боявся говорити. Боявся того, що відчував. Боявся того, що міг сказати і зробити. Натомість він продовжував плавати в басейні очей Грейс, загубившись у її глибині.

Його мовчання і розгубленість розбивали Грейс серце. Вона розсипалася, розбивалася на шматки і плакала струмками води з тих карих очей. Великі, солоні сльози текли, падали.

Він простягнув руку і зловив одну на кінчику пальця. Він ніжно переніс її до рота, поклав на кінчик язика, де її солоність вибухнула. Він зловив ще одну і ще одну, кожна з яких вибухала на його язику. Весь цей час Грейс продовжувала плакати і плакати, не вірячи дивним діям і мовчанню Вінсента.

Він кохав її, але знав, що не може кохати її. Вона навіть не кохала його, не по-справжньому. Вона кохала його лише у своїх фантазіях. Але він кохав її, тут і зараз. Його кохання було справжнім.

Він обернувся і побіг.

РОЗДІЛ 28

У коридорі, стоячи спиною до дверей Грейс, Вінсенте зрозумів, що залишив її в розпачі. Він знав, що повинен зайти в кімнату, щоб перевірити, як вона себе почуває. Він усвідомив, що вчинив як варвар. Йому було соромно за себе.

«А, ось і хлопець, якого я шукав», — сказав доктор Акерман, помітивши, що Вінсенте задихається, майже важко дихає. Він по-батьківськи поплескав його по спині і запитав: «Все гаразд?»

«Я, я не знаю. Я більше нічого не знаю!» — тремтячим голосом заявив Вінсенте.

«Ходімо зі мною, молодий чоловіче», — сказав доктор Акерман.

«Ми можемо поговорити наодинці в моєму кабінеті, і ти зможеш перевести подих».

«Так», поступився Вінсенте. «Але я не хочу про це говорити».

«Ну, я хочу поговорити з тобою про Грейс».

«Грейс?» — сказав Вінсенте і почав тремтіти.

«Так, ходімо. Мій кабінет за рогом».

За кілька хвилин вони прийшли. Доктор Акерман запросив Вінсента сісти, а потім налив склянку крижаної води. Руки Вінсента тремтіли, коли він підніс склянку до губ.

Вінсент згадував солоні сльози. Вибухові солоні сльози.

«Заспокоївся?» — запитав Акерман.

Вінсенте кивнув.

«Гаразд, тоді поговоримо про Грейс. Ви розумієте поточну ситуацію, правильно? Як Грейс Грінвей обдурила себе, повіривши, що ви двоє перебуваєте у стосунках, а насправді є подружжям — молодятами?»

«Так, я розумію, що вона так відчуває, але я не розумію, чому. Чому я?»

«Тільки вона може відповісти на це питання, Вінсенте. Можливо, ми ніколи цього не дізнаємося. Вона ніколи цього не дізнається. Однак у задокументованих випадках, таких як цей, причина створення фантазії базується на запереченні якоїсь реальності. Можливо, це щось, що взагалі не має до вас жодного стосунку. З якоїсь причини вона створила світ, в якому ви з нею все одне для одного. Це ніби ви з нею — головні герої роману, і ви разом боретеся зі світом».

«Герої роману? О, я ніколи так про це не думав», — задумливо промовив Вінсент. «Але іноді, коли вона плете цю фантазію, включає мене в неї, іноді — це навіть здається реальним. Для мене». Вінсент дивився на підлогу. Він не міг дивитися доктору Акерману в очі. Не тоді, коли він зізнався, що потрапив у пастку.

Акерман подивився на хлопця, що сидів навпроти нього. Раптом йому спало на думку, що це зовсім інший хлопець, ніж той, якого він зустрів спочатку. «Ти її кохаєш?» — запитав він.

«Не думаю. Не знаю. Вона не в моєму типі. Я її навіть не знаю, насправді, а вона знає про мене речі. Знає речі, які ніхто не міг би знати, якби я сам їй не розповів — а я не розповідав». Вінсенте обхопив голову руками. Розмова про це викликала у нього фізичне нездужання. Кімната крутилася н авколо.

«Поклади голову між колінами, хлопче, — сказав Акерман. — Ти набуваєш нових відтінків зеленого, яких навіть я раніше не бачив».

Вінсенте негайно і без питань виконав вказівку. Кімната незабаром перестала крутитися, але тепер по всій стелі блищали зірки. Зірки, які бачив тільки Вінсенте.

Акерман продовжив: «Я не знаю, як вона могла дізнатися про тебе такі особисті речі. Можливо, коли вона була між землею і тим місцем, куди душі потрапляють, коли подорожують між світами, її душа якимось чином з'єдналася з твоєю.

Я знаю, це звучить неможливо. Але я чув історії про передсмертні переживання, які навіть мені — людині науки — важко відкинути». «Щойно вона запитала мене, чи я кохаю її, і я не зміг відповісти. Вона думає, що кохає мене, але це не так. Не в реальності. Я хотів сказати «так», якась божевільна частина мене хотіла сказати «так», але як я міг? Я не розумію її.

Я більше нічого не розумію! Іноді я думаю, що вона, мабуть, відьма, якщо знає те, що знає».

«Ви вірите у відьом?»

«Не зовсім».

«Я думаю, ви занадто багато дивитеся телевізор. Грейс Грінвей — не відьма. Вона — вразлива молода дівчина. Дівчина, якій шістнадцять років і яка нещодавно втратила батька і брата в трагічній аварії. Дівчина, яка з якихось причин обрала тебе частиною своєї фантазії. Вона обрала тебе своїм чоловіком. Вона потребує тебе в ролі свого чоловіка зараз, поки вона ще не готова зіткнутися з правдою».

«То ти кажеш, що вона психічно нездорова, і що я маю погодитися на цю фарсу, незалежно від того, якою ціною це мені обійдеться?»

«Грейс ще не вийшла з небезпеки. Ми стежимо за її життєвими показниками. Пильнуємо за нею. Тому її ще не виписали. Вона під нашим наглядом. Вінсенте, ти в центрі цієї ситуації. Ти є каталізатором. Якщо ти покинеш її зараз...»

«Якщо я піду, то буду відповідальним за те, що станеться далі. Ви це маєте на увазі?»

«Зараз вона дуже вразлива. Вона потребує чогось від вас, і, можливо, якщо ви дасте їй це, виконаєте її бажання, вона зможе зіткнутися з реальністю і відмовитися від вас. Їй потрібен хтось, у кого вона може вірити, щось, чого вона може чекати, і вона вибрала вас. Усі дороги ведуть до вас. Я не знаю чому, можливо, це тому, що ви привезли її сюди, до лікарні».

«Я завдав їй болю, але це був нещасний випадок, докторе, я клянусь».

«Так, ви в деякому сенсі завдали їй болю, але ви також врятували їй життя, тому що її привезли сюди, де вона отримала найкращу допомогу, коли тромби нарешті розірвалися. Якби це сталося вдома або в школі, вона, можливо, не вижила б».

Вінсенте сидів мовчки, усвідомлюючи, який вплив він вже справив на життя Грейс. Він прагнув повернутися до неї, щоб все знову стало добре. Він встав: «Я повинен повернутися до неї. Вона запитала мене, чи я її кохаю, а я повернувся і втік, як боягуз».

«Так, повертайся до неї зараз і не кажи їй, що кохаєш її, якщо ти цього не відчуваєш. Якщо ти не готовий віддати їй своє серце і бути поруч з нею, коли вона дізнається правду про тебе і коли чари зникнуть».

«Не тисни на мене!» — презирливо сказав Вінсент, прямуючи до дверей.

«Повертайся сюди, щоб поговорити зі мною в будь-який час, Вінсенте, — сказав Акерман. — І не забувай, як ти важливий для неї. Не забувай, що ти для неї значить».

Вінсент кивнув, а потім обернувся і побіг назад до кімнати Грейс.

У своїй кімнаті Грейс міцно спала. Він нахилився над ліжком і поцілував її в чоло. На її щоках ще були сльози, і він ніжно їх витер.

Він сів поруч з нею на ліжку, а вона не ворушилася і не рухалася. Він дивився, як вона спить. Він дивився, як її груди піднімаються і опускаються з кожним подихом. Коли вона заскиглила уві сні, він взяв її руки в свої і запевнив, що все буде добре. У темряві, наодинці з нею, він сказав їй, що кохає її. А потім знову поцілував її в чоло.

Грейс коротко ворухнулася уві сні, ніби його слова якось торкнулися її сну, а потім знову занурилася в глибокий сон.

Вінсенте залишив Грейс там, де вона спала спокійно і міцно. Він повернувся, щоб подякувати доктору Акерману за всю його допомогу і поради, перш ніж вирушити додому на ніч. Він був виснажений... такий втомлений, і водночас бадьорий, як ніколи раніше.

Ніколи раніше Вінсенте Марино не відчував себе таким живим.

***

Стоячи біля кабінету доктора Акермана, Вінсенте почув гучні голоси. Він завагався, перш ніж постукати. Коли голоси трохи стихли, він постукав і його запросили увійти.

«Тобі має бути соромно!» — крикнула Гелен, кинувшись на нього і почавши бити кулаками по його грудях.

«Заспокойся», — наказав доктор Акерман.

Гелен продовжувала бити по грудях Вінсента.

Вінсент глибоко вдихнув, сподіваючись, що вона виб'є з себе все, що її турбує. Це не завдавало йому болю. Коли він зрозумів, що її гнів не вщухає, він схопив її за обидва зап'ястя і міцно тримав, поки вона не заспокоїлася. Вона продовжувала шипіти йому в обличчя.

Вінсенте тримав її ще міцніше і запитав: «Що за?» дивлячись у бік доктора Акермана, який намагався не втрачати самоконтроль.

«Вінсенте, коли ти прийшов сюди раніше, після того як залишив Грейс, Гелен знайшла її в жахливому стані. Вона була розгублена. Знищена. Вона не могла спілкуватися. Все, що вона могла робити, це ридати і плакати».

«Я бачу, від кого вона це взяла!» — сказав Вінсенте, дивлячись Гелен в очі.

Вона гаркнула на нього.

«Не погіршуй ситуацію, хлопче», — благав доктор Акерман. «Щоб заспокоїти Грейс, їм довелося дати їй заспокійливе».

«Я щойно був там, і Грейс спала. Вона виглядала дуже спокійною».

«Що ти їй сказав, щоб вона так розхвилювалася?» — запитала Гелен.

«Я зробив помилку. Я втік, але повернувся. Я повернувся».

«Занадто мало, занадто пізно!» — вигукнула Гелен.

«Слухайте, я не просив про це!» — зазначив Вінсенте, піднявши руки в знак капітуляції.

«А тепер обидва сядьте і заспокойтеся, — наказав доктор Акерман, — і давайте припинимо цю драму. Нам потрібно зосередитися на Грейс. Грейс і тільки Грейс».

«Погоджуюся», — сказав Вінсенте.

«Погоджуюся», — буркнула Гелен.

РОЗДІЛ 29

Коли вони виводили Вінсента з кімнати, він все ще викрикував ці слова. Звісно, для нього вони були безглуздими, неправдивими почуттями. Словами, які він говорив лише з доброти, щоб врятувати її від краю прірви.

Він знову викрикнув їх. Цього разу його голос відлунював коридорами і розносився у всесвіт: «Я кохаю тебе, Грейс Грінвей!»

«Я теж кохаю тебе, Вінсенте!» — викрикнула вона у відповідь. Через хаос і галас, що супроводжували спроби врятувати їй життя, він її не почув.

Раптом гаряча зірка почала обертатися і крутитися. Незабаром вона вже не наближалася до неї і не палила її своїм теплом. Натомість вона випромінювала пульсуючі хвилі і перетворилася на нейтронну зірку.

Втративши контроль над собою, Грейс Грінвей промовила до себе: «Я хочу жити. Я хочу жити».

РОЗДІЛ 30

Доктор Акерман запитав: «Коли ти повернувся, щоб побачити Грейс, що ти відчував, коли знову її побачив?»

«Я відчував сильну потребу піклуватися про неї, любити її, захищати її, зробити її своєю. Боже, я так заплутався. Чому я так відчуваю?»

«Так, давай розберемося з цим, Вінсенте», — сказав доктор Акерман. «Грейс викликає у вас особливі, нові почуття. Правильно? Інші дівчата у вашому житті не викликали у вас таких почуттів?»

«Так, вона не моя дівчина. У мене є дівчина в школі — вона зробила б для мене все», — сказав Вінсенте.

«А ви зробили б для неї все?»

«Я... вона не вимагає багато уваги, якщо ви розумієте, про що я».

«Гаразд, давайте я сформулюю це інакше», — сказав доктор Акерман. «Твоя дівчина потребує тебе?»

«Вона популярна, і я популярний. Ми призначені одне одному. Це доля. Усі так кажуть. Усі цього очікують».

«Очікування? Яке відношення мають очікування інших людей до справжнього кохання? Кохання, справжнє кохання, є між двома людьми. Тільки між двома людьми. А тепер подумай, Вінсенте, подумай, перш ніж відповідати. Що ти насправді відчуваєш до Грейс Грінвей?»

Вінсенте переступав з ноги на ногу, нервував. «Досить цього — цього психоаналітичного бреду. Це не про мене. Йдеться про одужання Грейс. Що ти хочеш, щоб я зробив? Одружився з нею?»

«Ні, я не хочу, щоб ти робив щось, що змусить тебе почуватися некомфортно. Однак Грейс попросила про твою присутність. Вона попросила нас запитати тебе, чи не міг би ти провести ніч у її кімнаті разом з нею».

«Що? Ти серйозно?»

«Вона серйозно, тому ми маємо дуже серйозно поставитися до її прохання».

«А її мама, та дракониха, згодна?»

«Неохоче, як ви, мабуть, вже здогадалися. Ви чули, як я сказав, що поговорю з вами. Що я змушу вас зрозуміти, що Грейс не можна ображати, гратися з нею чи користуватися нею».

«Ви думаєте, я можу на неї накинутися? Швидше вона накинеться на мене!»

«Якщо ти дбаєш про неї, дійсно дбаєш, і вона, як ти кажеш, «накинеться на тебе», тобі доведеться знайти спосіб відмовити їй м'яко, не відкидаючи її відразу».

«Я все ще не розумію, як допоможе ніч, проведена з нею в кімнаті».

«Це те, чого вона хоче, Вінсенте».

«Але немає ніяких гарантій, правда?»

«Гарантій немає, Вінсенте, але Грейс одужає. Це наша кінцева мета».

«Я за це», — сказав Вінсенте.

«Отже, Гелен скаже Грейс, що вам потрібно поїхати додому, щоб забрати деякі речі. Ви повернетеся завтра ввечері з наміром провести ніч у її кімнаті. Як ви знаєте, там є два ліжка. Ліжка не будуть зсунуті жодним чином, зрозуміло?»

«Так, докторе», — сказав Вінсенте. «Я піду, трохи посплю, бо завтра вночі я не зможу багато спати!»

«Я щиро сподіваюся, що ти не мав на увазі те, що прозвучало!» — вигукнув Акерман.

«Я мав на увазі... ну, ти знаєш, що я мав на увазі».

«Тоді добре, приходь до мене завтра або коли захочеш поговорити. Я буду на роботі весь вечір, так би мовити, у твоєму розпорядженні».

«Дякую, докторе Акерман».

«На добраніч, Вінсенте».

«На добраніч, докторе».

РОЗДІЛ 31

Рано вранці Грейс прокинулася і на мить забула, де вона знаходиться. Вона пригадувала, що Вінсент був у її кімнаті. Однієї хвилини він був там, а наступної — зник. Чому він так раптово пішов? Чи зробила вона щось, що його образило? Сказала щось?

Вона сподівалася знайти його десь у кімнаті, чекаючи, поки вона прокинеться. Але там була тільки Гелен, і вона спала.

Грейс зійшла з ліжка і пішла до ванної. Вона зняла лікарняну сорочку і зайшла в душ. Коли вода нагрілася майже до температури кипіння, вона закрила очі. Вона сумувала за дотиками Вінсента.

Вона вимкнула воду, взяла з полиці нову сорочку. Вона одягла її, вирішивши, що ніхто не може виглядати привабливо в такій сорочці.

Коли вона повернулася до ліжка, Гелен метушилася по кімнаті.

— У мене для тебе хороші новини!

— Справді? Я ще не сплю, мамо?

— Так, Вінсенте проведе ніч з тобою.

— Сьогодні? Саме сьогодні?

— Так.

— Мені потрібні мої речі, моя гарна нічна сорочка і парфуми.

«Ти знайдеш все необхідне в сумці у шафці у ванній».

«Я не можу дочекатися!»

«Вінсенте, звичайно, буде спати в тому ліжку».

Грейс уже уявляла, як вона зсуває два ліжка разом, утворюючи одне. Як вона ділить ліжко зі своїм чоловіком. Два ліжка для показу, так, але їм знадобиться тільки одне. Грейс обійняла себе, коли на шкірі її рук з'явилася гусяча шкіра.

«Я піду приблизно в час чаювання, але якщо вам знадобиться допомога, доктор Акерман буде до ваших послуг».

«Ми одружилися, мамо!» — вигукнула Грейс.

Грейс підбігла до неї і обійняла матір. Гелен була рада бачити свою дочку щасливою — будь-яка мати була б рада, але її турбували брехня. Брехня і обман, які її не тішили. Вона відчувала себе шахраєм. Дволичною.

Грейс зайшла до шафи у ванній і дістала сумку з речами на ніч. У ній була найгарніша, найневинніша біла лляна нічна сорочка, яку вона коли-небудь бачила, з червоною зав'язкою спереду.

«Мамо, вона прекрасна», — вигукнула вона.

Прийшла медсестра Бернс і помітила, що Грейс трохи почервоніла.

«Ти добре почуваєшся, Грейс?»

Грейс була сповнена хвилювання в очікуванні ночі з Вінсентом. Вона хотіла, щоб час пролетів, щоб він міг бути поруч з нею — зараз.

«Спробуйте щось з'їсти», — запропонувала медсестра Бернс. «Я розумію, що до вас завітає гість на ніч, тож вам потрібні всі сили».

«Так, ти повинна щось з'їсти, люба», — погодилася Гелен.

Грейс з'їла шматочок тосту і випила ковток кави, а потім її шлунок збурився. «Може, пізніше», — сказала вона. Запах кави викликав у неї нудоту. «Ні, заберіть це», — сказала Грейс.

«Вінсенте зрадів, коли ви сказали йому, що він може залишитися, Грейс?» — запитала медсестра Бернс.

«Я йому не казала, але впевнена, що він зрадів», — відповіла Грейс. Потім вона переодяглася в нічну сорочку і приготувалася до приїзду Вінсенте.

РОЗДІЛ 32

О 18:15 Вінсенте Маріно прибув до лікарні, тримаючи в руках коробку з дюжиною червоних троянд з довгими стеблами. Вони були перев'язані червоною стрічкою.

Коли він увійшов до палати Грейс, Гелен дещо неохоче вийшла з кімнати.

Вінсенте відразу підійшов до Грейс і поцілував її в обидві щоки. Він подарував їй коробку, а потім спостерігав, як її очі ставали все більшими і більшими, коли вона розв'язувала червону стрічку.

Він відчував нервозність, але вона теж. У повітрі витало сильне відчуття мети.

Подякувавши Вінсенту за прекрасні троянди поцілунком у щоку, Грейс попросила чергову медсестру принести вазу. Та повернулася з вазою, і Вінсент почав складати в ній квіти. Він сотні разів бачив, як його мати складала вази, наповнені квітами.

Він почав з того, що дістав одну троянду з коробки, а потім недбало погладив її, перш ніж поставити у воду. Грейс уважно спостерігала за ним, помічаючи контраст між його сильними атлетичними пальцями і тонкими колючими стеблами троянд. Коли він гладив троянду, її дії змушували її тремтіти.

Вона дивилася, як він брав одну троянду, дві троянди, три троянди. Навіть не усвідомлюючи, що робить це, він легенько гладив стебло, на секунду відчував біль від колючки в пальці, а потім обережно ставив квітку у вазу.

Кожен рух забирав у Грейс подих. Її серце підіймалося до горла. Це було майже так, ніби він тримав її серце між своїми пальцями.

Він намагався не розбризкувати воду, коли ставив одну троянду за іншою в прозору скляну вазу.

Час від часу він поглядав на Грейс. Її погляд був прикутий до нього. Він був радий, що вибрав троянди — вона явно їх обожнювала.

Раптом він почав відчувати себе досить ніяково. Він знову занурив руку в коробку і дістав наступну троянду, спостерігаючи, як Грейс затамувала подих. Він поставив троянду у воду, а потім дістав з коробки ще одну. Вона знову здавалася задиханою, тільки цього разу вона ще й виглядала знесиленою.

«Ти в порядку?» — запитав Вінсенте.

Грейс почервоніла, і їй, здавалося, ставало все важче дихати. Він замислився, чи не варто покликати когось на допомогу. Він не хотів, щоб у неї стався рецидив, особливо коли все, здавалося, наближалося до кульмінації.

«Я... я в порядку», — сказала Грейс, граючись з червоною стрічкою на нічній сорочці. «Давай поговоримо про щось, поки ти закінчуєш з квітами».

«Що ти маєш на увазі?» — запитав він, гладячи стебло іншої троянди.

«О», — сказала Грейс, дивлячись, як він ставить стебло у воду, і тоді змогла заговорити. «Як щодо того, щоб ми розповіли один одному щось, чого інший не знає? Може, якесь неправильне уявлення, яке ти мав про мене, а я розповім тобі про неправильне уявлення, яке я мала про тебе».

«Гаразд», —

погодився Вінсенте, ставлячи в воду ще одну троянду. «Ти перша», — сказав він, коли краплі води виплеснулися з вази і впали йому на тильну сторону долоні.

Грейс дивилася на краплі, коли він дістав з коробки ще одну троянду. Він підняв квітку вгору, і вода потекла по його передпліччю.

Він взяв наступну троянду і подивився на неї. Їй перехопило подих. Час ніби зупинився.

РОЗДІЛ 33

«Колись я мала для тебе особливе ім'я, ще до того, як добре тебе пізнала», — зізналася Грейс.

Вінсенте покрутив у пальцях троянду. Потім поклав її у воду. Він помітив, що Грейс тепер дихає більш рівно, а її щоки вже не такі червоні. Він кивнув, заохочуючи її продовжувати.

«Я називала тебе моєю Золотою серединою».

«Чому?» — запитав Вінсенте.

«Пам'ятаєш, як на уроці математики ми вивчали золоту середину Фібоначчі? Так ось, ти був моєю золотою серединою».

«Ти хочеш сказати, що ще тоді ти відчувала до мене такі почуття?» Тепер він був справді збентежений. Вона казала, що кохала його ще до того, як все це сталося. Він знав, що вона була в нього закохана, але це була не любов, а просто захоплення. Багато дівчат були в нього закохані.

«Нагадай мені про Фібоначчі», — сказав він.

«Це концепція, за якою перше і друге числа додаються разом, щоб отримати суму третього числа, наприклад, один, два, три, п'ять, вісім, тринадцять і так далі».

«О, так, я щось про це пам'ятаю, і щось про природу, про хвилі і квіти?»

«Правильно! Бачиш, ти все-таки пам'ятаєш!» — сказала Грейс, кидаючи в воду ще одну троянду. — У природі є симетрія: хвилі, сніжинки і квіти — все це підтверджує теорію Фібоначчі про золоту середину. Отже, ти була моєю золотою серединою. —

«Дякую», — сказав Вінсент, не знаючи, що ще сказати. — Дивно, що ти все ще пам'ятаєш ім'я, яке ти дала мені, враховуючи те, через що ти пройшла. Як ти втратила пам'ять. »

«Нещодавно вона до мене повернулася. Я забула, але коли я мріяла про тебе, про нас, все повернулося».

Вінсенте продовжував ставити троянди, а Грейс продовжувала говорити. «Коли я думала, що ти мене більше не кохаєш, я мріяла про тебе, і в моїх мріях ти обіцяв, що ніколи мене не покинеш».

«Вибач, Грейс, пробач мене», — сказав Вінсенте, ставлячи останню троянду у вазу.

«Цього разу я тобі вірю».

Вінсенте підняв вазу, поставив її на тумбочку біля ліжка Грейс і сказав: «Я справді повернувся, ти знаєш».

«Коли?»

«Вчора вночі».

«Це неможливо. Я б знала».

«Ти міцно спала, коли я зайшов. Я поцілував тебе в чоло ось так», — він нахилився над нею.

«Не роби цього», — сказала Грейс. «Не роби... якщо ти не маєш цього наміру».

Він глибоко вдихнув і відступив. Підійшов до свого ліжка, скинув черевики і звісив ноги з краю ліжка. Він махав ними туди-сюди, як маленький хлопчик.

«Тепер твоя черга», — сказала Грейс.

«Хм, давай подивимося», — Вінсент замислився на мить. «Ну, я думав, що ти сором'язлива, особливо в присутності хлопців, але зі мною ти не здаєшся дуже сором'язливою».

«Це все? Це найкраще, на що ти здатний?»

«Гей, я в цьому новачок — пам'ятай, що це була твоя ідея. Б'юся об заклад, ти не можеш придумати ще одну?»

«Можу!» — сказала вона. «Ця тебе розсмішить, але колись, дуже давно, я думала, що ти вампір».

«Я? Вампір?»

«Так, я знаю, це божевільно, але я навіть нахилилася над тобою і показала тобі свою шию, щоб подивитися, чи ти, знаєш, вкусиш мене. Це був наш перший поцілунок — пам'ятаєш? Я нахилилася ось так і чекала, поки ти впишешся в мене зубами».

«Це дивно!» — сказав він, дивлячись на її білу оголену шию і відчуваючи сильне бажання поцілувати її.

Грейс затремтіла, і її соски защеміли від однієї лише думки про це.

«То ти, мабуть, була дуже розчарована, коли зрозуміла, що вийшла заміж за звичайного смертного?»

«Це смішно. Ти ніколи не міг мене розчарувати», — посміхнулася вона. «Тепер твоя черга».

«Ну, раніше я думав, що ти слабка, слабка людина. Але тепер...»

Грейс перервала його, запитавши: «Слабка, в якому сенсі?»

«Слабка, як каліка», — сказав він, шукаючи на її обличчі реакцію на те, що він сказав щось не те, але вона, здавалося, не мала нічого проти. «Мабуть, це було тому, що коли ти бачила мене, або коли я бачив тебе, ти завжди дивилася на мене дивно. Тепер, коли я про це думаю, якщо ти вважала мене вампіром, то, можливо, саме тому ти так на мене дивилася. У будь-якому разі, ти не слабка і не каліка — ти сильна жінка. І, здається, ти стаєш ще сильнішою».

«Ну, це краще, ніж перше», — сказала Грейс, відкинувшись на подушку і заплющивши очі.

Обоє мовчали, занурившись у свої думки.

«Ми можемо про це поговорити?» — запитала Грейс. «Ми можемо поговорити про те, що для тебе змінилося в мені?»

«Грейс, нічого не змінилося, просто...»

«Ти відчуваєш себе в пастці?»

«Так, може. Але це не твоя провина. Це абсолютно не твоя провина». Він глибоко вдихнув, а потім продовжив: «Можу я запитати тебе про щось, що мене турбує?»

«Звичайно, Вінсенте. Ти можеш запитати мене про що завгодно, про що завгодно».

«Хто насправді розповів тобі про картину моєї мами?»

«Ти».

«Справді, Грейс, ти можеш сказати мені правду. Хто тобі сказав? Ти прочитала про це в Інтернеті?»

«Я не брешу, Вінсенте. Як я вже казала, ти сам мені про це розповів і показав цю картину, коли ми були в будинку твоїх батьків».

«Але навіщо мені було показувати тобі цю картину?»

«Через дерева!»

«Через дерева?»

«Чесно кажучи, хто з нас втратив пам'ять?» Грейс закотила очі. «Дерева — такі, як те, що пронизало і з'їло того ворона, те, в якому я була у полоні?» Грейс чекала, що Вінсент покаже якісь ознаки впізнання, але нічого не сталося. Вона нетерпляче зітхнула.

Вінсенте був майже впевнений, що Грейс зривається. Він не знав, чи погодитися з нею, чи заперечити, тому мовчав.

Минули хвилини. Грейс схрестила і розхрестила руки, відмовляючись здаватися. «І через ці дерева ти хотів, щоб я побачила картину твоєї мами».

«Але я все ще не розумію — чому я хотів би показати тобі картину моєї мами?»

«Тому що ти завжди боявся цієї картини. Тому що ти сказав, що в дитинстві бачив обличчя в стовбурі дерева, і це тебе жахало».

«Моя мама продала цю картину днями. Вона роками лежала на горищі. Так, щось мене в ній лякало, але я нікому про це не говорив».

«Ти сказав мені і показав мені».

Вінсенте перейшов через кімнату. Він сів поруч із Грейс. «Що ще я тобі розповідав?»

«Багато чого! Адже ми проводили разом кожен день, 24 години на добу, 7 днів на тиждень».

«Розкажи мені», — сказав він.

«Ти справді хочеш, щоб я розповіла?»

«Так».

«Давай подивимося. Ти завжди мріяв мати Ferrari, червону Ferrari, і ми виїхали на ній з автосалону на Принцес-Хайвей. Ти був у захваті від водіння цієї машини, а я трохи заздрила».

Вінсенте згадав сон, у якому він їхав на червоній Ferrari, шукаючи Грейс. Дивно. Він вирішив змінити тему. «Я розповідав тобі ще щось про свою маму?»

«Ти показав мені її студію, і вона саме малювала нову роботу. Це була картина її саду, але вона ще не була закінчена».

Вінсенте глибоко вдихнув. Це була та сама картина, над якою його мама працювала сьогодні вранці. Він знову повернувся до думки, що Грейс, мабуть, відьма. Він чекав, коли вона поворухне носом, як Саманта Стівенс у серіалі «Зачаровані», але нічого не сталося.

Грейс притягнула його до себе і пристрасно поцілувала в губи.

Вінсенте опинився зверху, цілуючи її. Він намагався відсунутися, але водночас хотів нахилитися до неї, поки всі накопичені емоції вибухали в його голові. Вона продовжувала цілувати його, поки він не задихався.

«Ти давно не практикувався, правда?» — запитала Грейс, даючи Вінсенте час, щоб він міг перевести подих.

Він спіткнувся, зійшовши з ліжка.

«Я нарешті це зробила!» — вигукнула вона. «Я нарешті зробила твої ноги м'якими, як спагеті! Давно пора — ти завжди робив це зі мною!»

«Де ти навчилася так цілуватися?»

«Дуже смішно, Вінсенте, ти навчив мене всьому, що я знаю».

«Ти хочеш сказати, що я єдиний чоловік, якого ти коли-небудь цілувала?»

«Так, ти мій єдиний. Мій єдиний і неповторний».

Він знову змінив тему. «Що ще ти бачила в моєму будинку?»

«Ти показав мені свої прекрасні дерев'яні різьблення, і я досі зберігаю ось це». Грейс потягнулася до шухляди і дістала фігурку аборигена.

Думки Вінсента мчали зі швидкістю світла. Йому потрібно було втекти. Вибратися з цієї кімнати — негайно.

«Де ти це взяла?» — запитав він.

«Я взяла це з твоєї кімнати».

«Ти взяла, але коли?»

«Коли ми відвідали твій будинок. Я тримала це в кишені, і раптом воно опинилося в картині твоєї мами».

«У картині? У вашій кишені?» — вигукнув він.

«Так, вибачте, що не сказав вам, що вона тут. Мене це теж шокувало — в одну мить вона була в картині, а в наступну — знову в моїй кишені».

«Е-е, я трохи спраглий, піду візьму собі солодкий напій. Вам щось принести?» — запитав Вінсенте. Він тремтів.

Усе його тіло тремтіло. Йому потрібно було негайно вибратися звідти. Піти. Втекти.

«Ти підеш випити? Зараз?»

«Так, мені потрібно випити».

«Гаразд, але повертайся швидше», — сказала Грейс. Вона поцілувала його на прощання і поклала аборигена назад у шухляду.

Назовні Вінсент хотів втекти. Натомість він пішов коридором, щоб поговорити з доктором Акерманом.

РОЗДІЛ 34

«Докторе!» — крикнув Вінсенте, стукаючи в двері Акермана. «Докторе, мені потрібно з вами поговорити!»

Доктор Акерман поклав слухавку, коли Вінсенте увійшов до його кабінету.

«Докторе, ви повинні мене звідси витягнути! Я не можу тут залишатися на ніч. Я там тону, а вона така божевільна, що мені починає здаватися, що вона має рацію!»

«Що ти маєш на увазі? Зроби глибокий вдих, Вінсенте. Заспокойся!»

«Вона розповіла мені про розмову. Ну, не про розмову як таку, але вона розповіла мені про щось, що сталося тільки вчора. Вона знає речі, про які ніхто інший не може знати, і потім...»

«А потім що? Вона не хотіла, щоб ви двоє...? Щоб...?»

«Ні, док, але вона дуже зацікавлена і... вона мене зачіпає».

«Ти хочеш сказати, що закохався в неї? Насправді?»

«Я ніколи раніше не кохав, але я цілувався з кількома дівчатами. Жодна дівчина ніколи не цілувала мене так, як вона, і при цьому вона каже, що я єдиний чоловік, якого вона коли-небудь цілувала!»

«Отже, ти переживаєш емоційне перевантаження і хочеш поїхати додому? Втекти. Ти боїшся втратити контроль?»

«Я кажу, що вона зачарувала мене. Вона навіть не в моєму типі! Це, мабуть, чари!»

«Так, ти вже це казав, друже, і тоді це не мало більше сенсу, ніж зараз. То що ти хочеш, щоб я зробив, сказав їй, що ти поїхав додому? Що сталася надзвичайна ситуація, і ти не можеш залишитися?»

«Може, ти зайдеш і даси їй снодійне, а я повернуся і засну. Не встигнемо оком моргнути, як настане ранок».

«Я не можу дати їй снодійне тільки тому, що ти про це попросив».

«Але, докторе, вона розповідає мені історії про нас. Про те, що ми бачили і робили разом. Про речі, яких ніколи не було. Вона говорить про нас від щирого серця, ніби ми одна людина, і вона переконлива.

Мені майже здається, що я знаю, про що вона говорить».

«Тепер, — сказав Акерман, — це серйозно. Ви кажете мені, що вас, без сумніву, втягує ця фантазія? Що її описи іноді здаються вам навіть реальними?»

«Боже, допоможи мені, так».

«Гаразд, Вінсенте, я вас розумію. Ви не мій пацієнт, але ви допомагаєте Грейс, яка є моєю пацієнткою. За таких обставин вам потрібно йти додому. Я випишу вам рецепт, щоб ви могли заснути, і, можливо, в майбутньому вам краще триматися подалі».

«Але я не можу!»

«Ви мусите, Вінсенте. У такому стані ви нікому не потрібні».

«Я не можу піти, не сказавши їй особисто, не попрощавшись з нею. Я обіцяв їй, що ніколи більше не залишу її саму».

«Ви дійсно її кохаєте, Вінсенте».

Вінсенте кивнув, зачиняючи за собою двері.

Він повільно пройшов коридором, повз палату Грейс, і зайшов у ліфт. Коли він дістався першого поверху, вийшов із лікарні в темну ніч. Він пройшов по асфальту і знайшов дерево, що стояло самотньо. Він притулився до нього спиною і заплакав.

РОЗДІЛ 35

Грейс з нетерпінням чекала на повернення чоловіка. Коли двері відчинилися, увійшов доктор Акерман.

«Де Вінсент?»

«Як ти, Грейс?»

«Де Вінсенте? Що ви з ним зробили?»

Він посміхнувся. «Я радий, що ви змогли провести з ним додатковий час, але деякі ваші аналізи вже готові, і результати викликають сумніви. Мені потрібно взяти ще одну пробу крові. Просто щоб переконатися, що все гаразд. Я попросив Вінсенте відкласти свою нічліжку, поки ці аналізи не будуть готові».

Грейс зробила найсумніший вираз обличчя і простягнула руку, щоб він знайшов вену. Він без зусиль вставив голку. Вона не здригнулася і не відчула болю, бо біль у серці вже був нестерпним.

Доктор Акерман закінчив зберігати результати аналізів крові. «Вінсенте був розчарований, як і ти, але ми домовимося про іншу ніч. Нічого не поробиш, Грейс. Твоє здоров'я найважливіше».

«Я хочу Вінсента!» — крикнула Грейс і почала битися, крутитися і вертітися в ліжку. Вона скинула ковдру і зняла пластир, який він наклав їй на руку. Вена знову відкрилася, і кров хлинула назовні.

Доктор Акерман стримав її. Він натиснув кнопку екстреної допомоги, щоб викликати медсестру. «Вибачте», — сказав він, даючи їй заспокійливе.

РОЗДІЛ 36

Доктор Акерман потребував свіжого повітря і вийшов на злітно-посадкову смугу. Там він побачив Вінсента, який спирався на дерево.

«Ти бачив її?» — запитав він.

«Так, бачив, і я все їй пояснив».

«І як вона це сприйняла?»

«Не дуже добре. Мені довелося дати їй заспокійливе».

Вінсенте стиснув кулаки і встав. Його обличчя було всього в декількох сантиметрах від обличчя Акермана. «Я сказав, що повернуся. Тобі не потрібно було цього робити. Мені потрібен був час. Час — це все, що мені було потрібно».

«Тобі потрібно більше, ніж час, Вінсенте. Тобі потрібна відстань. Я не впевнений, що станеться з тією дівчиною, якщо ти закохаєшся в неї і якщо її фантазія зіткнеться з реальністю. Я не впевнений, що тоді станеться».

«Якщо вона мріяла про це, а потім це збулося, то вона одразу одужала б, чи не так?»

«Вінсенте, це могло б статися, але все могло б піти і в іншому напрямку».

«Що це означає?»

«Грейс стоїть на краю прірви. Правда може зіштовхнути її. Вона може усвідомити, що все навколо неї — брехня. Що ми всі грали разом з її фантазіями, і тоді, де вона опиниться?»

«Тож навіть якщо я зараз її кохаю, я повинен відступити, залишити її в спокої, повернутися до школи — до дівчини, з якою всі очікують, що я буду, і просто сподіватися, що Грейс Грінвей зрештою забуде мене?

Я не хочу, щоб вона мене забула! Вона подумає, що я знову її покинув, що я знову порушив свою обіцянку». «Ми повинні врахувати твої почуття, вирішуючи, як діяти далі, як би там не було. Нам потрібно переосмислити ситуацію, перегрупуватися. Іди додому.

Повертайся вранці. Грейс буде спати щонайменше вісім годин. Прийди до мене, коли повернешся, і я тебе проінформую. Не йди відразу до Грейс. Спочатку прийди до мене».

«Домовилися».

Вінсенте і доктор Акерман перетнули паркінг, де черга таксі чекала на пасажирів. Вінсенте сів на заднє сидіння одного з них і незабаром був уже дорогою додому.

Додому — де він сподівався заснути без снів.

РОЗДІЛ 37

В ранці Грейс прокинулася в порожній кімнаті.

Вона відчувала себе самотньою і зрадженою, коли одна з медсестер поправила її подушку і поставила перед нею піднос із сніданком.

Вона відсунула його. Від самого запаху їй стало погано.

«Я не голодна», — сказала Грейс.

Коли в кімнаті знову не залишилося нікого, Грейс відкинулася на подушку і заплющила очі.

Вона знову і знову прокручувала в голові день свого весілля, аж поки знову не заснула.

РОЗДІЛ 38

Наступного дня доктор Акерман викликав Гелен до свого кабінету. Він попросив її сісти, маючи на обличчі дуже збентежений вираз.

Гелен знала, що він має погані новини. Вона також знала, що не повинна була залишати дочку наодинці з тим хлопцем.

Доктор Акерман сів навпроти Гелен так, що їхні коліна майже стикалися.

Він дивився їй прямо в очі і сказав: «Грейс вагітна».

Гелен засміялася.

«Грейс вагітна», — повторив він.

«Що?

Ми зробили аналіз крові днями, і результат виявився позитивним. Вчора ввечері я взяв ще трохи крові, і це підтвердилося — ваша дочка вагітна».

«Не може бути! Я вб'ю того маленького виродка!

«А як це допоможе?» — запитав він. «Вам потрібно заспокоїтися і вислухати мене. Слухайте мене уважно».

Вона глибоко вдихнула. Розтиснула кулаки.

«Це ще рано, і ваша надмірна реакція не допоможе ні вам, ні Грейс».

«Вона знає?»

«Ні, ви перша, кому про це повідомили. Я вважав це доречним. Нам потрібно обговорити, як діяти далі».

«Як діяти далі? Немає сенсу це обговорювати. Нам потрібно позбутися цього».

«Грейс шістнадцять, вона має права».

«Це має бути Маріно!»

«Не обов'язково. Вона була тут, серед персоналу та відвідувачів, кожен день. Він не був з нею наодинці до вчорашнього вечора, і, до речі, він пробув лише кілька годин, перш ніж я відправила його додому».

«Моя дочка ходить до школи і повертається додому. Ввечері вона займається математикою та експериментами. Вона не знає інших хлопців. Це, мабуть, Маріно!»

«Але ми маємо бути впевнені, перш ніж звинувачувати когось. І найголовніше, ми маємо сказати Грейс».

«Спочатку ми маємо підтвердити, що він батько, а потім можемо їй сказати», — сказала Гелен.

«Вінсенте дуже піклується про твою дочку. Він розгублений і сказав мені, що вони з нею не робили нічого, крім поцілунків. Однак Грейс вірить, що вони з Вінсентом — подружжя. Тому, якщо ми їй скажемо, вона буде на 100 % впевнена, що носить дитину Вінсента».

«А якщо це не його дитина, то що? Непорочне зачаття?»

«Я знаю лише одне: ми маємо сказати Грейс. Їй знадобиться твоя допомога, щоб вирішити, що робити», — заявив Акерман.

«Якщо це не його дитина, то доказ буде очевидним: ми жорстоко гралися з нею, підіграючи її фантазіям», — сказала Гелен. «Це може бути для неї занадто важким».

«Нам потрібно якомога швидше отримати підтвердження. Я запитаю Вінсента, чи погодиться він на деякі тести, коли він прийде до мене пізніше, сьогодні».

«А якщо це не його, то вона, швидше за все, погодиться позбутися його».

«Ви хочете сказати їй зараз, що вона вагітна? Як тільки будуть результати тестів Вінсента, ми зможемо обговорити з нею питання про те, хто може бути батьком, припускаючи, що він не є батьком», — сказав Акерман.

«Так, я думаю, ми повинні сказати їй. Чим швидше, тим краще».

« Давайте підемо до її кімнати і подивимося, як вона. Ми зможемо оцінити ситуацію і вирішити, що робити далі».

«Вона повинна знати. Моя дочка повинна знати».

***

Вінсенте прибув на поверх, де лежала Грейс, саме в той момент, коли Гелен і доктор Акерман вийшли з його кабінету.

«Докторе Акерман, я хотів з вами поговорити», — сказав Вінсенте. А потім: «Привіт, Гелен».

Вона подивилася на нього з гнівом в очах.

«Нам потрібно зайти і поговорити з Грейс, але, будь ласка, зачекайте на мене в моєму кабінеті. Я скоро повернуся, і тоді ми зможемо поговорити».

Вінсенте провів пальцями по волоссі. Він дивився, як Гелен і доктор Акерман повільно відходять. Коли вони підійшли до дверей Грейс, вони на мить завагалися, а потім увійшли. Він замислився, чому вони завагалися.

Він відчував провину за те, що залишив Грейс саму. Він хотів побачити її — щоб все виправити між ними.

Зайшовши в кабінет доктора Акермана, він зачинив за собою двері і налив собі склянку води. Він сів і взяв спортивний журнал. Він гортав його, чекаючи, але його думки були занадто розсіяні. Він не міг сидіти на місці, тож знову встав і почав ходити. Він засунув кулаки в кишені. І чекав.

***

«Я така щаслива!» — вигукнула Грейс. «Це найкраща новина для Вінсента і для мене. У нас буде дитина!»

Гелен обійняла дочку, яка тремтіла від хвилювання.

«Грейс, ти повинна зберігати сили і їсти. Що це я чую, що ти пропускаєш сніданок?» — сказав доктор Акерман.

«Тоді я не мала на це сил, але зараз я щось з'їм. Принесіть мені їжу! Я така схвильована!» — вигукнула Грейс.

Зробивши кілька глибоких вдихів, Грейс сказала: «Будь ласка, попросіть Вінсента зайти до мене. Я не можу дочекатися, щоб розповісти йому цю новину!»

РОЗДІЛ 39

<<«Дякую, що зачекали, Вінсенте», — сказав доктор Акерман.

«Як Грейс сьогодні вранці?»

«Вона просто сяє! Сон їй дуже пішов на користь, і ви теж виглядаєте відпочилим. Ви добре спали?»

«Так, спав безперервно».

«Я розумію, що ви не є моїм постійним пацієнтом, але я хотів би попросити дозволу провести аналіз крові».

«Аналіз крові. Чому?»

«Вчора ввечері ви здавалися перевтомленим, і я подумав, що було б добре перевірити вас, щоб переконатися, що ви в порядку».

«Я дійсно відчуваю сильну втому».

«Тоді ми перевіримо вас, — сказав Акерман. — Будь ласка, закатайте рукав, і я відразу ж візьму у вас зразок».

Після того, як зразок був взятий і флакон відправлений на зберігання, доктор Акерман подав Вінсенту на підпис форму згоди. Вона давала йому право використовувати зразки крові для проведення всіх необхідних аналізів.

«Я можу її побачити?» — запитав Вінсент.

«Сьогодні ні, але прийдіть завтра. Можливо, тоді ви зможете її побачити».

«Але ви сказали, що вона виглядає сяючою і добре відпочила».

«Так, і ми хочемо, щоб вона такою і залишилася! Ідіть додому, поверніться завтра. Дайте їй трохи простору, трохи часу. Зараз вона з матір'ю».

«Гаразд, докторе. Тоді до завтра».

«Дякую, Вінсенте», — сказав доктор Акерман, поспішаючи з пробами крові. Він не міг дочекатися, щоб віднести їх до лабораторії.

***

Через двадцять чотири години всі зібралися в кімнаті Грейс.

Коли доктор Акерман нарешті прийшов, він не посміхався. Він не розмовляв і не дивився в очі жодному з трьох присутніх. Він тримав результати близько до грудей на кліпборді.

Грейс була в захваті від хвилювання.

Гелен стиснула кулаки і зціпила щелепи. Вона була схожа на людину, якій дуже потрібно в туалет.

Вінсенте не розумів, що відбувається.

«Доброго ранку, всім», — почав доктор Акерман. «Судячи з результатів аналізів крові, Грейс і Вінсенте чекають на дитину».

Грейс вибухнула радістю і розкинула руки до Вінсента.

Вінсент стояв і дивився на Грейс. Він був біліший за простирадла на ліжку. «Як це може бути?» — запитав він себе, а потім сказав уголос: «Як це може бути, якщо ми лише цілувалися?»

Гелен знепритомніла і впала на підлогу з гучним стуком.

РОЗДІЛ 40

«Грейс? Прокинься, Грейс. Нам час іти», — прошепотів дитячий голос.

Грейс затремтіла. У кімнаті було дуже холодно і темно. Вона дивилася, як по той бік кімнати жалюзі, здавалося, колихалися туди-сюди під подихом вітру. Схоже, вікно було широко відчинене.

Вікна в лікарні не відчиняються, — подумала вона.

Маленька ручка схопила Грейс за руку і витягла її з ліжка.

Грейс, ще напівсонна, напівпрокинута, пішла поруч з дитиною. Разом вони йшли до відкритого вікна, немов у трансі.

Маленька дівчинка також була одягнена в білу лляну нічну сорочку з червоним зав'язуванням. «Тримайся міцно», — сказала вона, кладучи м'яку ковдру в руки Грейс.

Грейс інстинктивно обійняла ковдру і затиснула її в обіймах.

Їхні нічні сорочки розвівалися і шелестіли, коли вони йшли до вікна.

У світлі місяця Грейс впізнала маленьку дівчинку, яка вже двічі з'являлася перед нею. Перший раз — посеред дороги, а другий — коли Грейс застрягла на величезному дереві. Вона затремтіла, коли нічна сорочка дівчинки засяяла в місячному світлі.

Маленька дівчинка залізла на підвіконня, все ще тримаючи Грейс за руку. Вона потягнула, але ноги Грейс не рухалися.

«Куди ми йдемо?» — запитала Грейс.

«До серця світу», — пояснила маленька дівчинка.

Грейс міцно притиснула ковдру до грудей і подивилася на свої ноги. Вона намагалася витіснити з голови те, що сталося минулого разу, коли її витягли з вікна в ніч.

Маленька продовжувала нетерпляче дивитися на Грейс: «Я — акорд», — сказала вона. «Ти повинна піти зі мною зараз. Вони чекають».

«Хто, хто чекає?» — запитала Грейс.

«Ти побачиш», — відповіла маленька. «Ходімо».

Однією рукою Грейс тримала ковдру, а іншою крутила червону стрічку знову і знову. Вона тягнула час — не хотіла сідати на підвіконня. Не хотіла виходити в ніч. Цього разу їй не треба було йти. Вона не хотіла йти.

«Поспішай, Грейс. Вони чекають на тебе вже дуже довго», — пояснила маленька дівчинка.

Грейс відступила.

Коли Грейс не приєдналася до неї, маленька дівчинка злізла з підвіконня. Вона знову взяла Грейс за руку. Міцно стиснула її руку і повела до вікна. На кілька секунд їхні ноги піднялися над підлогою, і незабаром вони сиділи поруч на підвіконні.

Вони сиділи разом і дивилися на місяць.

«Зроби глибокий вдих», — сказала маленька дівчинка, а потім тихо почала відраховувати: «5, 4, 3, 2, 1!»

І разом вони впали вперед у кімерійську ніч.

РОЗДІЛ 41

Після того, як вони падали протягом багатьох хвилин, які здавалися годинами, вони приземлилися на спині чекаючої тварини.

Ця тварина була не та сама, яка деякий час тому перенесла Грейс і поклала її високо на дерево.

Ця тварина не була волохатою чи пір'ястою. Натомість вона мала крила з металу, які відбивали місячне світло і світло зірок, коли вона пролітала по чорному небу.

Грейс мала так багато питань, але вітер вивав, а тварина час від часу видавала гучний рев. Грейс міцно трималася за ковдру, весь час бажаючи, щоб це був Вінсент, за якого вона трималася.

Дівчинка відкинула своє темне волосся назад і підняла обличчя до місяця. Вона закрила очі і почала наспівувати заспокійливу колискову. Грейс впізнала мелодію; це була їхня пісня, її і Вінсента. Грейс закрила очі і поринула в глибокий сон.

РОЗДІЛ 42

Вони летіли надзвичайно довго, аж поки Мати-Сонце не почала народжувати новий день.

Це був сигнал для них почати спуск. Грейс і маленька дівчинка міцно трималися за металеву тварину, а сонячне світло відбивалося від її тіла, викликаючи спалахи блискавок у всіх напрямках. Небо було освітлене денними феєрверками, коли вони падали крізь хмари.

Потім хмари почали розходитися, коли вони спускалися до серця Землі.

Вдалині Грейс побачила величезний червоний камінь, який палав у сонячному світлі. Він був оточений піском.

Однак, коли вона кілька разів моргнула очима, океан почався і закінчився навколо країв скелі. Хвилі розбивалися і котилися, але ніколи не виходили за межі моноліту. Було так, ніби океан починався і закінчувався тут, біля скелі.

Наблизившись, Грейс змогла розрізнити візерунок концентричних кіл. З повітря те, що вона бачила внизу, виглядало як гігантська мішень для дартсу.

Тепер, розпізнавши візерунок, Грейс змогла розділити відстань між наступними кільцями і розрізнити одну область від іншої.

Зовні червоний пісок, який піднімався спорадично, наче земля, вдихав і видихав. Наступне коло, як ми вже пояснювали, було океаном, що починався і закінчувався там, де хвилі цілували червону скелю, не переливаючись через її край. Червона скеля утворювала кільце, а з нього виросло коло дерев.

Дерева простягали свої гілки одне до одного, але одне дерево височіло над усіма іншими: оливкове дерево. Воно сягало хмар далеко над металевим птахом, на якому летіла Грейс. Поруч з оливковим деревом росли клени, пальми та евкаліпти звичайного розміру — і це лише деякі з них. Ця ділянка починалася і закінчувалася деревами, а потім знову було видно розділове коло з червоного піску.

Всередині дерев була ще одна ділянка з квітами. Вона складалася з соняшників, золотих акацій, тюльпанів, троянд і багатьох інших.

Потім знову червоний пісок, а за ним — дуже високі тварини, такі як динозаври, жирафи, слони та ведмеді.

Там, де закінчувалася ця ділянка, починалася інша. Червоний пісок, а потім інші кола з водними тваринами, такими як кити, акули та медузи. Вода текла навколо них, не торкаючись інших ділянок, оскільки вони були захищені та обмежені.

У колі були всі літаючі та плаваючі тварини. Там були ворони, лисиці, метелики та какаду. Вони піднімалися та опускалися, ніби їх тримав уявний ляльковод. Звір, на спині якого подорожували Грейс та маленька дівчинка, зайняв своє місце в цьому колі.

Далі, після іншого кола з піску, йшла секція рептилій, сумчастих і численних інших тварин, так що кожен тип і вид був представлений у своєму роді.

Секцій було занадто багато, щоб Грейс могла їх усі порахувати. Звуки, що долинали від них, піднімалися з Землі, майже якби вони говорили одним голосом.

Тепер, коли вони наближалися все ближче і ближче, Грейс також могла бачити кола людей.

Чоловіки і жінки, молоді і старі, були розділені на секції. Вони приїхали з усього світу, представляючи кожну аборигенну і корінну культуру. Деякі були одягнені в традиційне вбрання. Деякі несли списи. Деякі несли бумеранги. Інші були прикрашені хутром і пір'ям, а декілька мали розфарбовані обличчя. Інші грали музику на дощових палицях і барабанах.

Коли вони наблизилися, всі мешканці кола відчули присутність Грейс. У синхронізації кожна група почала колихатися. Червоний пісок піднімався і опускався в межах кола.

Вони летіли все ближче і ближче, і на мить їй здалося, що вона побачила Вінсента. Це було правдою. Він стояв у колі з іншими хлопцями, які були такого ж віку, як і він. Усі хлопці мали світле волосся і були одягнені в довгі до підлоги халати, як у ченців.

Очі Вінсента зустрілися з очима Грейс. Він помахав їй рукою, тримаючи в руці різьблену фігурку аборигена, щоб підтвердити її присутність.

У сонячному світлі Грейс помітила, що на його пальці знову був сімейний перстень. Хлопці разом підняли руки в її бік. Грейс на мить засліпило, коли сонячне світло одночасно відбилося від їхніх перснів. Усі вони носили такі самі персні, як і Вінсент.

Повернувшись до реальності, Грейс побачила, як кожен з хлопців зняв своє кільце і поклав його перед собою на невеликий квадратний шматок тканини.

Всередині групи хлопців стояв коло дівчат. Знову ж таки, їх було тисячі, по одній дівчині на кожного хлопця. Всі дівчата були одягнені в білі лляні нічні сорочки з червоними зав'язками на комірах. Кожна дівчина тримала в руках ковдру.

Коли вони майже приземлилися, Грейс спостерігала, як червоні зав'язки коливалися вгору і вниз на вітрі, потім завмерли, а потім знову піднялися і опустилися.

Очі Вінсента зафіксувалися на Грейс. Вона майже зіскочила з спини звіра, але Вінсент відвернувся, ніби вона для нього померла. Її ноги торкнулися піску. Вона б побігла до нього, якби маленька дівчинка не затримала її, взявши за руку.

Грейс приєдналася до кола, де дівчата мовчки чекали. Грейс мала безліч питань, на які хотіла отримати відповіді. Маленька дівчинка приклала палець до губ і сказала: «Тссс».

Червона хустка Грейс тепер піднімалася і опускалася в такт з іншими дівчатами, коли теплий вітерець пестив їх. Хоча їй було тепло, Грейс тремтіла.

«Покладіть ковдру на землю перед собою», — наказала маленька дівчинка.

Інші дівчата в колі наслідували приклад Грейс.

Грейс знову спробувала задати питання, але, як і раніше, маленька дівчинка лише сказала: «Тссс».

РОЗДІЛ 43

Тепер було додано чотири нові секції. Коло з червоного піску, за яким слідувало коло з тканини з кільцем на ньому перед хлопцями. За ним слідувало ще одне коло з піску і коло з ковдр перед дівчатами.

Саме тоді почався спів. Він почався ззовні і переходив від секції до секції. Кожна секція мала свій звук, які разом утворювали пісню. Разом вони плинули на крилах мелодії, поки сонце піднімалося все вище і вище в новонароджений день.

Так само швидко, як і почався, спів припинився.

На мить запала абсолютна тиша. Потім вони разом загукали одним голосом, однією піснею.

Це був прекрасний звук, заспокійливий і втішний, зовсім не такий, як можна було уявити, але він був настільки гучним, що Грейс закрила вуха.

Маленька дівчинка побачила страх Грейс і прошепотіла їй на вухо: «Земля несла цей біль дуже, дуже довго. Тепер Земля звільняється від цього болю. Від цього залежить її виживання. Не бійся. Ти є свідком зцілення».

Грейс опустила руки і заплющила очі, і коли вона перестала боятися, вона змогла відчути і оцінити все це.

Мати-Сонце виливала свої промені в серця всіх присутніх. Вона ніби витягувала серцебиття, синхронізуючи їх. Змушуючи їх відлунювати в єдиному серцебитті всесвіту.

«Скажи це зараз», — сказала маленька дівчинка. «Грейс, скажи ці слова».

Грейс здивовано знизала плечима. Вона не мала уявлення, чого від неї хоче маленька дівчинка.

«Скажи це зараз. Скажи слова, слова. Слова, яких тебе навчили. Ти остання. Ти повинна сказати їх зараз. Ми всі чекаємо».

Грейс згадала пісню, яку маленька дівчинка проспівала їй деякий час тому. Вона не була впевнена, що зможе згадати слова. Але чомусь інтуїтивно відчувала, що згадає їх.

Усі мовчали. Усі чекали.

Грейс глибоко вдихнула, але не могла видати жодного звуку.

«Говори від серця, — сказала маленька дівчинка. — І слова потечуть».

Грейс заспокоїла дихання і заплющила очі. Слова вилилися з її вуст у повітря, немов дар:

«Я — жінка-малювальниця,

Я — крик;

Я — таємний голос,

Я — зітхання;

Я — те, що чути

Тихо в сутінках;

Птахи відповідають співом,

Квіти — мускусом;

Я — та болісна рослина,

Що звучить там, де кличе

Самотня пташка, блукаючи

Біля тьмяних водоспадів;

Я — жінка-малювальниця,

Не проходьте повз мене;

Я — таємний голос,

Почуйте мій крик;

Я є силою, яку ніч

Втрачає за кордоном;

Я є коренем життя;

Я є акордом». *

Дівчата в секції почали співати. Одна пісня для однієї, одна пісня для всіх. Потім вони взялися за руки і погойдувалися в теплі Матері-Сонця.

Маленька дівчинка посміхнулася Грейс, а потім знову перетворилася на ворона. Вона полетіла до секції, де її зустріли звуки махання крил.

Поки вони співали, чоловіки і жінки почали збиратися поза колом. Вони були одягнені в традиційні вбрання і приїхали до червоної скелі з багатьох далеких країв. Вони стояли парами і тримαлися за руки. Незабаром руки роз'єдналися, і чоловіки стали в ряд, що вів до кола чоловіків, а дівчата стали в ряд, що вів до кола дівчат.

Хлопчик-абориген став перед першим блондинчиком, і вони обійнялися. Потім блондинчик підняв своє кільце і квадратний шматок тканини і поклав їх у відкриту долоню хлопчика-аборигена. Хлопчик-абориген надів кільце на палець. Вони знову обійнялися, і хлопчик-абориген зачекав.

Партнер хлопчика став перед першою дівчинкою, одягненою в білу лляну сукню. Дві дівчини обійнялися, як це зробили хлопці. Дівчина подарувала аборигенці червону стрічку від своєї сукні. Вони знову обійнялися, а потім вона нахилилася, підняла ковдру і разом зі своїм партнером пішла в напрямку сонця. Коли пара увійшла у світло, вони зникли.

Ця ж сама подія повторювалася багато-багато годин. Разом чоловіки і жінки подолали розрив у часі. Було багато сліз і обіймів. Незабаром залишилися тільки Вінсенте і Грейс та пара поза колом.

Останній абориген увійшов до секції, і він та Вінсенте обмінялися.

І тоді згорток біля ніг Грейс почав плакати.

Це був не просто ковдра. Це був не порожній згорток. Це була дитина. Дитина Грейс і Вінсенте.

Грейс нахилилася, щоб погладити ковдру, але аборигенка вже була там, і церемонія вже почалася.

Дитина продовжувала голосно плакати біля ніг Грейс.

Вона подивилася на руку жінки і побачила, що вона тремтить.

Жінка обійняла Грейс.

Грейс озирнулася через плече, щоб переконатися, що партнер жінки тепер носить обручку Вінсента. Так і було, а це означало, що Вінсент дав свою згоду.

Сльоза виклику скотилася по щоці Грейс.

Наступним етапом церемонії був подарунок червоної стрічки. Якщо Грейс відмовилася б її віддати, угода не відбулася б. Вона хотіла побачити свою дитину, втішити її.

Жінка знову обійняла Грейс.

І тоді це сталося.

РОЗДІЛ 44

Хвилі, що оточували червоний моноліт, піднімалися все вище і вище, поки не обвили червону скелю і не утворили нову секцію круглих гігантських екранів.

Як тільки нове коло екранів було завершено, земля під ногами Грейс почала трястися і тремтіти, розпадаючись на частини. Платформа підняла Грейс і її дитину все вище і вище.

Перед нею на екранах почала промайнути історія аборигенів і корінних народів світу. Вона стала свідком того, як немовлят забирали, викрадали і віддавали незнайомцям, а батьки плакали день у день, рік у рік, століття за століттям.

І з кожним викраденим дитиною оливкове дерево скручувалося і наносило рану на тіло Грейс. Спочатку вона кричала від болю, але, дивлячись в поранені очі тих немовлят, яких відривали від їхніх сімей, вона розкинула руки, прийняла біль і обійняла його як частину себе. Тепер вона зрозуміла, що оливкове дерево було постійною величиною. Зв'язком між тут і там, між ними і нами, між світами.

Коли вона прийняла біль у своє тіло, вона поглянула в бік Вінсента. Він намагався підбігти до неї, але його ноги не дозволяли цього зробити. Вони ніби були вбетоновані в землю.

Вона обернулася, кров капала з її розірваних ран, і вона покликала Матір-Землю, яка зняла екрани і повернула Грейс на рівну землю, де чекала аборигенська дівчина.

Як тільки вона повернулася на тверду землю, Грейс без вагань обійняла аборигенку, прошепотіла їй вибачення на вухо і подарувала їй червону стрічку.

Аборигенка підняла те, що тепер було її власною дитиною. Вона помахала рукою і не озираючись, заспокоювала свою дитину, і вони рушили в бік теплих променів сонця.

Спочатку дитина знову заплакала, але незабаром її заспокоїли, і повітря стало спокійним, дуже тихим і помітно спокійним.

А потім почався шум, коли всі дерева і тварини одночасно заричали.

Ворон спустився до місця, де стояли останні двоє, Грейс і Вінсент. Вона знову перетворилася на маленьку дівчинку і простягнула руку до Вінсента, а потім до Грейс.

Тепер рівновага для Матері-Землі була відновлена; трійця вийшла на сонячне світло.

«Ще одне», - прошепотіла маленька дівчинка, а потім відпустила їхні руки.

РОЗДІЛ 45

З емля почала тремтіти і здригатися під їхніми ногами.

Грейс і Вінсент трималися один за одного, коли сили то зближували їх, то розривали, то зближували, то розривали.

Вони трималися за руки, коли піднялися над землею.

Вони кружляли і кружляли в чорному тунелі, майже як у вируючому чорному парасолі.

Вони трималися разом. Вони цілувалися.

Пролунав єдиний заклик.

У мить ока Мати-Земля повернула все і всіх туди, де вони мали бути.

І знову червоний моноліт стояв самотній.

ЕПІЛОГ

Молодий чоловік сидів верхи на дошці для серфінгу в Менлі-Кві.

Він чекав на велику хвилю.

Вдалині він помітив щось, що мерехтіло і погойдувалося.

Він поплив до того. Це була камера.

Він повісив ремінець на шию, і коли нарешті прийшла велика хвиля, він доплив на дошці до берега.

Пізніше він досить довго ходив по пляжу, питаючи, чи хтось не загубив камеру. Ніхто не заявляв про її втрату.

З цікавістю він відніс її до місцевої фотолабораторії. Плівка всередині не була пошкоджена і не намокла. Він попросив її проявити.

Через кілька годин, коли плівка була готова, серфер повернувся до фотолабораторії. Молода жінка за прилавком вибачилася, бо на плівці була лише одна фотографія.

Він відкрив конверт.

Молодий чоловік зі світлим волоссям, одягнений у чорний смокінг, без сорочки і в чорних джинсах, стояв під руку з жінкою з каштановим волоссям, в діадемі і мереживній весільній сукні. Вони виглядали дуже щасливими. За ними казкові вогники, місяць і океан створювали ідеальне тло для їхнього весілля.

Не впізнавши нікого з них, він викинув фотографію і камеру в смітник.

Вдалині закричали три ворони.

ПІСЛЯ СЛОВА

Як було

І як завжди буде...

Діти платять ціну

За історію.

ПОДЯКА

***ДЕЙМ МЕРІ ГІЛМОР (1865-1962)**

Вірш Дейм Мері Гілмор під назвою «Пісня жінки-креслярки»

включений до цієї книги з дозволу видавництва ETT Imprint, Сідней, Австралія.

Щоб дізнатися більше про творчість Мері, перейдіть за посиланнями, які були активними на момент публікації:

http://lib.unsw.adfa.edu.au/speccoll/finding_aids/gilmore_mary
html

http://adb.anu.edu.au/biography/gilmore-dame-mary-jean-6391

http://banknotes.rba.gov.au/australias-banknotes/people-on-the
- banknotes/dame-mary-gilmore/

http://www.civicsandcitizenship.edu.au/cce/gilmore,9133.html

http://www.portrait.gov.au/portraitofanation/gilmore-biograph
.html

http://trove.nla.gov.au/people/463377?c=people

РЕКОМЕНДАЦІЇ ЩОДО ЧИТАННЯ

Всі посилання були активними на момент публікації:

ГАДІГАЛ З НАРОДУ ЕОРА ТА АВСТРАЛІЙСЬКІ КОрінне НАРОДИ

http://www.sydneybarani.com.au/sites/aboriginal-people-and-place/

http://www.australia.gov.au/about-australia/australian-story/austn-indigenous-cultural-heritage

http://lib.unsw.adfa.edu.au/speccoll/finding_aids/gilmore_mary.html

БІОГРАФІЇ ЖІНОК-МАТЕМАТИКІВ

http://www.ams.org/women-mathematicians

http://womenshistory.about.com/od/sciencemath1/ss/Women-i
n-Mathematics-History.htm

ЖІНКИ-НАУКОВЦІ:

http://womenshistory.about.com/od/airspacesciencemath/tp/Fa
mous-Women-Scientists.htm

http://www.smithsonianmag.com/science-nature/ten-historic-fe
male-scientists-you-should-know-84028788/?no-ist

LEONARDO FIBONACCI (1175-1250)

https://www.mathsisfun.com/numbers/fibonacci-sequence.html

http://www2.stetson.edu/~efriedma/periodictable/html/F.html

ALBERT EINSTEIN (1879-1955)

http://www.nobelprize.org/nobel_prizes/physics/laureates/1921/
einstein-bio.html

ВІД АВТОРА

Шановні читачі,

Дякую, що вирішили прочитати історію про Грейс і Вінсента. Сподіваюся, вам сподобалося її читати так само, як мені сподобалося її писати!

Я народилася в Онтаріо, Канада, але понад п'ятнадцять років жила з родиною в Сіднеї, Австралія.

У той час я відкрила для себе твори Мері Гілмор. Вірш, включений до цього роману, дуже мене надихнув, і я хотіла, щоб його відкрили для себе й інші.

Коли до мене вперше прийшли персонажі Грейс і Вінсент, я не була впевнена, що готова до поставленого переді мною завдання. Вона була математичним вундеркіндом, а він — гравцем у крикет, і я не мала глибоких знань ні про те, ні про інше. Мені знадобилося багато роздумів, досліджень, побудови, перш ніж я навіть сіла писати перший варіант.

Я нарешті активно працювала над першим варіантом, коли відвідала письменницький семінар Товариства жінок-письменниць Нового Південного Уельсу, і під час одного із семінарських вправ я відкрилася і дозволила собі писати. Після цього одкровення історія текла природно. Сподіваюся, вам сподобається читати її так само, як мені сподобалося її писати.

Зараз я повернулася додому в Онтаріо, Канада, до свого чоловіка, сина, кота і собаки.

Дякую! Як завжди, приємного читання!

Cathy

ТАКОЖ АВТОР:

МОЛОДІ ДОРОСЛІ ХУДОЖНЯ ЛІТЕРАТУРА

Е-З ДІККЕНС СУПЕРГЕРОЙ КНИГИ 1 І 2

ТАТУЮВАННЯ АНГЕЛ: ТРИ

Е-З ДІККЕНС СУПЕРГЕРОЙ КНИГА 3 ЧЕРВОНА
КІМНАТА

Е-З ДІККЕНС СУПЕРГЕРОЙ КНИГА 4 НА ЛЬОДУ

ХУДОЖНЯ ЛІТЕРАТУРА

13 КОРОТКИХ ІСТОРІЙ

+ + ДИТЯЧІ КНИГИ

www.ingramcontent.com/pod-product-compliance
Lightning Source LLC
Chambersburg PA
CBHW021329310726
48971CB00001B/40